祸心

沉峻 著

北方妇女儿童出版社
·长春·

目录

Contents

上卷

下卷

爱是我对你最大的隐瞒

祸心

／

上卷

第一章

没有感情的婚姻

一片朦胧泪光里，我仿佛看见两个自己，
一个快活自由的我死在过去，
一个慢慢腐烂的我残喘在未来……

今年的夏天来得比往年要早一些。

我工作的地方是一栋老楼，原是老药厂的办公室，后来药厂倒闭了，被一个朋友低价买了过来。

如今的家长都希望孩子多才多艺，我这个朋友嗅出了商机，把这里改成了一所私人音乐学校。因为我闲着无事，便到这里教学生弹钢琴。

那姑娘找到这里的时候，我正在教学生练指法。晓君走过来说："桑姐，外面有人找你。"

我走出门一看，是不认识的人。

看到我走过来，她白净的脸有些泛红，微微低着头对我说："您好，我想跟您说几句话，不知道方不方便？"

说几句话而已，没什么不方便的。我点点头，一边带她往办公室走，一边问她："你认识我？不好意思，我不大记得见过你。"

她的脸更红了："我知道您是陆彦回的太太。"

这一句话，我立即就明白了。

说到这里，虽然有些荒谬尴尬，我却还是不得不说，她口中的“陆彦回”，是我的丈夫。我们结婚的日子不算长，我碰见过他身边跟着的女人已经有好几个，不过，找到我工作地方来的，这还是第一个。

到了办公室，我把门关上，虽然同事都知道我和丈夫的感情不算好，但我也不希望让外人看这个笑话。我请她坐下。她显得很拘谨，一个劲儿地跟我道谢：“您太客气了！谢谢！谢谢！”

“你怎么找到我这里的？说起来，就算是熟人，知道我在这里上班的也不是很多。”

“我叫李芸。其实，我跟踪过您。虽然我知道这样做很不礼貌，但我还是忍不住，想看看他的太太是什么样的，做什么工作，平时做点儿什么事情。”

我“哦”了一声：“原来是这样。不过，一定让你失望了，我每天过得挺没意思的，倒是辜负了你还特意跟踪我。”

她大概没有想到我会是这样的态度，因此显得更加忐忑，一直咬着嘴唇。我不想绕弯子，直接问她：“你来找我自然是有事，说吧。”

她从包里拿出一个铁盒子，递给我说：“能不能麻烦您把这个转交给他？”

“既然是给他的，你亲自给不是更好吗？为什么让我转交？”

“他不肯见我。”说到这里，李芸那双大眼睛里忽然多了些雾气。年轻的姑娘感情饱满真实，想来是心里委屈，连声音都有点儿微微颤抖。

“我第一次给他打电话，他还接了。我说我要出国了，想见见他，他却说不必了。我不甘心，又打了几次过去，他已经不愿意接我的电话了。可是我要给他的，真的是很重要的东西，所以不是万不得已，我也不会到这里来找您了。”

我见她一副要哭的样子，只好伸手接过来：“帮你给他自然是可以的。你刚才说你要出国了，他却不肯见你，为什么？”

“我们分手了。他让我忘了他，说再见面对我没有好处，可是我忘不了他。”说着，姑娘的眼泪已经止不住了。

我最怕有人在我面前哭，因为我真的不会安慰人。她这样，我只好抽几张纸巾给她，却不知道该说点儿什么。

其实要我说，陆彦回这样对她，倒算是做了一次对的事，忘了总好过一直记得却怎么都得不到。

自然是得不到的，陆彦回的心就像是一块放在冰窖里的石头，即使放一把火，也不能让他升温。

我问她："你多大了？"

"二十二。"

"二十二岁还很年轻，未来的时间还长得很，你就听我一句，把他忘了吧。你人也漂亮，找个好男朋友不是难事。"

她站起来，一边抹眼泪一边说："我来找您就是为了这个事。还有，您能不能再告诉他一声，我是明天下午三点的飞机飞上海，麻烦您了，再次感谢。"

李芸一走，我坐在沙发上没动，方才倒的水她没有喝，热气还在往外冒，有水滴顺着纸杯杯壁滑下来，就像一滴眼泪。

我看了看放在身边的盒子，最后还是没有忍住好奇心打开了，里面的东西却很琐碎，一个日记本、一条粉钻项链、一张银行卡，还有在最下面压着一张她和陆彦回的合影。

从别人的盒子里看到自己的丈夫搂着别的女人，我只觉得怪异。照片上的陆彦回穿着蓝色的T恤衫、牛仔裤。也许是阳光有些刺眼，他轻轻地眯着眼睛，像一只慵懒的猫。他身边的李芸笑容灿烂，显然幸福满满，依偎在他的怀里，俨然一对璧人。

她急切地希望他收下这个盒子，然后打开看看，动机再明显不过，想要用过去的一些回忆做最后的挽留，看看那个男人是不是会舍不得自己。盒子做工精致，主人也有一颗玲珑心，可惜爱错了人，也送错了人。

不过，既然是受人之托，即使我闭着眼睛也能猜到结果，晚上回去的时候，我还是把东西带回去了。

他晚上十一点多才回来，应该是有应酬，开门的瞬间，随着他进来了一阵风，酒气也被带了进来。看来喝了不少酒。

我在看电视，只是抬头看了他一眼便继续看屏幕。陆彦回走近我，开口问："这是什么？"

他指着的正是那个铁盒子。

我“哦”了一声：“今天有个叫李芸的姑娘来找我，让我把这个转交给你，你看看吧。对了，她明天要出国了，下午三点的飞机飞上海，如果你……”

“何桑！”他忽然出声打断我，“你说够了没有？”

他眼底颜色渐深，似乎是酝酿着怒气。

我有些不明所以，继续说：“我还没说完。你如果有时间，就去送送她吧。”

陆彦回却突然伸出手捏着我的下巴。我觉得疼，闪躲着想要回避，他的手却更用力：“如果不是我知道你，别人一看还以为你是装的，不然怎么可能外面的女人找上门了你还这么淡定，甚至还把自己的丈夫往外推。可是我知道，你就是这样的人，因为你没有心。”

我挣扎着要走，他却忽然拉住我，把我往床上一推就凑了过来，那酒气熏得我有些难受。我推他，他却更用力，开始吻我的脖子。

他似乎带着怒气和不满，想来是刚才我的话让他不高兴了。他希望我生气难堪，我却没有如他所愿，所以他才会变得恼火。

陆彦回的手指插入我的头发里，固定住我的头，让我不得不面对着他。这个男人有一副天生的好皮囊，像是一个虚伪的面具一样，遮挡住他内里的阴暗，让不知情的女人趋之若鹜，挤破脑袋想要靠近他。

可我只在这张脸上看到残忍。

他的声音也是冷的：“你也会觉得痛苦吗？嗯？”

我不肯说，强硬地想扭开脸不去看他。沉默的反抗显然再次激怒了他，他更加粗暴地对待我，抬手就给了我一巴掌。这一巴掌反而让我清醒过来，只是睁圆了眼睛恨恨地瞪着他。

“不要怪我没有提醒你，你别忘了，当初你是怎么求着我娶你的。可是结婚之后你又跟个死人一样，整天哭丧着一张脸，好像全世界都欠你的。何桑，如果不是你还有温度，我真觉得自己娶回来的是一具尸体。”

我冷笑：“不用你来提醒我，我也不会忘了我们结婚就是一场交易，你屈尊降贵地救了我哥，我感激不尽。”

“你记得最好。”他的话更加恶毒，“既然是交易，出来卖的还知道要笑脸迎人呢，更何况你是嫁给我的，怎么反而连她们都不如了？”

我神情恍惚地听着他说出这些残忍的话，只觉得自己的婚姻就像一个坚固的牢笼，我被仓皇地锁了进来，挣扎无望。

情爱过后，我用力坐起来。他已经穿好了衣服，点了一根烟。

他的脸在吞吐的雾气里显得有些不真实。

我弯腰从床头柜的抽屉里拿药。他在沙发上抽烟，一边抖落烟灰，一边看着我拿出瓶子，忽然脸色冷下来，呵斥道："把药扔了。"

我没有理他，打开倒出一粒就往嘴里送。他抬手"啪"的一下把药瓶打翻了，药丸散落在地板上。他冷笑："谁让你私自买避孕药的？我之前警告过你，你把我的话当耳边风是不是？"

我反唇相讥："别假惺惺的，搞得好像多希望我能怀上一样。陆彦回，外面想给你生孩子的女人多了去了，不差我何桑一个。你放心，哪怕你有二十个私生子，我也不会皱一下眉头。"

"你现在知道成天惹我生气了？你哥被捞出来了，你没有求到我的地方了是不是？只是何桑，你以为我没有办法治你？之前我没有说，不过是不想太撕破脸，既然你一直死性不改，我今天就告诉你，如果你做得过分，你哥也别想过得好，毕竟一个断手断脚的残废，还能做什么反抗？"

他这番话，说得我冷汗淋淋，想不到我哥都已经那个样子了，他还是不肯放过他。因为盛怒，我的声音不自觉地发颤："陆彦回，你是有多恨他？他已经落到这个地步了，你还有什么不满意的？"

"我有多恨他，你说呢？小言是被你哥害死的，你忘了吗？"

我颓然坐在床上："那你也把我杀了吧，小言因为我哥而死，我要是死在你手里，也算是扯平了，只求你放过我哥，别再折磨他了。"

因为我的这句话，陆彦回头也不回地出去了。

我坐在床上发呆。陈阿姨在外面敲门，我让她进来。她看了看我欲言又止。我闷闷地说："你也别劝了，我跟他是八字不合，结婚就是个天大的错误，他是存心不让我好过才娶我的，估计到死都不会放过我了。"

"太太千万别这样说。先生对您其实不坏，只是他脾气大，需要人哄着，有时候他说什么，您好言答应一声也便过去了，何必跟他呛着。"

我没接她这话，她不过是照顾这里日常起居的人，再深入一些的原因自然不得而知。我和陆彦回之间的矛盾，不是一两句话就能说得清的。

我闭着眼睛疲倦地躺在床上。陈阿姨收拾完地上的狼藉，把门带上就出去了。陆彦回因为生我的气，直接开车出了门，我自然不会关心他这一夜去哪里逍遥了。

方才那一番折腾，身上都是黏黏的汗，我洗了澡，看到被雾气笼罩的镜中显现的模糊不清的自己，竟然一时恍惚。

他彻夜未归，我一个人在床上沉沉睡去。尽管太累，却还是睡得不踏实，反反复复地做梦。小言在梦里叫我："桑桑，你来。"我用力想要抓住她，她却又走了。

早上起来就是新的一天，闹钟响的时候备注也亮了起来。我想起来今天又是十三号了。每个月十三号的早上，我都要去城郊的疗养院看我哥。

看护在陪他说话，见我来了笑了下就走了，又把门关好。

哥哥问我："最近过得好吗？"

"我还觉得自己胖了些呢，自然是过得好。没有烦心事，人才容易发福。"

"胖什么！都瘦成什么样了，还好意思说自己胖。你每次都跟我说过得不错，如今我出不去，只能信了你的话，却总觉得不是这样，怎么都放不下心。也许是最近天气热了，我心里总是有些烦躁。"

"同样的话，我要说几遍你才安心？他如果不喜欢我，为什么要娶我，当初还想办法救你？"

"话虽然没错，但当初小言总归是因为我才出的事，陆彦回恨死我了，连带着你也受了牵连。更何况，你原本都要跟许至结婚了，偏偏快要结婚的当儿我出了事，之后你就告诉我你嫁给陆彦回了。桑桑，我怎么可能不多心？你跟许至好几年的感情了，说散就散了，你再不肯承认，我也知道一定是因为我。"

"想什么呢！"我走到他身后，替他捏捏肩膀，"我成了陆太太不好吗？有钱有地位，你问问哪个女人不羡慕我？"

"可是他不是你喜欢的人啊。"

"谁说我不喜欢他？"我笑起来，"你忘了吗？那个时候我最喜欢的人就是他了，跟着小言一口一个'二哥'叫他。我跟许至还不就是那么回事？结婚过日子嘛，跟谁过不是过，跟了陆彦回，过得反而更加体面，怎么想都觉得好。”

我哥听了我这话，脸上的神情总算放松了一些。我结婚以来，他总觉得对我有愧，我劝了他很多次，他总算是信了我的话。

从疗养院回去的路上，天空有些阴沉沉的，早上还是一片晴好，这会儿就这样了，六月的天，说变就变。眼看着就要下雨，我靠着车窗玻璃闭着眼睛休息，不一会儿就听到外面渐渐有了淅淅沥沥的雨声。

我记得那天也是下雨天，我的手机收到一条信息，上面只有一行简单的字：银河湾酒店，501。

我去见他，电梯一路向上，到了五楼，铺在地面上的地毯柔软异常，即使我穿了高跟鞋，也没有发出一丝声响。

敲门的时候，我的心跳明显加快了一些。里面的男人走过来开门，房间里灯火通明，而走廊里的声控灯已经灭了，多少显得有些昏暗。他就站在门口居高临下地看着我，并不急着让我进去。我转身就想走，却被他一下子用力拉了进去。门被关上的瞬间，我就被他抵在了门上。

那个时候陆彦回明明离我那么近，我却觉得他的声音是从很远的地方传来的。他的脸上带着那种残忍得让人心慌的笑：“何桑，你这就要走了？不管你哥的死活了？杀人是要偿命的，你应该知道吧，你觉得何诚这一次能侥幸逃过去吗？”

我艰难而卑微地开口：“之前你给我打电话说，你有办法救他。我求求你了陆彦回，你把我哥捞出来吧，让我怎样都行。”

“怎样都行？”他还是笑，手指忽然掠过我的脸，“许久不见，那天在珠宝店见到你，想不到你竟然……竟然要结婚了。何桑，你过得还真是惬意，跟许至结婚，明年是不是准备再要个孩子？不知道你这么开心的时候，还记不记得我妹妹是怎么死的。”

我哥那个时候在酒吧遇到了仇家，双方都喝了酒，几句话说得不对就打了起来。我哥是一个人，很快就被人制伏了，对方让我去。

原本真的是该我去的，因为我才是他的妹妹，可最后不是这样。因为那天我考试，手机关了，而我哥的手机里备注的妹妹有两个，分别是“妹妹1”和“妹妹2”。他也把小言当妹妹，因为那个时候我们是那么好，亲密无间，小言也一口一个“诚哥”叫他，谁知道竟然为自己埋下了祸根。

小言接到电话去了那里，具体发生了什么我不知道，只知道等我考完试出来，她已经被送到了医院。听我哥说，那个时候有人想要非礼她，他护着她，那人便拿碎酒瓶捅他，被小言挡住了……

这件事，一直是我们兄妹心底最深的痛。

“我没有忘记过，我和我哥对不起她，很多次我都希望自己能够代替她去死，可是已经做不到了，我也很痛苦。”

陆彦回却对我说：“可是看着你就这么嫁给别人，我还真是有点儿舍不得，我就想，是不是应该把你留在我身边。不然，何桑，你求求我，说不定我会答应娶了你，自然也会救你哥。”

我感到十分震惊。陆彦回怎么会想让我嫁给他？他恨我还来不及。果然，他看到我这个样子，冷哼了一声：“你和你哥欠小言的，我要一点点讨回来。”

我心下凄凉，那时，我心里便已经明白，他这辈子都不准备放过我了。

时间仿佛静止了好久，我听到自己说：“我会跟许至分手，然后跟你结婚，只希望你答应我的能够做到，保我哥平安无事。”

“我答应要娶你了吗？”他笑。

“求你。”我红着眼睛说。

然后，我抱住了他，把头埋在他的胸前。

他却不再看我，越过我往前走：“何桑，你总是这么自作聪明，你以为你这样我就会对你有兴趣了吗？”

我开始动手解自己的衣服。陆彦回有些不可置信地看着我，不知道怎么突然动了怒气，伸手拽着我的头发：“够了！你就这么下贱，这么想要我把你给办了？”

他几乎是咬着牙说：“那好，何桑，这是你自找的，我就成全你！”

窗外忽然打了一个响雷，我看着天花板上奢华的水晶灯渐渐变得模糊不清。一片朦胧的泪光里，我仿佛看见两个自己，一个快活自由的我死在过去，一个慢慢腐烂的我残喘在未来……

第二章

做戏做全套

浴室里水雾弥漫，
我们泡在水里，水明明是热的，
却让人无端地觉得冷。
所有的一切，
都有一种欲盖弥彰的假象和不真实感，
背后却是心酸和不甘。

车开进院子里，有用人撑着一把伞跑着过来为我开车门。她一边跟着我进屋一边说：“太太忘带手机了吧，先生刚才打电话到家里了，说让您回来了就给他回个电话。”

我“嗯”了一声，手机上果然有陆彦回的两个未接来电，但我心情不好，不想回过去。

不一会儿，陈阿姨有些急匆匆地上楼，敲门进来说：“太太，先生问您回来了没有，您还没有给他回电话？”

“哦，我忘了。你挂了吧，我打给他。”

他接得倒是快，一开口就是不耐烦的样子：“果然是越过越没性子了，叫你干什么事总是拖拖拉拉的。”

“耽误几分钟你又不会死。当然了，如果你真到了命悬一线的地步，我更要耽误了。”

“我怎么舍得一个人死，要是真的哪天觉得自己命不久矣，也一定先送你下去给我探路。”

这人恶毒至此，让人心里恨得痒痒的。我沉声问他："你急着找我有什么事？难道不小心在外面把哪个女人的肚子搞大了，让我过去看看你多有本事？"

"别吃了火药似的跟我说话，你以为我不知道你今天去疗养院了？怎么，看到你哥那个样子你心里不痛快，胆子也大了？敢这样跟我说话！今天我不跟你计较，晚上有个饭局，你得陪我去。"

他这样说我心里有些奇怪，他身边不缺女人，怎么都不会愿意把我带着。我没吭声。他在电话那头儿微微地笑了一下："自然了，你巴不得自己长点儿能耐来坏我的事，不过，我把丑话说在前头，如果你给我添乱子，我就给你哥添乱子，这话你且记住了。"

我气得摔了电话，却还是让自己冷静下来，到底还是换了应酬的衣服，又化了淡妆，把头发整理好等着司机来接。

院子里一道车光一闪而过，我看了看时间走下楼去，原本以为是他遣了人过来接我，谁知道坐在驾驶位的竟然是他自己。

刚准备拉开后座的车门坐进去，前面的车窗就滑了下来，陆彦回看着我说："坐前面。我开车你也坐后面，难道我是你的司机不成？"

我懒得跟他计较，悻悻地坐到前面去了。音响里放着一首刘德华的老歌，他一边开车一边跟着哼唱，看得出心情不错。我忍不住问他："今天是要见谁啊？平时也不见你这么积极。"

"我高中的老师和师母。之前全家移民了，前两天正好回国了，另外还有几个同学。我那个师母还说要见你。"他瞥了我一眼，"之前警告你的话，别当作耳边风，一会儿我说什么，你别乱说话就行，不然有你好看的。"

我"切"了一声，心里却有些诧异，因为陆彦回这样的人，着实不像是那种跟老师的关系有多么亲近的学生，绝不是那种传统听话的好学生形象。

我们去的时候晚了些，其他人已经到了。我们一进包间，里面就有人喊了一声："咱们的陆总总算是来了，果然是当老板的人，来得都比我们晚啊。"

陆彦回却笑着骂道："尽拿我开玩笑，也不怕说话闪了舌头。"

在座的果然有一对老夫妻，看上去五六十岁，精神很好。陆彦回看到他们，很是尊敬地叫了一声"老师"和"师母"。他这个人，一向都是高傲得很，跟寻常人讲话也都是爱理不理的，这样好的态度还真是难得一见。

那俩人看着他笑了起来。陆彦回转头看我："何桑，你愣着干什么？叫人啊。"

我赶紧跟着叫了"老师"和"师母"。师母起身走过来拉着我的手，仔细地看了看我，似乎很高兴，一直点头说"好"，又对陆彦回说："臭小子，眼光不错啊，找了个这么漂亮的老婆。瞧瞧这闺女长得，真是好看。你叫何桑？"

我点点头。被她这么一夸，我还真是不好意思。嫁给他之后，这是第一次被长辈夸奖。我有些脸红，陆彦回却笑了起来："师母，您也太小看我了，我自己找的老婆，能不好看吗？"

他一边说着还一边搂着我的腰。在外人看来，我们感情非常好。我心里一阵冷笑，真想把这绝妙的讽刺给表露出来，可是也不敢忘了他的警告，只好挂着个笑脸不说话。

陆彦回接着对我说："之前在电话里我跟老师说自己结婚了，他们还不信，让我一定要把你带过来看看。"

他旁边的同学插嘴道："你还好意思说，结婚都不告诉我们这些老同学。我们知道你是看不上我们那些微不足道的份子钱，可总得告诉我们一声也好表达个意思，一声不吭就把婚结了什么意思嘛，趁着老师和师母在，我们可得告告状。"

陆彦回看着我说："这事儿可真的不怪我，要怪就怪你们嫂子，她这人怕麻烦。我说邀请朋友一起热闹一下，她死活不同意。你们也知道，结了婚自然是老婆说了算，她不同意，我哪里敢有意见。"

都说人生如戏，寻常时候意识不到不打紧，我这么冷眼看陆彦回在人前跟我做出一副恩爱夫妻的样子，再想想人后大家看不到的地方把我往死里折腾的样子，真觉得这么憋着是一件难事。

好不容易不再扯我们的事情，一桌人坐下来吃饭。因为桌上的人大多是他旧时同窗，自然聊起了过去的趣事。因为大多都是男人，聊得开心了自然就是一直喝酒。我吃好了饭等着陆彦回，师母走过来说："何桑，让他们喝酒，咱们到外面说说话去。"

我"嗯"了一声，跟着师母走到阳台，在桌边坐下。她看了一眼里面的人对我说："这一次回来，我挺高兴的事情就是知道彦回这孩子结婚了。一直以来，我和老金都把他当成自己的孩子一样，到国外后最放心不下的也是他。现在看到你们感情这么好，我也放心了。”

听她这么说，我就知道陆彦回和他们夫妻的感情不一般。我这样想着，说：“他今天心情很好，一直跟我说老师和师母从美国回来了，许久不见。”

“是啊，他前几天听说我们要回国就很开心。何桑啊，你既然给我面子叫我一声师母，我也希望你能听我几句话。彦回这孩子虽然看着出生富贵，其实心里是很苦的。你应该知道，他生母去世得早，那个时候他读高中，就在老金班里，突然之间就跟变了一个人似的，打架逃课。我和老金后来才知道，原来是他妈妈过世了……”

如今陆家大宅的当家主母自然不是他亲妈。因为从前跟陆小言关系好，她也经常跟我讲自己家里的事情。

陆家尚未发达的时候，是陆彦回他妈辞掉工作陪着他爸一起打拼的，恰好当时赶上了好时机得以发达。然而他妈是个可怜人，丈夫富贵之后跟别的女人有染，还有了孩子。当那个女人挺着肚子过来闹的时候，他妈心灰意冷，决意离婚。

起初忙着创业也一直没有要孩子，谁知道离了婚后他妈竟然发现自己已经怀孕了，孩子也就是陆彦回。

他妈虽然离开了陆家，但自己很有本事，因为是会计出身，还会计算机，那个时候这些都是很吃香的技能，因此日子也不算难过。后来她又收养了被人遗弃的陆小言，当女儿养，直到后来身体不好，才肯让陆家把孩子接走，小言也被一起接走。

师母跟我说了很多事情，都是关于少年陆彦回的一些我不曾知道的往事。他悲伤而叛逆，好在当时的老师，也就是老金弄明白原因，把他从校外找回来，又带到家里训了一顿，对他也格外关心，想来陆彦回后来对他们夫妻心存感激，就是因为那个时候有人及时拉了他一把，没有让他消沉下去，并且给了他格外的关怀。

她跟我说这些话的目的我心里明白，是希望我好好跟他过日子。可是她自然不会知道，陆彦回是怎样对我的。

所以我只是附和地应了几句，这时里头也散了。也许是高兴，陆彦回显然喝高了，我扶着他跟大家告别。他醉成这样，自然是我开车。一路上他也不老实，把音响声音调大，一直跟着唱歌，挥胳膊总是打到我的脸。我被他闹得烦了就骂道：“再不老实，我就一脚把你踹下去。”

放在寻常，他肯定又要生气了，这回竟然没有动气，反而笑了起来：“女人果然不能惯着。这才对你好多久，你就敢踹我下去了？日子长了，那还得了？”

我冷笑：“真心求你别恶心我了，戏演得过了就成笑话了，况且现在可不是在你老师面前，不用演戏给谁看，我还没有自作多情地以为你会对我好。”

他忽然不说话了，伸手摸了一根烟出来，一边把车窗按下去一边点上。我嫌弃这味道：“能不能不要在车里抽烟？难闻死了。”

“我的车，你管得着吗？”

他不再看我，把烟头扔了出去，窗户也关上了。车里恢复了一种诡异的静谧，只让人觉得这段路十分漫长，恨不得立即就能回去。

终于到家了，陆彦回一下车连站都站不稳。我起先没管他，反正有用人扶着他，可是手腕却被他拉住，他整个人随即往我身上靠，我只好用力跌跌撞撞地把他给弄到房间里去。

他随即往床上一倒，我怕他就这样睡着了不去洗漱，于是伸手推他：“先去洗澡，一身的酒味儿，弄脏了我的床。”

陆彦回也不动，就这么躺着看着我。我被他看得不耐烦了，又催了他一遍他才动，没一会儿又在浴室里喊：“过来帮我拿毛巾。”

他已经坐在浴缸里。我把毛巾递给他刚准备走，他忽然从水里站了起来，把我拦腰抱住。我吓了一跳，鞋子都掉了，身上还穿着衣服就被他一下子抱到了水里，身上的裙子瞬间湿透。

可是他哪里肯放过我。浴室里水雾弥漫，我们都泡在水里，明明是热的，却让人无端地觉得冷。所有的一切都有一种欲盖弥彰的假象和不真实感，可是背后却是心酸和不甘。

最后我是被他抱出去的。我瞥了一眼镜子里的自己，只觉得场景荒谬难堪，让人悲伤却身不由己。

多么可笑，他不爱我，却不放过我的身体。这一场有性无爱的婚姻，更像是两个没有意识的躯壳搭伙过日子。

不记得自己是何时睡过去的，应该是沾了床很快就睡着了，醒来的时候已经接近中午。我换了衣服，临下楼之前又折回去翻出我包里暗层中的一盒避孕药，掰了两粒咽了下去。

正巧手机响了，我就折到床头柜那儿接电话，原来是音乐学校的老师，看我这个点儿了还没到，怕我遇到什么麻烦。

因为是自己睡过头了，所以不好意思地跟她解释了几句。已经是饭点，桌上摆着满满一桌子的菜，我问："怎么做这么多菜？哪里吃得完？而且我最近也没什么胃口。"

阿姨把碗筷摆好："先生今天也在家呢。"

果然门口有人进来，可不就是陆彦回？他去院子里修剪花草了，看来是突然有的雅兴。

大概是天太热，屋子里开着冷气，也不怎么通风，让人觉得闷闷的。我胃口也不好，吃了小半碗饭又简单地喝了两口汤，就准备收拾下出门。

陆彦回却不让我走："你是属麻雀的吗？吃得这么少。把碗里的饭吃完。"

"吃得少也碍着你了？管得还真宽。"

"还真就碍着我了。你太瘦了，骨头都硌人，我摸着没有手感。"

阿姨还在边上呢，我心里有气，伸手把几个荤菜往他面前一推："要吃你自己吃，胖死你算了。"

我上楼的时候，就听到他哈哈大笑，还对着边上的阿姨说："看看她这张嘴，什么时候饶过人？"

他上来的时候我正在化妆，收拾完，看时间不早了就要出门，结果拿包的时候之前忘记放回去的避孕药就掉到了地上。我心里一慌，想赶紧去拾起来。陆彦回是最讨厌我吃药的。曾经有一次我当着他的面吃了，他让我吐出来，差点没把我给掐死。上一次也是因为这个药跟我闹了一场，好不容易他这两天心情好点儿了，我可不想再触霉头。

可是来不及了，他早我一步走过去，脸色顿时沉了下来。我装作不在意，就想赶紧离开，他却把我的手腕扣住，声音都是冷的："我最近是不是对你太好，让你得意忘形了？我反复说过的话你也不当一回事了？"

“我不想要孩子。生出来做什么，看我们吵架？看你怎么变着法子折磨我？真是笑话。”

“我娶你回来，也不是想做亏本生意的。如果只是找个暖床的，哪里会这么贵？既然嫁给了我，我想要孩子，你就得给我生出来。如果你再敢做手脚……”

“我也是为你好。”我冷笑道，“反正我早晚要死在你手里，与其留下一个孩子成为你的拖累，倒不如成全你过得更潇洒。”

他却用力捏着我的下巴说：“是成全我还是成全你自己？我知道何桑，你巴不得我有一天突然烦了你，跟你离婚，让你跟那个姓许的旧情复燃，所以才死活不肯让孩子绊住你的手脚。我劝你死了这条心吧，你这辈子都别想再跟别人！”

我甩开他的手冲了出去，只觉得骨头都要被他捏碎了。只是没有想到，我这一次真的让他翻脸了。

临下班的时候，我接到疗养院的电话，那边看护的声音显然很为难：“陆太太，您好。”

我吓了一跳，以为我哥出事了，谁知道她说：“刚才陆先生让人来电话了，说是以后何先生的疗养费他不管了，您看怎么办，平时每个月都是陆先生的秘书直接把钱打到我们账上的。以后我们找您？”

我愣了一下，说了句“知道了”就挂了电话，心里一阵悲凉。

陆彦回有句话说得对，他确实是惯着我的，让我以为他最多就是说说狠话，吓唬吓唬我，我怎么能忘记他是怎样的人呢？

我那一点儿微薄的薪水哪里够支付我哥昂贵的疗养费，每次都是陆彦回管这些事，要是真的让我自己承担那么一笔钱，也够我伤脑筋的。陆彦回这样做无非就是让我明白，我不能忤逆他，毕竟我的一切都是他给的。

现在看来真是可笑，我常开的那辆mini、住的豪华别墅、一日三餐保姆准备妥当、柜子里时常有送来的新款衣服，哪一样不是他的财富换来的？只是因为习惯了这些，不必用什么去交换，所以才会忘了本质。

回家的时候，我问陈阿姨：“先生回来了吗？”

“还没有。太太吃饭吧？我去准备。”

“等一下，我打个电话问问他回不回来。”听我这么一说，陈阿姨都有些诧异，毕竟平时我是从来不会关心他会不会回来的。

我打过去，他的电话响了很久都没有人接。这是他的私人号码，可能手机不在他身边。我想了想，又打了他秘书的号码，奇怪的是竟然也没有人接，照理说这个号是二十四小时开机有人接听的。

猜不透这是陆彦回故意的还是无意的，我又拨了一遍他的私人号码，这次总算是有人接了。

“找我干吗？”

我咬了咬嘴唇，问他：“还在公司？”

“我在哪儿跟你有关系吗？”即使他不在我面前，我依然能够想象到他此时说话的神情，似乎在说，“何桑，你看，你还不是跟我低头了？”

可是我只能这样做，这一场交易性质的婚姻，从一开始我就是低到尘埃里的，没有高傲的资本和权利。

“晚上回来吃饭吗？如果回来我就让阿姨准备一下。”

“不回去。难道我会放着佳人有约不去，回去看你那张面瘫脸吗？”

“那我等你回来，我有话跟你说。”

“不用等了，我说不定一夜都不回去。你有话跟我说？可是我没有话跟你说，所以还是算了吧。”

“不，我等你回来。”完了我又加了一句，“多久都等着。”

他直接挂了电话。

第三章

前男友的婚礼

烟雾在风里慢慢散开，
隔着墨色车窗，
他整个人都显得不太真实。

我哥杀了人，虽然到现在我都不相信这件事，但当时那个房间里只有我哥和死者，而且我哥什么都不肯说，只认了罪。

他是个粗人，书读得不好，又交了一些不入流的朋友，我上高中的时候，他就开始跟着所谓的黑道人物一起混。我妈死得早，我爸是酒鬼，成天在外面喝酒，也不管我们，刚开始还知道帮我交学费，后来直接跟着一个外地来的发廊里的女人同居过日子了，连家都不回，我们兄妹俩算是相依为命。

我的钱都是我哥给的，一直到我上大学，他也不跟我说他具体是干什么的，只说他跟的那个大哥人挺好。他做的事情也很简单，但是拿的钱不少。

好不容易我毕业了，和许至一起去一家颇有规模的贸易公司面试，双双被录取了。

一切似乎终于稳定了，我和许至也准备结婚，组建家庭，我哥却突然被警察带走了。这样的打击对于当时的我来说，就像是好不容易从深渊里爬上来，差一步就要出去的时候，又被人狠狠地推了下去，之后就再也没有力气往上爬了。

许至也不过是普通家庭的孩子，又刚从学校出来，对我哥的事情也帮不上忙，只能跟我一起干着急。

就在我几乎要崩溃绝望的时候，是陆彦回找到我。他打电话给我："何桑，你想救你哥哥是不是？我可以帮你。"

水慢慢变凉了，我也从回忆中醒过来，擦干身体穿上睡衣，回到床上等他回来。

因为心事重重，电视里放的节目我也看不进去，只是坐着发呆。这么一晃几个小时过去了，忍不住想要睡觉。台灯的液晶屏幕上显示的时间已经过了凌晨一点钟，他果然没有回来。

可是我告诉自己不能睡，哪怕这一夜他真的不回来了，我也得等一夜，毕竟只有这样才能让我看起来是请求他原谅的样子，意识到从前自己的任性，因而变得服帖和温顺。

时间一点点过去，只让人觉得这一夜格外漫长。我的眼皮渐渐沉重，好多次都忍不住躺下想睡，却又让自己打起精神坐起来。

就在我迷迷糊糊地又要和困意做斗争的时候，有人推门进来。我猛地睁大眼睛，看到陆彦回拿着包从外面进来，脸上是那种高深莫测似笑非笑的神情。我被他看得不自在，只好强颜欢笑："你回来了啊。"

面前的男人却明知故问："咦？今天是太阳从西边出来了吗？你这个时候还没有睡觉，是在等我？"

"我说过会一直等到你回来的。"

他脱了外套，似乎是觉得有些闷，又把衬衫的领带松了松，才走过来在床边坐下。

他靠着床边躺着，把头放在了我的腿上，对我说："我有些头疼，帮我揉揉。"

我只好伸手帮他按头。陆彦回闭着眼睛说："不是有话对我说吗？好不容易熬了这么久，等到我回来，怎么反倒成了哑巴？"

我思量着说道："之前的事情是我不对，你不让我吃那个药，我就应该听你的话。我以后不会再吃了。"

"嗯。"他只回应了这一个字，尾音拖得有些长。

过了一两分钟，他才睁开眼睛坐了起来，越过我把我那边床头柜上的灯给关了。

他身上有洗发水淡淡的香味，我想起他之前所说的佳人有约，看来那女人把他伺候得很好。这样想着，我松了一口气，困意袭来，沉沉睡去。

而这之后，疗养院的电话再也没有打来过，显然他是对我这样温顺的态度比较满意，因而不再拿这件事来为难我，到底也算是相安无事了一些天。

一个周六的早上，我不小心磕到了桌角，到了晚上还有些疼，我把裙子撩起来一看，腿上果然一大片瘀青。

正巧陆彦回进来就看到了，让我上点药膏，结果却变成了他亲自动手给我抹药。抹着抹着这人的坏心思就来了，手指故意轻轻地摸我的大腿，弄得我痒得要命。我一边躲闪一边喊："腿上还疼着呢，你再这样把我的伤弄得更厉害了。"

"你这算什么伤？不就是一块瘀青嘛，这种东西一定要多活动，来，我帮你，让你多动动，保证明天这瘀青就消了。"

他一碰到伤处我就吸口气，说："小心点儿，你个浑蛋。"不想我这样他竟然心情大好，在我耳边说："何桑，这一回你最像个女人。"说着还在我肩膀上咬了一口，疼得我直哆嗦。

他跟我闹了一会儿，我迷迷糊糊地睡着了，再然后就是第二天了。

在饭桌上的时候，我发现对面的人在看着我的肩膀发笑。我低头一看，原来昨天他在那个地方狠狠地咬了一排的牙印，顿时脸就红了，赶紧把衣领往上拉了拉。

这时电话响了，阿姨去接电话，过了一会儿就对陆彦回说："陆先生，是大宅打过来的。"我看了他一眼，果然见他皱了皱眉头，然后对我说："你去接。"

我只好走过去——是肖万珍打来的，也就是陆彦回的后妈。

我叫了一声"阿姨"，她说："桑桑啊，明天和彦回一起回来吃饭吧！一家人好久不见了，尤其你们不像陆劲他们跟我们住一起，搬出去之后难得吃顿饭，我和你爸也惦记你们。"

她都已经这样说了，我自然不好意思说不回去，所以就答应了下来，回到桌边跟陆彦回说了一声："让我们明天回去吃饭。"

"你答应了？"他头也不抬。

"嗯。总是不回去也不大好。"

"那你自己去吧，我不去。"他白了我一眼。我只好说："如果你不肯去，我才不要一个人去呢。有一次也是你非让我一个人回大宅，结果你爸不高兴了，就冲着我一个人发火。”

他不为所动：“你当作没听到不就好了？”

我接着说：“还有你那个大嫂，就喜欢说话呛着我，说什么我没有本事，一点儿说服你的能力都没有，活该你总在外面鬼混。”

陆彦回那个大嫂，说话刻薄得很，她娘家条件也很好，本来就看不上我这个妯娌，偏偏陆彦回还总是对她爱理不理的，她又不敢对陆彦回有意见，只好发泄在我身上。

此时我学着他大嫂的语气说话，倒把陆彦回给逗笑了，他放下筷子说：“她倒是说得没错，你还确实没有那个本事劝动我，要是你哪天真学会了那个本事，你也就出息了。”

我只顾低头吃饭，到了晚上也一直不开心，睡觉的时候他冷笑一声，说：“才多大点儿事，难不成大宅那里还成了贼窝，让你有去无回不成？”

“难听的话传不到你的耳朵里，你自然不会有什么感觉，我听着却是戳心窝子，怎么可能会高兴。”

“你这样说倒像是我故意为难你，不就是回去吃顿饭嘛，我陪你去就是了。”

听他这么一说，我窃喜。

第二天，陆彦回自己开车，因为阳光刺眼，所以戴了一副大墨镜。当他一进门看到肖万珍站在门口跟管家讲话，当即脸上就变得没表情了。

看到我们来了，肖万珍表现得很热情，直接走过来拉了我的手说：“桑桑，你们来了，你爸爸一个老朋友从云逸湖里弄了不少大闸蟹过来，今天就让厨房都做了开开胃。”

我不大适应她的热情，只好勉强笑着应付。陆彦回走过来，肖万珍看着他说：“彦回好像瘦了一些，是不是工作太辛苦了？要注意休息啊。”

陆彦回没说话，加上戴着墨镜更加让人觉得“生人勿近”，肖万珍讨了个没趣，说去厨房看看就先走了。

我拉拉陆彦回的衬衫：“你再不高兴，面上的功夫还是要做的，何必搞得那么僵。”

他不屑地笑了一下："看到她虚伪的样子我就犯恶心，跟她客套我嫌脏了自己的嘴。何桑，你也别那么做作，勉强笑看着丑死了。"

他爸坐在沙发上，看到我们来了，对保姆说："厨房准备好了吗？上菜吧。"

我叫了一声"爸"，陆彦回没有说话，只是拿下了墨镜。楼梯上有人下来，可不就是他的大哥大嫂？陆劲看到陆彦回，笑得也很开心："老二回来了？都不常见到你了。"

"见不见还不都是一个样？难道还能多出一条胳膊一条腿？"

陆劲的脸上有些挂不住了，好在菜陆续上来，我们就坐下来吃饭。

一桌上也没有人讲话，都是各吃各的。倒是他大嫂忍不住先开了口，对着肖万珍说道："妈，昨天我和朋友逛街的时候看到玲姨了，她身边跟了一个年轻的男人，是不是她的新男朋友啊？"

肖万珍皱了皱眉头，似乎有些不高兴。陆劲瞪了她一眼："吃你的饭，说那么多话干什么！"

陆彦回他爸开口了："说起来上一次也有一个做婚庆的朋友问起我这件事，锦玲最近似乎在打听结婚方面的事宜，难道真的要定下来了？"

他们嘴里说的锦玲，就是肖万珍的妹妹肖锦玲，她老公死了，留给她不少遗产，是个名副其实的阔太太。

这女人却是不消停，身边一直不缺男人，但也就是图个乐，一直没有听说打算重新结婚，不过听他们这样说，似乎这一次是要来真的了。

陆彦回显然不关心这事，他还是挺喜欢吃螃蟹的，还拿着一个凑过来对我说："何桑你看，这个像不像你？看着特别呆。"

说完，他就狠狠地把这螃蟹的一条腿给掰了，去掉壳之后吃里面的肉，样子很是享受。

肖万珍却说："上一次在电话里锦玲跟我提过这事，让我帮她拿主意。我能拿什么主意，只让她自己考虑好，不过，那个男的比她小得也太多了，足足差了十七岁。我是不大看好的，倒是锦玲自己，这一次似乎真的上了心。"

十七岁，我听了心里一阵唏嘘，回去的路上还觉得不大敢相信。陆彦回就更刻薄了，重新戴上墨镜，一边开车一边说："一个做二奶，一个养小哥，肖家的女人可真行。”

“那个什么玲姨，年纪挺大的吧，我以前好像见过。”

“四十几岁了。要我说，哪里是找老公，简直就是找儿子。”

“她要是真结婚了，我们不用去参加婚礼吧？”

“当然不用。她是什么身份，也配让我赏脸？”

陆彦回这话才说完没多久，肖锦玲就宣布结婚了。

那天，陆彦回回来得迟，我已经睡着了，又被他弄醒。床头灯开着，他的脸明晃晃的，脸上有一种非常诡异的神情。

他这样子让我心里有些不踏实，只好支起身子坐起来问他：“怎么了？你似乎有话要跟我说。”

“没有。你明天跟我去参加肖锦玲的婚礼，打扮得漂亮点儿。上次逛街不是买了新衣服吗？那条黑色的裙子我看不错，就穿那件吧。”

“你干吗啊？不是说不用去参加她的婚礼吗？我们不算亲戚吧，还让我打扮，陆彦回，你搞什么名堂？”

“没什么名堂，我忽然对那个小狼狗是谁有些感兴趣，你不好奇吗？就当看看热闹，哦，不对，是看个笑话。”

睡觉的时候，我总觉得今晚陆彦回有些不对劲，他才不是好奇心这么强烈的人，显然是有我不知道的事情。不过，既然他执意要带我去，对我来说也无妨，索性不再多想就睡了。

醒来的时候，我发现枕边已经没人。因为是周末，他自然也不用上班，寻常他都喜欢睡懒觉，不到中午吃饭很难叫醒，我正奇怪，窗边就传来“咔嗒”一声。

是他在抽烟。打火机点了火，窗户开了一条小缝隙，有雾气缓缓散开。我很少见他这样早起，而且似乎有心事。我起身有动静，他都没有回头。

直到我下了床，他才注意到我醒了：“你怎么起这么早？”

“什么时间了？”

“不到七点。你再睡会儿吧，还早着呢。”

“你怎么起这么早？”

“你管得着吗？”

我被他这么一呛声，便不再废话，再醒来时已经快中午了。等我洗漱完下楼，陆彦回已经坐在楼下沙发上看报纸。看到我，他看了看手表，说：“不早了，换衣服，然后我们出发。”

我本来最烦的就是参加喜宴，程序冗杂烦琐，时间耗费得也长，所以我又问了一遍：“真的要去吗？可不可以不去？你之前不是也说了，她还不至于让你赏脸吗？怎么到这会儿就变卦了？”

陆彦回又看了看手表：“我只给你二十分钟，如果到时间你还不下来，后果自负。”

车子开到酒店，他下车后在一边儿等我，然后伸出胳膊让我挽住。外人面前的陆彦回永远是风度翩翩。

我们往里走，巨大的LED屏幕上显示的字却让我顿时僵住，脚上的高跟鞋仿佛硬生生被钉在地上一般，动弹不得。

陆彦回似笑非笑：“怎么了何桑？宴会厅还没有到，你怎么就停下来了？”

“新郎是谁？”

“中国汉字你不认识？”

“不会的，这不是真的。”我暗想，手开始发抖。

他假惺惺地握住我的手说：“怎么了？身体不舒服吗？”

“陆彦回，你是故意的！”我压低了声音吼道。他冷笑了一下：“大厅里这么多人，你莫要丢了我的脸，不然我多失望，好心好意带你来看看旧情人，你一开始就要临阵脱逃，我该怎么看好戏？”

“你这个疯子！”我咒骂道。他的声音也冷下来：“我是疯子还是许至是疯子？一个男人是有多不要脸才会娶肖锦玲那样的女人！她是什么样的人你还不知道吗？说起来许至还算是有些本事，竟然能把那个老女人哄得肯嫁给他。”

“这不是真的！我不信！”我瞪大眼睛看着陆彦回。他不再看我，只是猛地拉了我的手往前走。我不敢再往前，因为怕最后的一儿点希望就这样破碎了。直到我看到门口迎宾的人，才算是死了心——许至。

隔着十几米远，陆彦回贴着我的耳朵说：“何桑，你看清楚那个人是谁，他的胸前还戴着新郎的胸针，我从来不冤枉人。”

我没动，只是呆呆地看着一身西装笔挺的许至。上一次见面还是我跟他分手的时候，那应该是他最不好看的时候，因为太悲伤，眼泪一直往下掉，伸手拉我的手腕，几乎是求着我不要分手。

可是我当时说了什么？我只是板着一张脸，冷冰冰地看着他说：“不是我不想跟你结婚，只是许至你太没用了，我哥总得想法子给弄出来吧，你没有那个本事，陆彦回有，他要娶我，我就嫁给他。”

许至红着眼睛说：“总会有办法的，我再托人找关系，一定想法子把你哥给捞出来，行不行？何桑，我求你，别离开我，你爱我的，对不对？难道为了你哥，你就要放弃自己的幸福吗？”

可我心太狠，对他说：“其实也说不上爱吧，毕竟跟你在一起那么多年了，要结婚也不过是觉得顺理成章。但是你知道，女人都是爱慕虚荣的，如果能够嫁给陆彦回，我就算是嫁入豪门了，总比跟着你一无所有地过苦日子强吧。”

他颓然地看着我收拾东西离开。临走时我还不忘在他心窝上捅一刀：“哦，对了，许至，你也千万别惦记着我了，这是我给你的一句忠告，因为我不会惦记着你的。你要是一直忘不了我，只怕你会吃大亏，求你千万别再想着我，重新找个人过吧。”

门关上，我就开始哭。他没追出来，我就快步走。不作死就不会死，这是大道理。

就像现在，我看着许至，他可真英俊，一如我记忆里那个清秀的男人，温和有礼。

我是真心爱过他的。

陆彦回伸出手搂着我说：“做事要有始有终，不然怎么对得起我特意把你带过来呢？你也别一副要死不活的样子，给我看，还是给你的旧情人看呢？给我看真是没有必要，我不吃你那一套的；至于你的旧情人，你看人家今天多开心，从此就平步青云，少奋斗了多少年啊，就这样跨入了上流社会，用得着你何桑操哪门子的心！”

“你别胡说八道！他绝对不是那种贪慕虚荣的人，一定是发生了什么事情。”

他抿着嘴不说话，手上却带了力气搂着我往前走。我没有办法，只好跟着他走到了许至和肖锦玲的面前。

肖锦玲显然没想到我们会来，先是有些诧异，随即换上十分欢迎的神情，对我们说："彦回和桑桑也来了，真是贵宾啊，太给我面子了。"

许至看着我们，一声不吭。我忽然想就这样走掉，可是陆彦回压根儿不会允许我这样做，而是对肖锦玲说："玲姨结婚，我们自然要来庆祝。真是恭喜啊，重新找到了自己的幸福。祝你们白头偕老。"

他平时看到肖锦玲总是爱理不理的，此时开口竟然叫她玲姨，旁人不知道为何，我心里却了如明镜，他是要衬托出许至和她的悬殊。我心里仿佛被针扎一样，疼得不能自已，陆彦回却转过头对我说："何桑，你也说两句祝福的话，说出来也沾沾喜气。"

我看了他一眼。陆彦回这个时候竟然是笑着的，谁能想到这人心里藏着一把刀，恨不得捅死我才算完？

我听到自己开口，好像还笑了一下，没有再看许至，只是对着肖锦玲说："恭喜啊玲姨，祝你们新婚快乐，白头偕老。"

"太谢谢你们的祝福了，快进去坐。"

陆彦回继续搂着我往里面走，我和许至擦身而过。不用看我都知道，许至一直在看着我。

直到走远了，我才一下子推开陆彦回，往洗手间的方向走，只觉得自己的心被什么东西狠狠地揪着，实在是忍不住，眼泪一直往下掉。

怕被人听到，我只好压低了声音哭泣。也不知道过了多久，包里的电话震动，我噙着泪掏出来一看，是陆彦回的。我恶狠狠地摁掉了电话，打开门出去，脸上的妆容一片狼藉。我用水把化的妆冲洗干净，又重新补了妆，还是掩饰不了红肿的眼睛。

走出洗手间的时候，陆彦回在走廊里抽烟。他低着头，一手夹着烟，一手把玩着打火机。就在我要越过他的时候，他抬头仔细地看了我一眼，讽刺地说："何桑，你还真是没让我失望。"

我笑道："这不就是你想看的结果吗？多好啊，当着他的面带着我耀武扬威，多么胜利的姿态，谁能有你这么狠呀！”

陆彦回把烟摁在了边上的垃圾箱上，然后伸出手捏了捏我的脸：“你第一天认识我吗？我跟你说，我就是喜欢看到你心里难受，你越难受我越高兴，可是你能怎么样呢？时候不早了，你要矫情我也让你矫情了，别在这里跟我折腾，这顿饭还没有吃完呢！”

我又被他半拖拽着走。我们一坐下，就有人搭讪，我只觉得脑子嗡嗡作响，什么都听不进去。

桌上的菜肴极其精致，只是我实在吃不下去。坐在陆彦回身边的一个中年男人指着我对陆彦回说：“不知道陆太太这是怎么了，看着似乎不大舒服。”

这个时候陆彦回装作什么都不知道一样低头问我：“何桑，你还好吗？哪里不舒服？”

他既然做戏，我巴不得先走，就闷闷地说：“我胃痛，坐不住了，我看我还是先回去吧。”

谁知道他却按住我的手说：“别急，等会儿跟我一起走，你一个人怎么回去？”

我霍地一下站起来：“我一个人也可以回去。”

我脚下走得很急，眼看就要走出宴会厅的时候，一个小孩从边上冲了出来，步子不稳地往我身上一撞。我没有在意，一个踉跄差点儿跌倒，边上忽然伸出一只手来，那人的声音自我的头顶发出，他说：“小心。”

我低着头说了一声“多谢”，却不敢多看那人一眼，仓皇而逃。那个声音我认得，是许至。

出了酒店，我招手拦了一辆车就去学校。天气闷热，我下了车，门卫坐在门口的大树下乘凉，看到我说：“何老师，今天也来上班？”

今天没有我的课，我只是想去办公室里坐坐。不想推门就看到同事于洁在哭，另一个同事小陈在边上低声安慰，看到我来，小陈有些奇怪：“桑姐，你怎么来了？”

“拿点东西。小于这是怎么了？”

“跟老公吵架了，闹离婚呢，都哭了好一会儿了，我怎么劝她都停不下来。”

一问才知道，于洁的老公在外面有人了，一起逛街的时候被她给撞见了。她结婚才两个月，就遇到这样的事情，难怪伤心成这样子。

小陈也是刚从学校毕业，听到这样的事情就义愤填膺："桑姐，要我说，于洁就该跟那个男的离婚，反正他们现在还没有孩子呢，结婚才多久啊就劈腿，以后半辈子呢，还过不过了？"

我没拿意见，家家有本难念的经，我自己的事情处理得也是一团糟，哪里能给她提多么有意义的建议。

下午时间慢慢地过去了，下了班后，她们嚷嚷着要出去喝一杯，借酒把烦心事给冲淡了，我也去了。平常我不大喝酒，不过今天是真的想醉一次。

这酒吧我是第一次来，是最近火热的湖上酒吧。老板租了一艘大船停在岸边，装饰成酒吧，很特别。只是心情不好的时候，无心顾及这些东西，我们坐在吧台，要了一瓶芝华士，不远的地方，调酒师拿打火机表演摇火焰，一群小姑娘围着叫好。

我们几个把该说的话早说完了，就是来喝酒的，也都不吱声，直接往杯子里倒，碰一下就往肚子里灌。我喝得凶，心情实在太压抑了，看着周围人这么乐在其中，更让我觉得难受。

一瓶太少，又换了几瓶其他的。她们不行了，小于去厕所吐了好几次，我就让小陈送她回去。

"桑姐，你怎么走？"

"你们先走，我坐会儿再回去。"

这话说得挺勉强，洋酒后劲足，很快我就头晕了，但意识很清晰，包里手机开始震动，我一看，不是别人，正是陆彦回。

几乎没有犹豫，我直接摁了拒绝接听，随即又把手机给关了，然后对调酒师说："要一杯长岛冰茶。"

酒很快调好送过来，却有一个男人坐在我身边。我抬眼望了望他，不是熟悉的人。这人手里也拿着杯子，对我示意了一下喝了一口。我抿了一口酒。他跟我搭讪："你朋友都走了，你还在这里啊，不想回家？"

我没说话。他接着说："让我猜一猜，是跟老公吵架了，还是他在外面有别的女人了？"

"谁说我有老公了？我小着呢，十八岁，刚成年，今天跟初恋对象分了手，出来喝一杯，纪念我死去的爱情行不行？”

这男人就笑了。我也缓缓笑了起来，莫名地有些伤感。

他突然凑近我：“我有个好东西，你要不要试一试？试过之后，人会很舒服，什么不高兴的事情都会没有了的。”

“大麻？”我嗤笑。他伸手捂住我的嘴巴：“嘘——嘘——”

我心里感到一阵厌恶，起身要走，又被他拉住手腕：“别走啊，美女。”

我刚要开口骂他，忽然肩膀一阵剧痛，有人硬生生地把我拨开弄到了边上，我还没有反应过来，随即有人给了那个男人一拳。这一下打得太狠，那人嘴角当即就见红了。接着那人又给了那个男人好几脚，直到有人拦着才收手。

有人喊他：“二哥，你还真来了！”

我一看，是顾北，陆彦回的朋友，他看到我，叫了一声“嫂子”。就听陆彦回骂他：“你不认得何桑吗？她差点儿嗑药你都不知道拦着，我让你看着点儿你干什么去了？”

“我刚才被顾客缠着下不来，而且在楼上不确定她就是嫂子啊。”

陆彦回冷冷地看着我：“你现在本事大了，啊？敢不接我的电话，还关机！要不是顾北打给我，我还真不知道你夜生活这么有意思。”

我被他拽着往外走，一路踉跄，好几次差点儿摔了。

他把我往车里一推，关上车门就去开车。我没动。他把车开得飞快，哪里像是在市区？

短暂的沉默后，他先开口：“真是情深意重啊！他看上去没什么感觉，你倒先坐不住伤心起来，以为许至还是你未婚夫吗？”

“不用你提醒我，我是你陆彦回的妻子，我忘不了。”

“那你发什么疯？一身酒气也就算了，那人给你的烟是什么东西你不知道？是不是嫌自己命太大了？”

“我知道那是什么。”我讽刺地笑了一下。他猛地刹了车，转过头来看我。那张脸一半陷在阴影里，只觉得更加阴森：“知道是什么还敢碰？你是活腻了是不是？什么痛苦让你作践自己到这个地步？真是昏了头了！”

我点头：“你说对了陆彦回，我就是活腻了，这不就是你想要的吗？”

“许至是什么样的人你还不明白吗？为了他，把自己弄成这副德行，你不觉得可笑吗？”

“他是什么样的人？”我对他大声喊起来，“你不要忘了，是谁把他逼成这样的！”

他突然拉开了后面的门坐了进来，门关上后，他一把拽住我的头发，让我面对着他的脸。

“何桑，原来你这么恨我啊！这些话藏着掖着多久了？现在才说出口，还真是为难你了。他自甘堕落是因为我还是因为你？你才是那个有罪的人！你为了救你哥甩了他，怎么把这笔账算到我头上来了？”

“不！就是因为你！”我歇斯底里地想要推开他，“是你逼我的！我恨你！也恶心你！”

他拉住我，我狠狠地咬着他的手臂，只觉得压抑太久的恨意就要把自己逼到崩溃，恨不得把他的肉咬下来才算解恨。他另一只手用力地给了我一巴掌，我号啕大哭。

我们在狭小的空间里对峙着。他看了看自己的手臂，不解气，又给了我一巴掌：“你以为自己是畜生吗？喝了酒胆子就大起来了，以为我不会对你怎么样是不是？之前你跟我闹还知道及时收手，在我面前装一副乖巧温顺的样子，把爪子藏得严严实实，这才过了多久，一见到许至你就装不下去了，啊？”

“我就是忘不了他，我就是爱许至，你能把我怎么样？”

陆彦回盯着我看了好几秒钟，然后慢慢地从我身边离开，松了松领带，打开门出去了。

我坐直了身体，只觉得我们之间太过荒谬。他没有回到车里，而是靠着外面马路边上的一根路灯柱子抽烟。

烟雾在风里慢慢散开，隔着墨色车窗，他整个人都显得不大真实。而我已经无力探究他到底在想些什么，对我来说，陆彦回太可怕。

抽完了那根烟，他才一言不发地回到车上，直到车开进别墅，他一踩刹车，对我说：“滚下去。”

他在我下车后一秒，就发动车子离开了。

我快步回到房间，放水开始洗澡。温热的水把我整个身体温柔地覆盖，让我渐渐地放松。

这晚之后，一连好些天我都没有再见到陆彦回。只是陈阿姨这期间经常出门，我开车去上班，那边司机老李也发动车子载着陈阿姨出门，她手里拿着保温盒，似乎挺着急。

我问她："阿姨要出门？这些天总是看你往外头跑，发生什么棘手的事情了？需要我帮忙吗？"

"不用不用，您去上班吧。"她摆摆手，"我一个亲戚住院了，他家里人不在本地，只有我能照顾他，不打紧。"

我没有再问，坐进车里，从镜子里瞥了一眼，随即调转方向盘，跟着家里的车走，但不想被他们发现，只好隔了一段距离跟着。因为我觉得陈阿姨这一次不大对劲儿，我想到好些天没有见到陆彦回，心里一直纳闷。

远远地，我看到前面的车子开进了医院。我想了想，把车子停在路边的车位上，然后走到医院的总台问："请问，有没有一个叫陆彦回的在这里住院？"

"有啊，500病房。"

总台的护士脱口而出。我有些诧异，她笑起来："这些天来看这个病人的人很多，看来这人大有来头，听说是大老板。"

我没接她这话，只说了声"谢谢"就上了电梯，心里却有些说不出的感觉。他住院这么些天了，似乎所有人都知道，只有我这个名义上的老婆反而一直被蒙在鼓里，看来是他不愿意见到我。

电梯一路上升，终于停在了五楼。我扫了一眼楼道，就看到老李站在外面跟人说话，我径直走过去。他起先没有发现是我，忽然一转身，看到是我，吓了一跳，非常不自然地问了一句："太太怎么在这里？"

我问他："多少天了？"

他不解："什么？"

"陆彦回住院多少天了？"

"有四五天了。"老李回答得有些小心翼翼。

我不再吭声，推门进去，就听到里面陈阿姨的声音："说是银耳养胃，我就熬了送过来，再难吃的东西多少也吃点儿。”

我往里走，陆彦回抬头，先是眯着眼漫不经心的样子，忽然看到是我，一下子睁大了眼睛，就对着陈阿姨喊：“谁告诉她这里的？谁让她来的？”

陈阿姨也诧异地回头看我，显然没想到我来了，又是尴尬又是无措。我对她说：“你先回去吧。”

她赶紧收拾了东西就出去了。

房间比一般的病房大了一倍，桌上和窗台上都摆着鲜花，隐隐有香气浮动。

陆彦回穿着蓝白条病号服，大概是因为生病，似乎瘦了一些，衣服在他身上显得有些空荡。第一眼看过去，我竟然有些不习惯，好像不是从前的那个人。

时间真是个奇怪的东西，那天我对他恨之入骨，可是几天不见，对他倒不似从前那么反感了。

他瞪我：“你怎么找到这里的？我都说了，不让人跟你说，又是谁多嘴告诉你的？”

“谁都没有告诉我。我自己觉得不对劲儿，偷偷跟着老李的车一路跟过来的。”

“那你来干什么？这里不需要你，陈阿姨会按时送东西过来，你在这里，只会让我觉得碍眼，趁早滚。”

“你怎么住的院？之前还是好好的，怎么一晃眼就到医院来了？总得让我知道原因吧。”

他神色古怪地看了我一眼：“没什么，有应酬，喝多了。”

我嘲笑他：“当真是越有钱越小气，为了生意连命都不要了，有必要这样玩命地喝酒吗？”

“你懂什么！”他冷笑着“哼”了一声，“你反倒教训起我来了，很有能耐吗？”

被他这么呛声，我暗骂自己神经。

刚准备拿包走人，却有人敲门。他不耐烦地喊了一声“进来”。未见其人，先闻其声。当然，我这里所说的，是高跟鞋的声音。

进来的是个美女，大眼睛，齐刘海，皮肤白得可以看见脸上的细微血管，洋娃娃一样。显然她没有想到病房里还有一个我。

美女开口说话："彦回哥，我出差刚回来，这才有时间过来看你，你好点儿了吗？"

"你们一个个的消息倒是快，我不过就是住个院，怎么就全世界都知道了？一定是顾北那个大喇叭到处说。"

"彦回哥，我哥不是故意的，是我缠着他让他说的。"

我拿包要走："我上班迟到了，你们聊吧，我就先走了。"

陆彦回不冷不热地说："何桑，你怎么一点儿待客之道都没有了？人家顾西特意来一趟，你也不请人坐坐。"

他这番话一说，我反而拿不准陆彦回的意思了。方才他巴不得我早点儿滚，怎么这会儿又不让我走了？

顾西看着我："是何桑姐姐吧，我是顾北的妹妹，早就听我哥说起过你。"

她这么一说，我只好把包放下来，对她说："原来是顾北的妹妹啊，长得真漂亮，过来沙发上坐，我去给你倒杯水吧。"

"不用不用，何桑姐，别忙了，我就是来看看彦回哥。我不多留了，先告辞了。"

将人送到了楼梯口，顾西却忽然又转过身来，看着我说："何桑姐，虽然我们不是很熟悉，有些话本来不该我说，但我还是忍不住。无论你心里有没有他，至少看在夫妻的情面上，不要再折磨他了行不行？"

我着实不解她为何会对我说出这样的话来，可是还没来得及多问，顾西已经加快步子往下走了。

我没多待几分钟也走了，这之后也懒得再往医院走动。

陆彦回也没在医院待多久，三两天就出院了。他出院的时候我并不知道，已经是夜里了，我压根儿没想到睡着之后他会回来。

那时已经是凌晨，迷迷糊糊中，我只觉得身体被一只手抚摸着，有些说不清的异样。

当我意识到有人在摸我的身体，而且手指似乎在敏感部位有少许逗留，我一下子惊醒了，大喊一声："谁？"

黑暗中，陆彦回的脸慢慢变得清晰起来，我松了一口气，随即又恼怒起来：

"干什么？！大半夜的，跟鬼一样吓人！"

"真没意思，一摸就醒了。"

"神经病啊你！"我往后一靠，说，"白天也没有听说你晚上会回来啊。"

"我需要什么事情都向你汇报吗？"

我没吱声。

他去洗澡，回来时身体温热，贴着我的胳膊，有些说不出来的感觉。我困了，上下眼皮打架。他忽然开口问我："你睡了没有？"

我睁开眼睛："还没，干吗？"

过了几秒钟，他问我："你跟许至是怎么走到一起的？"

我愣了一下，平日里一提到许至，他就不高兴，怎么这会儿反而问起来了？

"你问这个干吗？"

"让你说就说。"

我清醒了，想了想，说："运动会的时候，我跑八百米，因前一天下雨，我站的那个跑道上有水渍，自己没注意，就滑倒了。当时许至是第一个冲上来的，把我扶了起来，又蹲下来背着我去了校医院。当时我挺感动的，后来他一直陪着我，之后就有了好感。"

我像是陷入了某种美妙的回忆一般笑起来："那之后不久是情人节，宿舍快要熄灯了，就听到楼下忽然有人喊我，是许至。我的室友都让我下去，连小言也让我去，我犹豫了一会儿，就下去了，接受了他。"

我这样想着，竟然莫名地有些暖意，直到陆彦回踹了我一脚："行了行了，我就是问一句，谁让你说得这么详细，听着真恶心。"

我冷笑一声，翻了个身，背朝着他，不想看到他的脸，谁知道他硬把我扳过来，压在我身上。我推他，他也不动。

"你发什么疯？"

他的嘴巴探过来，覆在我的唇上，唇齿交缠。这是一个无法抗拒的深吻。

我很久没有和他接吻，之前的每一次都是急切和粗鲁的，然而这一次，却有些极为难得的温存，那么不真实，我发呆。他睁开眼睛看我，忽然在我嘴唇上咬了一口，当时就有血的味道出来。我有些气恼，也去咬他，最后变成了彼此咬破了对方的嘴唇，竟是分不出各自唇上的血是谁的了。

最后，我实在看不下去我们这样虐待自己的嘴巴，便用膝盖往上一顶，正中他那里。陆彦回闷哼一声，翻身倒到一边去，吸着凉气说：“何桑，你还真是厉害，这样对我可怎么好？你以后还要不要当女人了？”

我不再理他。大概是太困了，周围的动静渐渐变得模糊，我就这样沉沉睡去。第二天早上醒来的时候，我才发现，自己脑袋下面有一条胳膊。

再一看，可不就是陆彦回的吗？

这一下可让我吃惊不小，当即就坐起来把他的胳膊拿开。陆彦回也被我弄醒了，迷迷糊糊地问我：“几点了？”

“八点了，我闹钟响了。”

他坐起来，上半身裸着，头发也有些乱糟糟的，明明人坐起来了，却不肯下床，就那么愣愣地坐着发呆，场景着实有些搞笑。

我忍不住发笑。这人鸡窝头，目光呆滞，跟傻了一样，哪里还有平日里西装革履的形象？陆彦回见我笑了，竟然也笑了。

想来是自己眼花了，我赶紧去洗手间洗漱，用冷水洗了脸，闭着眼睛的时候，脑子里不经意地掠过刚才那个瞬间，就像昙花一现那般，那稍纵即逝的笑容，不复平日里的冰冷，竟然有些温和。

第四章

哥哥

快乐的时光总是短暂，
明明可以清楚地记得每一个细枝末节，
可是一恍惚，它又成了记忆里的东西。

第二天去上班，于洁探过来说：“桑姐，外面有个男的找你。”

我走到窗口往下看，果然有个穿着白衬衫的人在树下的椅子上坐着。

是许至。这让我想起了从前在大学里的时候。

我下楼去，看到他低头看着地下的树影，不知心里在想什么。直到我走过去，他才抬起头，站起来，眯了一下眼睛，说：“何桑，你来了。”

往昔与当下交错，我费了很大力气才忍住眼里的泪水，只是勉强地笑了一下，却没来由地觉得有些尴尬。我问：“你怎么来了？我没想到你还会来找我。”

“你就这么不想见到我？”他也笑着，似乎有些失望。我没说话，过了好一会儿才慢吞吞地说：“我以为你这辈子都不愿意再看到我了。”

他有些自嘲地坐下，说：“不管如今你是什么身份，或者我是什么身份，大家好歹熟人一场，没必要见面这么尴尬吧！如果可以的话，陪我坐一会儿吧。”

这番话让我心里有些酸。我在他身边坐下，到底还是忍不住开口问道：“说没有任何疑问那是骗人的。分手之后，你也可以找到一个好女孩，开心快乐地过下去，没想到再见面，竟然是在你和肖锦玲的婚礼上，我……”

“你觉得什么呢？不可思议？心里排斥？厌恶？觉得我是那种为了金钱和地位不知廉耻，去巴结一个离了婚的老女人的男人？”

“不不，我从来没有这样认为，你是什么样的人我比谁都清楚，如今你会这样做，是有什么不得已的原因让你必须这样做吗？”

“你能这么想我，我就知足了。”他把脚下的一片叶子轻轻踢开，又继续说，“只是何桑，那个时候我太年轻了，以为所有的一切都是需要慢慢奋斗的。后来却发现真是太傻了，连自己的女人都没办法留住，我凭什么再去说那些荒唐的理想呢？”

我哑然。

“人都是会变的，何桑，有了触手可及的财富时，我才意识到，金钱原来是这么有用的东西。”

我不可置信地看着许至。他摊开手，说：“只要有钱，就可以衍生关系，就像事到如今，我一直都以为，如果那个时候我有万贯家财，那么在我身边的人，只会是你何桑，而不会是什么肖锦玲。”

“我是个爱慕虚荣的女人，所以才会嫁给陆彦回。我根本不爱你，许至，如果你因为我的离开而让自己堕落，我只能说，你傻透了。”

“我不怪你，只怪当初自己太没用了，什么都帮不了你。”

“可是我不希望你变成这样。算了，你如今并不是我的什么人，这些话说多了倒显得我自来熟了。许至，你走吧，日后有可能，大家也别再见面了。”

我站起来，从树影里走到阳光下，只觉得刺目。他没动，只是开口问我：“何桑，你过得好吗？”

我转过身来，看着他：“好，我过得好得很。你如今不是也深谙这个道理了吗？财富不再是遥不可及的东西，就像是稳当当地在自己口袋里放着一样，只要想要，就可以得到。”

“你又骗人。”许至站起来，他个子高，走到我面前，居高临下地看着我，“你爱的人明明是我，却逼着自己说爱陆彦回；你明明过得不好，却逼着自己说过得好。”

他把话说到这个地步，我终于忍不住，问：“许至，你究竟为了什么要娶肖锦玲？你疯了吗？”

“是，我已经疯了。娶她，我就会有钱，有钱了，我才能把你给抢回来。”

他淡淡地说：“你还记得吗？大三的时候，那个国家级的奖学金，原本差一点儿就落到了别人手里，最后还是被我拿到了。很多事情虽然看似不一样，但其实都是一个道理，属于我的，如果被人抢走了，那么没关系，我就把它抢回来。”

他接着说：“何桑，你根本不爱陆彦回，你们的婚姻就是一场交易。我当时能力不够，无法参与，不代表我永远没有发言权。”

他说得没错，我不爱陆彦回，我心里还有他。只是这原本就是我欠陆彦回的，即使再不甘心，心里也已经认定。

更何况，他要跟陆彦回斗，陆彦回是什么人？吃人不吐骨头，他哪里会是陆彦回的对手？

这样想着，我的心情越发沉重。

下班后我开车回去，发现陆彦回竟然在院子里。

“何桑，你看。”他抬头招呼我。我蹲下来，看到他铲开一小块湿漉漉的泥土，里面有几只小蜗牛在缓慢地爬着。

陆彦回说：“我刚刚路过才看到。多好玩儿，蜗牛不在墙上爬，怎么学蚯蚓往土里钻了？”他一边说着，一边用小铲子把其中的一只蜗牛翻了个身，就看到那个小东西倒着翻腾，可怜兮兮的。

我没有多想，抬手就往陆彦回头上狠狠一拍：“你三岁啊，小孩子喜欢折腾这些，你也跟着闹，快把它给翻回来。”

陆彦回摸着头瞪我：“你刚才是不是打我了？下手还真重。”

我眼皮一跳，矢口否认：“我打你了吗？没有吧。”一边说着“没有”，一边站起来往屋子里跑，陆彦回拿着铲子在后面追。

结果一进屋我就往陈阿姨身后一站，下意识地喊了一句：“阿姨救命！”

然后我就看到陆彦回拿着铲子跟进来。陈阿姨笑了起来。陆彦回被她笑得不好意思，没再动我，又折身回到了院子里。

吃饭的时候，气氛有些说不出来的诡异。陈阿姨嘴角的笑就没有下去过，端菜上来时也是眯着眼睛乐呵呵的，好像发生了什么大喜事。

陆彦回也没来找我的麻烦，一顿饭本吃得相当平和。这时，放在桌上的手机响起来了，我的。

我看了号码，神色一变，下意识地看了陆彦回一眼。他似乎察觉到什么，抬头看了看我。我赶紧错开眼神，起身走到外面去接电话。

许至的声音传到我的耳朵里："何桑，不知道我的号码你可还记得？"

我"嗯"了一声："你要做什么？"

"没什么。刚才开车路过我们学校，想你了。"

我没再说话，把电话挂了，想了想，随即删了最近的通话记录才进去。陆彦回一直盯着我，我被他看得发毛，却还是当作没看到一样，坐下来低头继续吃饭。

"谁打给你的？"对面的人沉声问。

"同事，说明天让我帮忙请个假，怎么了？"

他笑了一下，伸手就要拿我的手机。我吓了一跳，赶紧把手机抢回手里，不高兴地说："干吗？你拿我手机要干吗？"

"几点了？"

"墙上有钟，你自己不会看吗？"

我看他这样，就把手机往桌上一扔："你大可以拿去看，有什么大不了的？如果不给你，还不知道你心里又想着什么来挤对我。明人不做暗事，你随便看，怕就怕什么都没有，到时候打自己的脸。"

他"切"了一声，没再说话，也不吃饭了，径自上了楼。我松了一口气。

最想不通的还是许至，他似乎不再是我印象中那个清高书生气的男人了，他变得有些……戾气。

这个词竟然让我微微愣住了，我对自己说："不会的，他不是那样的人。"

手机却同时震动了一下，短信上写着："何桑，你骗不了自己的。"

我回到房间时，陆彦回正在看电视，但明显有些心不在焉。电视上播放着某个手机的广告，他也不知道换一个频道。我从他手里拿过遥控器，他才回过神来，看着我一直不停地换台。

其实我也心不在焉，两个各怀心事的人，自然是看不下去电视的。他说："算了，我困了，你把电视关了吧，我要睡觉。"

我关了电视，看了看他："你怎么又不高兴了？我刚才那样都能惹到你？还是你自己心里不踏实，所以给自己找事儿？"

"你这话是什么意思？"

"陆彦回，我跟你说实话，最近你特别不对劲儿。从前你脾气不好我是习惯了，可顶多也就是不待见我，没见过你多过问我的事。可是自从许至娶了肖锦玲，你似乎变得敏感了，我打个电话你都能有那么多想法，这也太蹊跷了。"

陆彦回听了我的话却笑了："怎么着？你这一回学聪明了，想要激我让我不插手你的事情？我告诉你，没这个可能！就算我不喜欢你，也更不喜欢哪一天被人戴了绿帽子还蒙在鼓里。"

"别说话这么难听。要说绿帽子，你都不知道给我戴多少了，我哪一回管过？再说，我跟许至如今能怎样？当初分手时闹得那么僵，你以为再续前缘有多容易？"

"听你的意思，莫非还怪我把你的大好姻缘给破坏了？我跟你说何桑，我怎么样你管不着，但是你怎么样我是管定了！要是你还有肮脏的念头，趁早断了，否则让我丢了脸面，有你好看的。"

他这一番话把我气得要死，整夜都背对着他，不想看到他的脸。

第二天不是个好天，下大雨。

早上没有课，闹钟响的时候，我看了看外面阴沉沉的天色，就把它摁掉了继续睡。一夜都侧着身睡，胳膊有些酸。我翻身过来，看到陆彦回也赖着不起，于是推了推他："你该迟到了。"

他先是跟死人一样不动，我就继续推他："迟到了又该说我不叫你了。"

他总算是睁开了眼睛，起床气不小："你活该被骂。你嫁给我倒是清闲，上个可有可无的班，拿那么一点儿钱也可以过富太太的生活，偏偏我还要早起去公司上班，还要每天受你的气。"

"谁稀罕你的钱了？"我被他说得恼了，刚要反驳几句，电话响了。一看是疗养院的号码，我赶紧接了起来。

打电话的是一直照顾我哥的那个小护士，好像叫云云，平时挺活泼开朗的，这时候声音却有些委屈。我问她怎么了，她说："陆太太，您来看看何大哥吧，最近他好像心情很不好，也不肯让人在边上照顾。"

我一听她这话，赶紧说“好”，起身开始穿衣服。

因为惦记着我哥的事，我很快洗漱完下楼去，连早饭都没有吃，就发动车子准备去疗养院。

下雨天我总是感觉心里压抑，前面的景象在雨刮器的作用下时而模糊，时而清晰，竟让我有种没来由的伤感。

车开到疗养院，我把包顶在头上小跑着往里去，云云在门口等我，看到我来，仿佛松了一口气：“陆太太，您总算来了，快去看看何大哥吧。之前好好的，这阵子却怎么都不肯让我照顾他了，又总是发脾气，人都瘦了一圈了。”

我赶紧走到房间里，哥哥没有抬头，不知道是我来了，有些不耐烦地说：“我不需要人照顾，出去！”

听了他这话，我把门一关，走近他说：“你这发的是什么脾气，看来平日里没少欺负人家小姑娘。我看人家护士挺尽职的，怎么你就不满意了？”

“你怎么来了？”我哥看到我，有些丧气地说，“是不是他们给你打电话了？”

“怎么啦？难道是这里有什么让你不满意？”

“不是。我是觉得自己就像个废人，什么事都要人照顾，我真是觉得自己太没用了。”

“总会有好的那一天的。我再想办法，找更好的医生，一定可以帮你康复手脚的，哥。不过，你自己也要控制情绪，不然吓到小姑娘多不好。”

“我怎么会想要吓唬她？我喜欢她还来不及呢。”

“你喜欢她？”我这么一问，我哥却沉默了。难怪他会这么沮丧，相处日久，喜欢上了云云，再想到自己的状态，更是对自己的身体痛恨了。

出狱后，我哥被仇家砍断手脚筋，双腿和双脚一直都没法使上劲儿，连最基本的吃饭都不能自理。我知道这是他最大的痛苦，我也找过当地最好的骨科医生，可手术过后并没有康复，还是老样子。

他眼睛都红了：“我每次看到她那么美好，又想到自己现在这个样子……”

“快别这么说了，哥，你这样我多难过。你要是觉得自己没用，我不是觉得自己更没用？”

他不再多言。

我又安抚了他几句，回去的路上还是暗下决心，一定要治好我哥的手脚，不能让他一辈子这样郁郁寡欢下去。

这件事，我对陆彦回说了。不过，开口时却很忐忑，毕竟因为小言的事，他一直心存芥蒂。

果然如我所料，陆彦回开口就是风凉话："你哥会变成这样，不过是报应，要我说，断了手脚对他来说反而是好事，不然手脚健全，人反而不老实了，一天到晚出去惹是生非，到头来他欠的债，都让别人背了。"

我知道他想到了小言，不敢反驳什么，心里一阵沮丧，想着通过求陆彦回帮忙是不行了，只好自己想办法。

因为不知道自己的哪些朋友认识有名的骨科医生，我就把自己的主页签名改成了"最近急需专业的骨科专家，如果有认识的介绍给我"。

倒是有几个朋友介绍过医生给我，但是我了解后，却技术泛泛。

直到许至发了一条短信给我："我一个高中同学如今在美国Mayo Clinic，是一名骨科医生，他治疗过瘫痪十几年的病人，手术很成功。"

这个短信带给我的信息量实在太大，一是冲着这个，我得去找他；二是他果然没有换号，或者说，一直保留着这个号；三是，他居然还关注了我的主页。

没再犹豫，我把电话拨过去："许至，你说的那个同学，能来中国看看我哥的手脚吗？"

"如果我开口，他就算再忙也会来的。"

"既然是这样，能不能麻烦你帮我这个忙？钱不是问题，希望你帮我联系一下他。"

"何桑，你开口请我帮忙，我自然不会拒绝，只不过我挺好奇，这件事你找你丈夫再简单不过了，凭陆彦回的人脉和钱，难道还怕找不到好的医生？"

我沉默，竟然找不到话来接口。他就笑："你还说你们关系好？关于你哥的事，你果然不敢找他帮忙。我是个外人都明白，他不可能会原谅你哥的，毕竟，他妹妹可是……"

"好了，不要再说了。"我打断他，"如果你愿意帮忙，我很感激；不愿意，我也会另想办法。"

“我现在就打给我朋友，回头给你消息。”

下午他就给了我答复，说对方表示没有问题，近期会抽空来中国，让我先把我哥的资料传给他。

许至带来的都是好消息，那个医生说应该能治好。

他这番话让我多了很多信心，但是不免又有些惆怅。

如今我和许至是什么关系？朋友？差点儿成为夫妻的两个人最后分手了，各自开始一段荒唐的婚姻，拿什么去维系友情？

陌生人？又怎么会是陌生人呢？他曾经是我最亲近的人，贯穿我整个大学时代，意义重大到不能忽视。

我甩甩脑袋，让自己不要想太多，如今既然是为了我哥的事情，自然是要找他帮忙，总不能因小失大。

许至的同学中文名为戴默，他从北京到上海又转机到A市。为了表达我的诚意，他抵达时我特意跟许至约好一起去接他。

因为天色已晚，我只好自己开车来，如果让司机送我，陆彦回一定会知道我是去机场。想着他不愿意我跟许至有交集，这件事我还得瞒着他。

我开车去接许至。如今他和肖锦玲住在厦门路恒隆广场附近的一个高档公寓里。在门口，我被保安拦下，登记了车牌号后，又给他看了驾照和身份证才放行。

许至接到我的电话下楼，坐在副驾驶位置，似笑非笑地看着我：“何桑，你几时学的开车？”

我不看他，一边掉头把车开出去，一边回答：“刚结婚的时候。陆彦回总是喝酒，司机常回自己家住，他就让我去学车了。”

许至“哼”了一声：“陆彦回真是会打算，把你当全职保姆使唤，什么事都要你替他忙前忙后。”

这个时候我才看了他一眼：“我过得很不错。学会了开车，自己上下班也方便，不至于像你说得这么不堪。许至，既然我们都结了婚，还是各自过好各自的日子比较好。”

他愣了一下，继而笑起来：“说得真好听。”他一边说一边从口袋里摸出一包烟，对我扬了扬，“我抽一根，行不行？”

“你几时学会抽烟了？”

不是我诧异，是许至真的不喜欢抽烟。他爸是老烟枪，有严重的肺病，一天到晚咳个不停，这一直都是许至最反感的。他还跟我说过，这辈子他都不会沾烟的。

我问完就后悔了。果然，他说：“何桑，你又装傻，人只有心里烦闷才会有瘾，我为什么抽烟你不知道吗？”

这话反问得我不敢接下去。

从市中心往机场大概一个小时的车程，再加上是晚高峰，所以有些堵车。窗外是繁华的夜景，灯火旖旎，这一座欣欣向荣的城市呈现出一种不动声色的发展姿态。

我们沉默着，有我的刻意，也有他的心不在焉。直到车开到天桥下面时，他忽然指着前面不远的一个水塔说：“你看那里。”

我顺着他手指的方向看去，心里一动。

他接着说：“房子都选好了，订金也交了，就等着领证结婚，结果倒好，短短数日，一切天翻地覆，你一声不吭地嫁给了陆彦回，把我之前所有的努力都推翻了。”

“许至。”我的眼睛渐湿，觉得此时此刻真的不适合叙旧。我是那种表面上不太情绪化的人，跟陆彦回在一起久了，如果太情绪化，我怕自己有一天会郁郁而死。

我们在机场里等待，因为知道已经误点，反而不着急了。我找了椅子坐下，随手翻着一本好几年前的杂志。许至在我身边坐下来，颇有些无奈：“你跟我说说话不行吗？”

我看着他：“你想让我跟你说什么？”

他听了我的话，站起来对我说：“算了，我出去抽根烟。”

我看着他的背影，有些怔怔的。

他再回来时已经过了很久，说：“我和戴默通过电话了，他已经降落了，很快就出来找我们。”

我点头，跟他一起走到出口去等，没多久，一个穿着印花衬衫的年轻男人走了出来。许至向他招手，这个叫戴默的人笑着向我们走来。

他人挺随和，而且很有职业素养，知道我心里着急我哥的事，所以一上车就跟我聊起他的症状，说是需要先让我哥住进医院，他观察一下再确定何时手术，还需要跟当地的医院协调好，借用设备和仪器。

我脑子飞快地转动着，想自己认识的医院里的人，希望有能帮得上忙的。许至看出我的心思一般，说：“这个你不用担心，我认识二院的副院长，跟他打个招呼应该没有问题，毕竟是为了治病救人。”

我点点头，又说了声“谢谢”。许至如今已经不是从前的许至了，我很难想象我们分手后，他做了怎样的改变而认识了那么多的人，比如攀上了肖锦玲，比如为自己积累了更多的人脉。

这个时候，电话响起来，我一看是陆彦回，便腾出一只手接电话。

他似乎有些不高兴：“何桑，这么晚了还不回来，又在外面鬼混什么？”

我只好撒谎：“一个同事过生日，我们在外面给她庆祝。今天气氛比较好，我可能会迟一些回去。”

他“嗯”了一声。我刚要挂电话，许至突然靠近我大声说：“何桑，看着前面的车，别追尾了。”

我着实吓了一跳，狠狠地瞪了许至一眼。他却再次坐端正，眼里一闪而过的是狡黠的笑意。

我知道他是故意的，可是害惨了我。

果然，电话里陆彦回提高了声音问我：“何桑，刚才那个男的是谁？”

“一个同事。”我皱皱眉头说，只觉得又要惹出事端了。果然，他不信：“你不要骗我，你跟谁在一起？你们在哪里？”

我开车不方便解释，路上时不时有行人穿过，我得看着路况，只好对他说：“我现在有些忙，回去再说。”

他又“喂”了一声，我匆忙摁了挂断键。挂了电话我就知道麻烦来了。

我压抑着情绪问许至：“你明明知道是谁给我打电话，还那么大声说话，是不是非要给我惹麻烦？”

“不就是说一句话吗？怎么就惹麻烦了？何桑，你这样真的让我觉得你在陆彦回面前一点儿地位都没有。”

“以后请不要这样幼稚了。”介于戴默在，我不好多说什么。

戴默旅途疲惫，我们自然不好多打扰，一切事项等他休息好了再说。安排戴默在酒店住下，我开车送许至回去，又是一路无话。

在小区门口，我把他放下来，想了想，说："医院的事还要麻烦你操心，我先谢过了，回头如果有钱方面的问题或者人情饭的开销，都算在我身上，我再给你。"

"我真心帮你，怎么会要你的钱？"

"我知道你是好心，可我不喜欢欠别人的钱，已经欠了人情，能少欠一些是一些。"

"你还真是够冷漠的。"说着他下了车，"砰"一声把车门给关了。我脚下一踩油门，车就开了出去。从后视镜里，我看到他还站在刚才停车的地方，一动不动地看着我开走。

回到家，我才刚进屋，陈阿姨就凑过来说："太太怎么才回来？先生好像生气了，您赶紧上去看看。"

我推门进去，见陆彦回躺在床上，腿上放着笔记本电脑。看到我进来，他头也不抬。我拿了睡衣去洗澡，才刚放水，洗手间的门就被推开了。他倚着门问我："你敢挂我的电话！活腻了？"

"我不是故意的。当时在开车，不方便接电话。"我尽量态度好些，好让他消气。

"不是说同事过生日吗？怎么当时你却在开车？"

"是同事过生日，不过其中一个同事临时有事要先走，我正好又开着车，就送了他一程。"

说这话的时候，我还算平静。他看着我，探究地说："那个声音，我听着有点儿耳熟，像一个人。"

"像谁？"

"你猜我觉得像谁？像是你的老相好你信不信？难道不是许至吗？"

"我怎么会跟许至在一起？"

我一边说一边挑着眉看他："陆彦回，莫非你怕我被人抢走了，所以才会这样？"

"跟谁学的坏习惯，这么喜欢往自己脸上贴金？算了，懒得跟你说，去洗澡。"

我总算是松了一口气，方才那句话的杀伤力还是很大的，毕竟这样他就懒得跟我继续讨论了。

戴默和医院的医生商量了细节，我哥很快就被安排手术。不止是他一个人感到紧张，我也很紧张。我们兄妹俩一向相依为命，他的健康对我来说太过重要。

有人过来，许至站起来跟他打招呼。听他叫“陈院长”，我想应该就是帮忙安排病房和手术室的人，于是也站了起来。

果然，许至对我说：“何桑，这位就是陈院长。这一次的手术多亏了他费心帮忙。”

我赶紧说“谢谢”，他说希望我哥早点儿康复，又跟许至聊了几句才走。

手术终于结束了，戴默和另一名医生出来，拿下口罩相视一笑，对我说：“放心吧，手术很成功。住院观察几天，手脚都打上石膏，应该就没问题了。不出两个月，应该就能行动自如了。”

这番话对我来说简直就是天大的惊喜，我再次表达了谢意。因为太激动，眼泪竟然不自觉地流了出来。许至忽然伸手替我擦去眼角的一滴泪。我愣了一下，侧脸让了让，有些尴尬。

戴默冲着我眨眨眼睛：“他常跟我提起你，何桑，许至是真的喜欢你。”

我不再接口这个话题，只问他：“何时打石膏？”

另一个医生回答说：“已经在安排了。住院观察几天就能出院了。”

等安排好了一切我才回家。不知道是不是因为累，晚上，我又梦到了她——小言。我已经很多天没有梦见过她了。此时，小言在我的梦里哭，一直叫我的名字，她说：“何桑，我死得好冤，都怪你，都怪你……”

我也跟着哭了起来，一直说“对不起”。她的脸惨白惨白的，有些吓人。我又怕又心酸，冷汗直冒。有人拍着我的脸叫我：“何桑，醒醒。”我睁开眼睛，发现是陆彦回。他开了一盏台灯看着我，看到我醒了，面色才缓和了一些。

“怎么，做噩梦了？我听见你一直哭。你梦到了什么，这么伤心？还一直喊着，说梦话。”

我拿被角擦擦眼泪，有气无力地说：“我梦到她了，她说她死得太冤，都怪我。”

他知道我说的是谁，一下子默不作声。我对陆彦回说：“其实我一直都想去死，我害死了自己最好的朋友，苟活在这个世界上，感觉每一天都像是从她那里偷来的。”

陆彦回的声音不冷不热："以后不准轻易说去死。你的命是用小言的命换来的，你要是敢寻死觅活，就是糟蹋了她的付出，那我就真的不会放过你了。"

我继续说："我讨厌自己，好像是一个克星，谁跟我好我就克谁，总不能带给身边的人好运气，我是真的晦气。"

这样说着，我一下子哭出声来。也许是许久以来压抑的心情无法得到释放，此时有了一个契机，让我难以继续掩饰，只想好好哭一场。

陆彦回突然伸出手，把我往他怀里一搂，声音虽然有些威胁，却没有平日那样恶劣："好了好了，深更半夜的，让不让人睡觉了？我明天还要上班呢。"

我不敢再哭出声，因为夜已经深了，只觉得新一轮的困意渐渐席卷而来，我竟然在他的怀里沉沉睡去。沐浴露的味道，他身上的味道，陆彦回……

再醒来的时候，我发现自己是在陆彦回的怀里，这才想起昨天夜里那么伤心地哭了好久，他竟然难得地有些温和，而我竟然在他的怀里这样睡了一夜。

他被我的动静弄醒，也睁开眼睛，和我四目相对。没来由地，我竟然有些心慌，赶紧坐起来穿衣服。

陆彦回却嫌弃地看了我一眼："何桑，你自己去照照镜子，眼睛肿得跟死鱼眼一样，难看死了。"

我只好去洗手间一看，果然双眼又红又肿，连双眼皮也不见了。他走进来刷牙，又看了我一眼，更不高兴："晚上还有个饭局要你跟我一起去的，这样怎么见人？"

"晚上有什么饭局？"

"我一个同学过生日，小范围地聚一聚。"

结果，这场饭局给我带来了大麻烦。

一个大包间，二十几个人，本来一直相安无事。

我和陆彦回特意带了蛋糕和红酒过去，气氛很热闹。我虽然跟他们不是很熟，但到底见过面，又经过陆彦回的介绍，也算相谈甚欢。

结果临近尾声的时候，一对中年夫妇进来。我一看那个男的，觉得有些眼熟，似乎在哪儿见过，应该还说过话，就看到陆彦回好像也跟他挺熟的，举着杯子说："老陈，你来迟了，得表示一下，三杯白的，先干了再动筷子。"

说着，就给他满上了三杯。

这个叫“老陈”的二话不说，仰头就把三杯酒给干了，然后对陆彦回说：“陆总，你看，我今天痛不痛快？”

说完，他又把目光移到了我身上，指着我说：“哎呀，这个莫非是弟妹？陆总，你不够意思啊，第一次带出来给兄弟看，连结婚都没有请客。”

“嫌麻烦，她也不爱热闹，难得出来。”

“难怪一直藏着掖着了，这么漂亮，当然不放心带出来啦。”陆彦回就笑了起来。我也笑，却还是想不起来在哪里见过。忽然，老陈话锋一转，说：“咦，弟妹似乎是在哪里见过，刚才我就觉得眼熟。”

我也说：“好像是，我也觉得陈大哥有些眼熟，不知道陈大哥是在哪里高就？”

“高就谈不上，我是劳苦命，在二院当个医生。哦，说到医院我想起来了，弟妹，你不是那天许至跟我打招呼，说安排一个病人进来住院的那人的妹妹吗？”

他这么一说，我的脑袋轰的一声，心顿时往下一沉，下意识地就往陆彦回那里看了一眼，他却没有看我，而是看着老陈慢慢地问：“你说，许至跟你打招呼安排一个病人住院？”

“对啊，不知道我有没有记错啊，弟妹，你还有印象吗？”

我只好勉强地笑了一下，对老陈说：“原来是陈大哥啊，都说A市大，原来都是熟人，上一次的事真是麻烦陈大哥了。”

“你说你干吗找许至跟我说嘛。陆总，你是不是不把我老陈当兄弟？你大舅子住院你都不直接找我，还让弟妹通过外人来找我。”

这个时候，陆彦回反而笑了。

我看着他的嘴角发呆，明明是弯着的，却像是一根针，带着锋利的刺，那些戾气和锋芒，都隐藏在这背后。

“对不住了大哥，不过，我也是今天才知道这件事，我老婆瞒我瞒得滴水不漏，连个给我表现的机会都没有。说起来，我比你更惊讶呢。”

陆彦回曾经对我说过，他最恨人家骗他，尤其是那种自作聪明的人，要是让他知道，下场一般都不大好。

我犯了大忌讳。

热闹总是来得快散得也快，等大家各自回去，只剩下我和陆彦回的时候，老李已经开着车在门口等我们了。

陆彦回先上车，他上车之后，我也跟着他想要坐在后面，他却面无表情，只看着我说："坐到前面去。"

不用多想我也明白，他的怒气已经压抑很久了，方才当着众人的面没有表现出来，实则内心已经翻腾不息了。

老李有些诧异地看了我一眼，又下意识地从镜子里看了一眼后面的陆彦回，默默地启动了车子，一路开得很平稳。

经过市中心的湖边时，陆彦回忽然开口："停车。"老李瞬时踩下刹车。陆彦回打开车门走了下去。

我想了想，也下了车。陆彦回靠着栏杆，背对着我，他在抽烟。

抽完了一根烟，他把烟头狠狠地摁在身边的垃圾箱上面，又点了一根。我脑子一热，从他唇边抢过来，放在嘴里吸了一口，又慢慢吐出来。

这时，他才看了我一眼，把手慢慢地放在我的脖子上。他的手不知为何那么凉，让我浑身一战。刚开始他还没使劲儿，只是靠着我说："你花招那么多，我倒要看看，这一次还要怎么求我原谅你。以前是装可怜、装乖巧，现在换套路了？改成装忧郁？告诉我你不是故意的？是迫不得已？嗯？"

我呛到了，低声咳了好几下，才憋出几个字："我真的不是故意的。"

"我早就跟你说过，我最讨厌别人骗我，你忘了吗？"

"我知道你讨厌许至，怎么敢让你知道，你要是知道了，哪里肯轻易让他帮忙？可是陆彦回，你不肯帮忙治好我哥，我自己总得拿主意，你不要不讲道理。"

"医生是许至帮你找的，医院是许至帮你安排的，这么不清不白、丢人现眼的事你竟然也有胆子做，还顶着陆太太的名声，你还嫌不够给我丢脸吗？"

"你要是嫌我丢人，大可以把我踹了，打发我滚得远远的，又不肯跟我离婚，为什么？"

"离婚？"他手上的劲儿更大了，几乎是掐着我的脖子说，"你这算盘打得太好，如今你哥治好了，你又跟许至旧情复燃了，想着我厌恶了你，会让你滚，正好遂了你的意是不是？我告诉你，不可能！"

我被他掐得喘不过气，话都说不出来，他这才慢慢放开我的脖子，不满足地说："对了何桑，你可能不知道，许至最近和陆劲走得挺近的。他还真不是省油的灯，我越是讨厌什么，他越要搅和进去。你最好给他提点儿醒，别太过分了，逼得我收拾他。好不容易攀着女人的腰爬上去，跌下来那得多惨！"

我心里有些害怕，他是那种说得出做得出的人，万一他真的对许至动手，也是我不愿意看到的。可是我明白，如果此时我反应过激，他一定会更加生气，只好装作一副无所谓的样子说："他是什么下场，跟我有什么关系？我跟他联系，不过是因为他能帮上我哥的忙。如今手术也做了，难道我还管他以后怎么过？"

陆彦回似笑非笑地看了我一眼："你这话说得好，不管是真的还是装的，总算聪明了一回。"

如今我在他身边久了，察言观色的本事也学了一二，知道这样的话说出来，他应该不复之前那般生气了，想了想又使了点儿小性子："你别拐着弯骂人，我不乐意听你说这话。你生我的气也好，该解释的我都解释过了，信不信由你，只是以后别把脏水往我身上泼，我受不起。"一边说着，我一边甩开他往车上走。他还是没动。我让老李把车窗打开，对着他喊："你到底走不走？我明天上班又该迟到了！"

他这才慢悠悠地上车，这件事到底没有再提。

我回去的时候，看到脖子上青紫一片，手指的印痕隐约可辨，一看就是下了狠劲儿。

我对着镜子暗骂一句："畜生！"

早上起床，我想起来一件事，就对他说："对了，你能不能打一笔钱给许至？"

趁他发火之前我赶紧把话说完："我不喜欢欠人家的。这次他帮了忙，还有他朋友的酬金，总得给人家。我没有钱，你先帮我垫着。"

他挑挑眉毛，看着我："你不是不喜欢欠人家钱吗？跟我要干什么？"

"你要是不给，我哪来的钱，欠你的总比欠别人的好。你要是不肯，那我只好另想办法了。"

"你如今用我的钱倒是从来不手软，要是哪天我心情不好让你还回来，还不有你哭的？"话是这么说，不过，他的心情显然好了很多。

才不过几个小时，我到学校时，就接到了许至的电话。他有些嘲讽地开口：“何桑，你就这么急着要跟我划清界限？这十万块钱从陆彦回的账上打给我是什么意思？你是存心往我心窝子上捅刀子是吗？”

我心里有些酸楚，却还是生硬地开口：“这话怎么说？亲兄弟还要明算账呢，我哪能让你贴钱。”

“你别以为你这样我就会放手。我告诉你何桑，我不会就此罢休的，早晚有一天，我会让你亲口承认，你爱的人还是我！”

“你别这样，真的没必要。许至，你一向是冷静智慧的，如今怎么反倒糊涂了？对了，听说你最近跟陆劲走得挺近的？”

他“哼”了一声：“我还真是小瞧你了，怎么，陆彦回连这样的事情都告诉你？突然把话题岔到这里做什么，难道是他派你来当说客的？”

“许至，跟谁都没有关系，我是以个人的立场来劝你，最好别惹他。”

许至沉默数秒，才挂了电话。

陆彦回变得更忙了，回来得也比较晚，应酬很多，一般都不回来吃饭。我哥出院后，石膏还没有卸下来，我问他恢复得如何，他说感觉很好，也算是让我比较安心了。

我那个开音乐学校的朋友是最会做生意的，音乐学校让她赚足了第一桶金，这几年攒了不少钱，她又看到了之外的商机，盘下了黄金地段的一整层写字楼，开了一家高级女子会所。

试营业才一个月，就吸引了不少客人。她开业，我送了一块貔貅祝她生意兴隆，她非要回送我一张会所的年卡。

对于做美容这种事，我其实不热衷，不过还是收下了，想着没事无聊的时候去放松一下，谁知道会在那里碰到不愿意见到的人。

跟肖锦玲上一次见面还是在她结婚的时候，她和许至站在一起，那天上了浓妆，到底掩盖住了脸上的纹路，不觉得显老。

这一次在会所碰到，我们都换上了这里的衣服，没想到会在一个房间里。她先看到我，客气地打招呼：“这不是桑桑吗？好巧啊，在这里都能碰到你。”

我也笑起来：“可不是巧吗？玲姨最近可好？”

“还不就是老样子。”我们并排躺着，因为美容师在准备材料，我就先侧过脸跟她讲话。她早我一段时间来，此时已经闭着眼睛开始做脸，我看到她的脖子和脸中间有一道分明的“鸿沟”，之上保养得还算好。

即使平日里再上心，皮肤的松弛、蜡黄都还是无法隐藏的，这是岁月所赋予的巨大力量。

年龄真是一个可怕的东西。

我又忍不住想到许至。跟这么老的女人在一起时，不知道心里是什么滋味。这个时候，我脑中忽然跃入一个词语：味同嚼蜡。

往往这样的婚姻可悲的总不会是一个人，许至可悲，肖锦玲自然也很可悲。

她显然是沉醉在这年轻男人给自己布置的花哨的陷阱里，有些无法自拔。按摩师给她做背部瑜伽的时候，肖锦玲看着我说：“桑桑啊，你年纪轻轻的，怎么也不戴点儿首饰？我看你脖子和手腕上都是空空的。彦回也真是的，怎么就不晓得给你买了戴啊。”

一个人忽然说起一件事，总有她的道理，我下意识地看了看她的手腕，果然，戴着一个卡地亚的经典玫瑰金镶钻手镯。一个富足的女人这样有些刻意地显摆，自然不是为了炫耀她的财富，对于肖锦玲来说，一个镯子再普通不过，看来是希望我深究一下。

其实我已经猜到了，不过还是出于礼貌回了一句：“玲姨的镯子很经典啊。”

“哦，这个啊，许至送给我的。我其实不爱戴这种款式，不过他非让我戴着，说是特意给我买的，我拗不过他。”

“你们的感情真好啊。”

“还可以吧。”

她比我先做完了美容，却坐在一边等我，其实我倒是希望她先走，不过显然肖锦玲并没有这个打算。

我只好和她一起出去。观光电梯一路下滑，只有我们两个人，我忽然有些心虚，又觉得这场景有些可笑。她显然不知道我和许至的那些过去。如果她知道我曾经和她现在的丈夫差点儿领证结婚，不知道还会不会一直拉着我说话。

我没想到会碰见许至。

我和肖锦玲一起走出门，她说："你没开车来？那正好，许至在外头等我呢，他开车来的，让他顺便送你回去。"

我一听这话，赶紧回绝："不不，又不顺路，还是不麻烦了。时间不早了，你们还是先走吧，我没关系的。"

"这怎么成？都是一家人，还客气什么。桑桑，走吧，让许至送你。"说着，就拉着我一起出门。

果然，许至在外面等着。显然，他也有些诧异我会和肖锦玲一起出来。他看了看我，对着肖锦玲问："你们怎么遇到了？"

"是啊，真是巧啊，我和桑桑在同一家会所做美容。她没开车，正好你可以开车先把桑桑送回家去。"

"上车吧。"

我不好再推辞，只好打开车门坐到后面去。肖锦玲坐到了副驾驶位置，轻声问许至："你早上说胃不大舒服，现在可好了？"许至"嗯"了一声，没再多说一句话。

肖锦玲对我说："咦，桑桑啊，我记得你也是A大毕业的，许至也是啊，你们还是校友呢，在学校的时候认识吗？"

她这话问得我有些不知所措，只好说："我这个人上大学的时候比较内向，平常都宅在宿舍不出去，所以不太认识人。"

许至也接口说："大学里人太多了，我看何桑有些印象，但是没有交流过。"

我只觉得心里闷闷的，便把车窗打开一些透透气。肖锦玲问我："你晕车吗？看着脸色不大好。"

"有一些。我不是自己开车的时候会有些晕车……"

我话还没说完，另一边的窗户也滑了下去。许至的声音伴随着呼呼晚风吹进我的耳朵里："那就把车窗都打开吧，晚上也凉快，车里不用开空调，正好换换气。"

这样也好。我听着耳边轰隆隆的风声就想，这样就可以不用因为没有话题而显得尴尬了。

车开得也比较快，很快就到了别墅区。我自然不会开口留他们进屋坐一坐，巴不得他们赶紧走，最好以后这样的相遇再也不要出现。

可是偏偏老天不遂人愿，我刚下车，后面就有一辆车开过来，变了一下灯光。我在刺眼的灯线里辨别出那是陆彦回的车。

后面的车灯暗了下来，有人开门下来，是陆彦回。他向我们走过来。我下意识地咬了一下嘴唇，就看到他往许至的车里探了探身。肖锦玲解开安全带下了车，对陆彦回说："彦回，你回来啦？我今天和何桑在会所遇到了，正好送她回来。"

"玲姨好像还没有来过我们家吧，要不和你老公进来坐坐？"

我看了陆彦回一眼，他正好也看我："何桑，你怎么一点儿礼貌都没有？长辈把你送回家，都不知道请人家进去喝杯茶。"

我被陆彦回这话说得不知道该怎么办。肖锦玲看上去也不是很想留下来。谁知道许至开口对我们说："好啊，既然陆总诚挚邀请了，那我们就讨一杯茶喝。"

许至这番话让我心里更不是滋味了。除了肖锦玲还被蒙在鼓里，我们三个谁不是心里跟明镜似的？

陆彦回说了一句："车让司机停好就行了，我们进去吧。"他径自走在前面，许至神情自若地跟着，全然不顾我不赞成的眼神，肖锦玲反而变得无所谓了。

灯火通明的客厅里，四个人围坐着，环成一个诡异的圈。明亮的光线里，我竟然生出一种一切假象都会现出原形的幻觉。

茶倒真是好茶，可那是在寻常的时候，现在，我为了不让自己太紧张把杯子端在手里，时不时地抿一口，只觉得苦涩不已。

我脑子飞快地转着，心里想了无数种可能，猜测陆彦回这一次是想要说出什么话来让我和许至难堪。我只求他不要把我们曾经的那段感情拿到台面上来说，不然真的是等于当面扇我们的耳光了。

好在他到底没有提，却还是带来了一个难题，他开口对许至说："上一次何桑他哥的事，真是麻烦你了。哦不，我和何桑应该叫你一声'小姨父'才对。上一次麻烦你了，小姨夫。"

我拿杯子的手一抖，就听到许至说："不客气，能帮得上忙我也很开心。"

许至端起杯子，吹了一口浮在水面上的一点儿零碎茶叶，喝了一口茶才说："不过是举手之劳，又不是多么了不起的大事。"

我觉得再不开口说点儿什么，这场面就显得被动了，因此放下杯子笑着说：

"怎么就是举手之劳了？小姨父帮了我一个大忙呢。我上次还跟彦回说该请你们吃饭才对，都因为他太忙了一直拖着，要不是小姨父那个朋友，我哥现在恐怕还在为自己的手脚烦着呢。"

我瞥了眼许至，他那只放在杯壁上的手，手指甲盖都有些发白，看得出心里也有怒气，可眼下什么都不能做，只能被陆彦回牵着鼻子走。

好在他没有再为难我们，又说了一些可有可无的话。肖锦玲看了看墙上的挂钟，站起来对我们说："时间不早了，明天你们都要上班，我们就不多打扰了，下次再聚。"

许至匆匆瞥了我一眼，没再多说什么。他们的车刚刚发动开出去，我就转身看着陆彦回："你什么意思？"

他双手一摊："没什么意思啊，你不是都看到了吗？我就是表达一下自己的感谢，好歹人家帮了我大舅子的忙，总欠着人情多不好，你说是不是？"

"你非要揪着他不放吗？"

"你这么激动干什么，方才那出戏演得跟真的一样，这才过了多久，你就跟我翻脸了，假不假啊！"

"许至哪里惹到你了？我最近又哪里让你不痛快了？都说了跟他没什么，也让你把钱打给他了。而且你也看到了，许至和肖锦玲相处得挺不错，你怎么就认定了他娶肖锦玲不是出于真心？"

"我本来是准备算了，他要是消停一些不招惹我，我也懒得陪他闹腾。可是何桑，我前头才让秘书打了十万块钱给他，转手人家就原封不动地退回来了，还让秘书带了一句话给我，说'应该的，不用客气'。"

我听了这话，眼皮跳了跳，暗骂许至不省事，让他不要跟陆彦回对着干，他偏偏不听，现在果然让他不高兴了。

陆彦回似笑非笑地"哼"了一声："人家对我这么客气，我不还回去怎么对得起礼尚往来这个道理？只是何桑，这一句'应该的'就让我犯了愁，要真像你说的那样，他再出现是无意的，你我如何担得起他这一句'应该的'？毕竟交情实在没有深厚到那个地步吧？"

"你问我做什么？我又不是他肚子里的蛔虫，如何能晓得他是怎么想的。不过，既然他不肯收下这笔钱，那也没什么，有这么大的便宜占干吗不高兴，难道你不高兴吗？反正我挺乐意的。”

我以为这件事就这么结束了，没想到又为后来的麻烦加了一把火。此时虽然没有烧起来，却还是燎起了一点火星子出来。

我之所以会知道，是因为陆彦回跟人在走廊里打电话时被我无意中听到。当时他挺生气，对着手机那头的人说：“好啊，竟然把爪子伸到那里去了，还真以为我之前的那些警告是吓唬他的啊！

“你说这个事是谁的主意？那条巷子多少年没人想过动它，偏偏许至一到陆劲手下做事，就开始打那里的主意了，不是做给我看的，又是什么？

“你安排一下，我要请几个股东吃饭。老袁他们几个都是我的人，尤其是老袁，手里的股份分量够重，陆劲能挑起什么风浪？”

他再说些什么，我已经听不明白了，但从这几句话里已经听得清楚，显然是陆劲做了什么动作让他生气了。而我也是不久前才知道，许至辞了之前的工作，现在做了陆劲分管公司的经理，立场分明。

我知道这一次陆彦回没有冤枉了许至。如果说之前我还有些怀疑许至的动机，当他出任陆劲手下的经理时，我就明白，他早就作出了决定。

可是，关于他们兄弟俩之间的内斗，我是怎么也插不上嘴的，虽然心里有些担心，却也只能默不作声地做一个旁观者。

陆彦回回家的时间开始越来越晚，有好几次我都睡着了他都还没回来，而第二天起床吃早餐时，他也只是随便吃点就往公司赶。

第五章

裕喜巷子

从前他也喜欢这样站在窗边抽烟，
可是今晚，
我看到这样的陆彦回，
总觉得这个背影慢慢浮现出一种孤独和苍凉来。

直到老袁出事，我才意识到，这火已经烧烈了。

老袁是个很和气的长辈，我看得出来，陆彦回对他极其信任。他年轻的时候当过兵，作风极其简朴，夫妻感情也很好。我记得他在他夫人生日时还说了一番感激妻子多年陪伴的话，挺感人的。

他会出事，是我始料未及的。

陆彦回告诉我这个噩耗时，我还不敢相信，拉住他的袖子问："真的吗？他才五十多岁，也没有听说有什么重症，怎么说去就去了？"

"我会拿这种事开玩笑吗？他去得实在太突然了，我怎么也没预料到。我知道他有心脏病，但病情常年都是稳定的，药也是一直都带在身上，怎么会突然出事呢？"

我叹了一口气："想不到那么好的人竟然不长命，真让人觉得遗憾。"

过了好久，陆彦回才开口："他的追悼会，到时你跟我一起去吧。"我点点头。

他起身往窗边走，打开窗点了一根烟，只留一个背影给我。他这个样子，其实我并不是第一次看到。从前他也喜欢这样站在窗边抽烟，可是今晚，我看到这样的陆彦回，总觉得这个背影慢慢浮现出一种孤独和苍凉来。

台灯底座上的显示屏显示时间已经接近凌晨一点了，我想了想，还是开口说：“陆彦回，不早了，睡吧。”

他转过身，看了我一眼，明明是在看我，却又似乎是看向某个虚无的点，略微显得恍惚。我又提高了一点儿声音对他说：“睡吧。”

他这才回过神来，把烟头摁在烟灰缸里，关好窗，脱了衣服躺在我身边，又伸手把台灯关了，翻了个身面对着我。

不知道为什么，我往他那里靠了靠。这个动作仿佛是下意识的，没有受到任何大脑细胞支配就顺理成章地做了。

黑暗笼罩了一切，我试探性地伸手摸了摸他的脸，又把手指微微拢起来覆盖住他的眼睛，低声说：“睡吧。”

我发现，有眼泪从我的指缝里渗出来。

追悼会是在两天后，就在火葬场举行。出席的人都穿着黑色的衣服，一眼望去，肃穆异常。我看到老袁的夫人，好像一夜之间老了十岁，头发都白了许多，上一次见面时，还是一个风韵犹存的美丽女人，这时却在身边人的搀扶下，哭得直不起腰来。

我们鞠完躬就依次走到边上站着等待，这个时候，陆劲和许至进来了。当他们对着棺材鞠躬时，我看到身边的陆彦回紧握着拳头，手指关节因用力发出咯咯的声音。我怕他这个时候会有什么过激的举动，但最后他慢慢松开了拳头，什么也没做。

主持葬礼的是陆方公司的一个公关，声音不复往日的甜美，此时有些沙哑低沉，读完了追悼词。我看着司仪手上的一张薄纸，心里有些感慨，人这一生何其漫长，可最后也不过就是一张薄纸就写完了。老袁待人亲和，公司里的很多人都红了眼睛。陆彦回他爸也来了，站在最前面，显然也很难过。

回去的路上，我和陆彦回都沉默着。忽然，他开口说：“老袁一直都把心脏病的药带在身上，几十年如一日，怎么会突然猝死呢？何桑，事情一定不是我们看到的那样。”

我心里猛一跳。他没有再说话。

又是一个下雨天，他去学校接我："陪我去南郊的墓园，今天是我妈的忌日。"

我下意识地看了他一眼，"嗯"了一声，没说什么。

靠近墓园大门的地方有一家花店，他买了一束白菊。我们冒雨走上台阶，他把伞往我这边倾斜，自己肩头和发梢都被雨水打湿。

有人先我们一步来了这里，墓碑前有一大捧白菊，虽然被雨淋得有些耷拉，但依旧能看出是今天送来的。

"看来你爸来过。"

"不，他从不来这里，只会打电话让花店的老板送来，每年都是这样。"说着，他蹲下来，全然不顾身上一直淋着雨。

雨太大，我们没有留太久，开车回去的时候，他说停一下。我看到对面就是裕喜湖，湖两边是两排环形弄堂，都是老房子，墙壁都有些黛青色了，这里是A市老城区的裕喜巷子。

他指着那里对我说："我和小言从小就生活在这里，后来我妈身体不好，我读书的学校离这里又远，她一定要我和小言回陆家，最后自己一个人死在这里。"

我想了想才问："你最近不高兴，是不是和这里有关？"

"没错。这里要被拆了，盖临湖的高级公寓。你说讽不讽刺，陆方从这里起家，却也是陆方申请拆了这里，而这一次我居然还很难改变这个决定。老袁一死，他的股份本来到了他儿子手里，谁知道有人先一步高价买了去，动作太快，你知道给人的感觉像什么？"

"像什么？"我有些心惊地问。

"就像一个猎人在猎物必经之路上设了一个陷阱，睁大眼睛看着猎物掉下去，然后赶紧收网。如果不是事先就安排好了一切，天底下又怎么会有这么巧合的事？偏偏还是在这个决策至关重要的当口儿。"

不知道为什么，看到他这样子，我还真的不习惯。也许是从前的陆彦回在我看来太万能了，而现在的他看起来有些无可奈何，反倒让我心里难受起来。

"我妈去世之后，把这里借给一个邻居当存酒的仓库，这邻居是卖酒的。"

"卖酒的？难道是老街酒坊？自己家里酿高粱酒和米烧酒的那一家？老板是个胖老头儿，一个人能搬得动一个大酒缸。"

“就是他。这附近的人都喜欢到这里来买酒，他们叫他周老爹。”

“我也来这里帮我爸买过酒，不过那是小时候了。我爸是个酒鬼，最馋他们家的酒了。那家店有很多年的历史了吧。我爸说周老爹的爸爸开始卖酒后，这里就从来没有停下来过。”

“我也听说是。”

转念一想，我对他说：“既然这样，那我们去买点儿酒吧，你心情不好，不如喝点儿老邻居的酒来解解愁，何况这里对你意义深刻，就当是寄托一点儿念想也好。”

他听了我的话，跟我一起下了车。

也许是因为下大雨，店里没有人，周老爹在柜台前打盹。我们走进来，吵醒了他，脱口道：“买酒吗？高粱酒卖完了，得下个月才能有，现在店里只有米烧酒。”说完，又看着陆彦回喜形于色，“这不是陆小子吗？你怎么这个时候来了？”

“周老爹，最近生意还好吗？我好久没来这里了。”

周老爹哈哈笑起来，又指着我对陆彦回说：“这姑娘是你女朋友？”

陆彦回看着我，说：“她啊，她可不是我女朋友。”

“你跟周老爹装蒜！”

“真的，不信你问她自己。”

我只好瞪了陆彦回一眼，对周老爹说：“您好，我和他已经结婚了。”

“啥？结婚了？这么大的事怎么都瞒着不让我知道，陆小子，你该打。”

我们找了一张桌子坐下来聊天，周老爹看着他，脸色渐渐复杂起来：“我这店开了这么多年，是不是马上要换地儿了？”

陆彦回往外头望了望：“我生在这地方，熟悉这里的一草一木，总觉得如果拆了就失去了什么。我妈临死的时候什么都没留下，我就想着至少把这房子留着，也算是给她留下点儿痕迹。走上这条路不能避免，我也没有办法。”

“是啊，你和小言小时候就喜欢到我这里玩，听老爹讲故事，其实老爹讲的故事都是老段子了，你们俩孩子也奇怪，明明听了那么多遍，却都不觉得腻。”

陆彦回也陷入了回忆，脸上露出一些惆怅来：“一晃这么多年了。”

晚上睡觉的时候，我们都有些微醉。他大概是这些天太累了，加上喝了酒，一沾枕头就沉沉睡去。可我跟他不一样，我是那种喝过酒就有些兴奋的人，因此不太容易睡着。

睡不着就只好望着天花板发呆，脑子里胡乱地想着一些事情，却仿佛有一根线隐隐约约地串联起来。裕喜湖、裕喜巷子、老街酒坊、周老爹的高粱酒、他讲的那些故事……

我一下子从床上坐直了身体，开始用力把陆彦回摇醒："快醒醒，我有个想法，不知道可不可行，你快醒醒！"

陆彦回揉着眼睛坐起来，睡眼惺忪地看着我："何桑，你干吗？"

"我想起来一件事，你还记不记得前不久市政府那边挂的一个大横幅——争做文明市民，创造文化名城。"

"记得啊，不是挂了很久了吗？怎么突然说起那个来了？"

"我们A市连个文化古迹都没有，这个一直都是文化局和市政府比较难做的工作，毕竟连个能打造文化城市的噱头都没有。"

"你的意思是……"

"你还记不记得周老爹说的那个故事？他爸妈救了八路军，还开了那么多年的老街酒坊，算不算一种酒文化？你要知道，A市的酒产业发展是很好的。"

"我懂你的意思了！"陆彦回抓着我的手，"利用这一点，向上面反映，说不定能凭借着建设文化城市的工程留下老巷子。"

"我也是这么想的。A市一直想找到自己的特色，可总是未果，此时有一个现成的，指不定会受重视呢。不过，这只是我一个简单的设想，如果真的能有所作为，之后的事情就不是我能想得清楚的了。"

"这就足够了。"他忽然伸出手捏了捏我的脸，"剩下的事情交给我来处理，这一次一定要利用好这个时机。何桑，谢谢。"

陆彦回难得这么和善客气地对待我，顿时让我有些不好意思，推他说："这么晚了把你弄起来也是心里着急，应该明天再跟你说的。不早了，快点儿睡吧。"

"听到这个，我怎么还能睡得着？你先睡吧，我再想想该怎么做。"

我的困劲儿也上来了，听了他的话，躺下就睡了，第二天醒来时，枕边已经没人了。

我想起昨晚把他叫醒说的那个想法，想必他昨天考虑了一夜，也想到了更多的对策，所以才一早这么着急出门。

想到自己的主意能帮到他，我心里竟然有种说不出来的喜悦。

陆彦回果然搞出了大动静。

老旧的裕喜巷子突然变得热闹起来，本地的电视台派了记者去采访了老街酒坊，提到了那个巷子里的小孩都听周老爹讲过的故事，并把它报道在了A市的《晨报》和电视新闻里。

与此同时，省内最著名的一家报社的著名文化版记者写了一篇长篇报道，专门针对这件事，提出了战争时期人民群众团结一致抵御侵略的强烈意识，连不识字的卖酒夫妻都知道不顾自己的安危救下八路军，为国家的兴亡出一分自己的力量。

媒体的这些动向，引起了社会公众的很大反响，A市有影响力的一些人很快站出来，指出这样弘扬民族精神的地方应该保留下来，裕喜巷子不能拆。

陆方也紧急召开了股东会议，陆彦回在会议上提出，把原来设定的盖临湖高级公寓的计划改为把这里打造成一条酒文化街，一来是为了纪念战争时期那份厚重的民族精神；另一方面参考北京后海的成功例子，为都市年轻人提供一个放松的场所，也可以推动本市的经济发展，为A市和陆方的发展取得双赢……

结果并没有让我们失望，陆方的二次提案受到了政府和公众的一致好评。原来住在这里的人家还是搬了出去，陆方会按照原来的计划提供安置房，这里会重新包装，成为一条酒文化街。

而老街酒坊也搬迁到了别的地方，老的地址会建造成一个小型的酒类展馆，方便游客参观。最重要的是，陆家老房子留了下来，用作演示酿酒工序的展厅。

陆彦回作为这个项目合作方陆方地产的代表接受了媒体的采访。学校里的同事说，之前见过陆彦回，看了电视里的采访才知道，我丈夫竟然是陆方董事长的公子。

节目里的陆彦回穿着黑色西服，系了一条蓝色条纹的领带。我记得那条领带还是我帮他系的。他忙了那么多天，人太累了，起床时都是蒙的，闭着眼睛给自己系领带，差点儿打一个死结。我看不下去了，才伸手帮他重新整理好。

坐在他对面的美女主持笑起来有一个酒窝，她看着陆彦回说：“听说这次酒文化的策划是陆先生提出的，推翻了之前的计划重新来过。然而对于陆方来说，就意味着前期的投资付之一炬，那为什么还要坚持这么做呢？”

“重新来过，确实对陆方前期的投资有一些财务方面的负面影响，但是后期的发展会创造更多的机会，让陆方地产和A市的经济都能有跨越性的一步。同时陆方地产作为一个有社会责任感的企业，我们不能只看到所谓的利益，而忽视了社会的责任。其实，这个想法是我妻子提出来的，她是一个很睿智的人，在这一次的项目中给了我很大的灵感。她也经常对我说，希望我做一个有社会责任感的生意人……”

他的这一番话，对我来说，毫不震惊那一定是骗人的。我何时对他说过希望他怀有社会责任感这样的话了？而且还经常。虽然不知道他当时是怎么想的，但我也从这里面得出了一点结论：想必通过这次的事情，他应该不会像从前那么讨厌我了，我的日子应该会好过一些了。

我和陆彦回在家里吃饭的时候，又接到了大宅打来的电话。这一次是他爸亲自打来的，让我们周六中午回去吃饭。

每次这样的电话都是我来接听，他爸刚说完，我就捂着话筒小声对陆彦回说：“让我们周六回去吃饭，怎么说？”

“好啊，我们到时候回去。”他隔着几米远大声地说。

我挂了电话，走到他身边说：“这一次你倒是答应得干脆，怎么突然态度这么积极了？”

“他叫我们回去吃饭，不就是想谈一谈这次裕喜巷子的事情吗？反响这么好，陆方稳赚不赔他自然是最开心的。我倒是想顺便提醒他一下，还记不记得那里是什么地方，还记不记得我妈是怎么死的！”

他冷哼了一声，我没有再说话。

周六，我们一起回到大宅，没想到许至和肖锦玲也在。陆劲看到我们进屋，笑起来：“你们可算是来了，每一次回来吃饭都拖拖拉拉的，叫我们好等！”

陆彦回没理他，而是越过他看到了坐在沙发上的两个人，半真半假地笑了一下说：“今天这么热闹，玲姨和小姨父也在。”

“小姨父？老二，你这样叫他可让我这个做大哥的为难了，我在公司的时候可都没这么叫过许至。”

许至也对陆劲说：“说实话，陆总，你这一声‘小姨父’也总让我不大适应，您还是叫我许至我听得还习惯一些。”

陆彦回挑了挑眉，说：“怎么就不习惯了？我们叫玲姨一声‘阿姨’，你可不就是小姨父嘛。”

我伸手扯了扯他的袖子，他瞥了我一眼才不再继续这个话题，而是对着厨房喊：“什么时候吃饭？人齐了吗？我老早就饿了。”

终于把这一顿人多话少的饭给吃完了，我心想早吃完早走，不要多留才好。谁知道陆彦回却被他爸叫到二楼的书房去了，我又不好先走，只好留在下面客厅跟他们坐着。

肖锦玲和肖万珍两姐妹聊得高兴，陆劲出去抽了根烟，就我跟许至不知道说些什么。闲着无事，我只好拿着手机看新闻。

忽然，手机一震，收到一条短信，我点开一看，下意识地抬头看了一眼许至。他手里也拿着手机，却一脸若无其事的样子，也不看我。

我看着屏幕上的一行字：这一次陆彦回能赢不过是侥幸，我不会认输的。

我没想到他发给我的这条短信给我惹了大麻烦。

陆彦回下来的时候，脸色不大好看，估计是跟他爸又说了什么不好听的话，父子俩又闹僵了。

许至在给我发了那条短信之后，一直有意无意地朝我这边看，可能是见我一直没有回复，拿不准我的态度，心里有些急了。

他们先走一步，我跟陆彦回没有久留也走了，谁知道晚上的时候，我忽然接到了许至的电话。

我刚洗完澡出来，头发还湿漉漉的，偏偏这个时候他打给我。我一看号码，没来由地就有些心烦，直接给摁掉了。

结果他锲而不舍地又响起来，我只好关了吹风机，不耐烦地对着那头说：“许至，你烦不烦啊，你到底想怎样？”

那边沉默了好几秒，就在我要挂电话时，一个女人的声音从话筒里传了过来，肖锦玲对我说："何桑，竟然是你？！"

我当时的第一反应就是，挂电话。然后，我就蒙了。

陆彦回回来的时候，我还在为刚才的事情担心。他看我的样子有些奇怪，便问："何桑，你怎么了？一副心事重重的样子，发生什么事了？"

事关许至，我哪里敢跟他说，只好说有些感冒不舒服，他也没有多问。

结果一早上我去上班，肖锦玲竟找到音乐学校去了。

昨天的那通电话让我忐忑不安，今天会惹出麻烦我已经预料到了，所以，看到她来找我，我反而没有昨天接到电话时那样无措了。

她一看到我就开口说："何桑，你有时间的话，我们找个地方聊聊。"

我们去了离学校不远的一家小的星巴克，她没绕弯子，开门见山就问："你跟许至，你们什么关系？"

我喝了一口咖啡："没什么关系，你不要多想。"

"你还骗我！"

"你想问什么？没错，我跟他从前是认识，也有过一段感情，为什么不告诉你，也是因为大家都是亲戚，说出来怕伤了感情，让你心里不舒服。既然我们都已经各自建立了家庭，再提那些过去有什么意思。"

"你这话说得倒轻松，可是何桑，许至最近一直心不在焉的，我昨儿就是看他一直魂不守舍，时不时地看手机，所以才趁他洗澡偷偷翻了他的手机，竟然看到他发给你的短信！"

我转动了一下杯子，看着肖锦玲说："你想跟我说什么呢？我并没有回复那条短信，他发给我也没有别的意思。其实大家心里都清楚，既然许至如今在陆劲手下做事，他自然是希望陆劲能赢了陆彦回。可是偏偏这一次陆彦回扭转了局面，他心里有些抱怨，忍不住发给我罢了。"

"我管他什么原因发给你！"肖锦玲看着我，目光渐冷，"既然你已经跟了彦回了，结了婚的人就要有点儿当人家老婆的样子，一天到晚跟前任联系是什么意思？想证明你还有魅力，可以让两个男人都惦记着你是不是？"

我站起来，想尽快结束这次不愉快的交谈，刚要走，袖子就被肖锦玲拉住："怎么？被我说得心虚了，不敢多说了？我告诉你何桑，要是再让我发现你勾搭许至，我饶不了你！还有，陆彦回也不是那种忍得了自己老婆给他戴绿帽子的人，你不收敛，他比我先收拾你！”

我甩开她的手，再回到学校后，一整天心情都不好。我不知道该不该跟许至说这件事，最后想了想，还是打给了他。

我主动打给许至，显然让他很惊讶。他有些诧异地说：“何桑，你突然找我有什么事？”

“今天早上，肖锦玲来找我了，她知道了我们过去的事。”

“她知道了？怎么会呢？”

“怎么，难道她没有质问你吗？”我纳闷了，我以为他应该比我先收到肖锦玲的警告才对，怎么她还没有跟他提起这事？

许至沉默了好几秒才缓缓地说：“她什么都没有跟我说。她跟你说了什么？”

“许至，我不管你知不知道，我就是想说，既然连肖锦玲都瞒不住了，以后我们还是尽量不要再联系了，你也别总想着跟陆彦回斗了。在公司里你帮着陆劲，我没有任何看法，各过各的日子而已，我会把这当作是寻常的工作。如果你一定要把这份工作的性质加上我的原因，我只能说，我不接受。”

“你为什么不能面对自己的内心？你根本不爱陆彦回，你爱的人是我！”

我猛地挂了电话，只觉得心里乱如麻。原本以为肖锦玲已经知道了这件事能够让他有所忌惮，不会再跟我多纠缠，谁知道他根本不在乎这些，还在强调那个我不愿意多想的问题。

好在生活中除了烦恼，总还有些让人开心的事情。比如，我哥手脚上的石膏都卸下来了。

他双脚重新踩在地上的时候，我跟在他后面慢慢地走着。他忽然停了下来，转头对我说：“桑桑，你掐我一下，好让我知道这不是梦，这是真的，我真的已经康复了。”

我毫不客气地重重地拍了一下他的后背：“疼不疼？知道我没有骗你吧？”

他点了点头，忽然哭了：“真好！桑桑，真好！”

因为已经康复，他不肯继续留在疗养院，执意要回到我们的老房子里去住，如今他行动自如，有能力照顾好自己了。

我开车送他回去，并没有急着走。我们从楼下的超市里买了菜回去做饭吃，仿佛又回到了从前我们相依为命的日子。周末从学校回来也是我做饭，他有时候会回来跟我一起吃，让我好好读书，照顾好自己。

经历了那么多事，再得到往往会更加珍惜。我哥显然情绪很激动，还特意喝了几杯酒。我问他以后打算怎么办，他说想开一家小超市，做点正经的小买卖，不求富贵，只求平安。

我深表赞同。他还说到云云，说再过些日子，就约她出来吃饭看电影，看能不能追到她……

这些幸福的事情让我们的心情都好了起来，心里还感恩老天总算开始厚待我们兄妹了。

但我万万没有想到，我哥会去找陆彦回。

他去了陆方公司。我后来知道的情况是，我哥去的时候陆彦回正在开会，秘书让他在办公室等着，结果陆彦回一回来，门还没有关上，我哥就给了他一拳……

等陆彦回回过神来，哪里受得了他这一下子，两人话都没说，就打了起来。

而我接到陆彦回的电话赶到陆方公司时，见两人都鼻青脸肿地坐着。

一见到我来，陆彦回把门一关，指着我哥对我说："何桑，你哥发什么疯？！一来就打我，话都不说就动手，他什么意思？"

我哥却红着眼睛看着我。我感觉到他情绪出了问题，赶紧问道："怎么了？哥，你怎么突然找到这里来了？"

"桑桑，他是不是对你非常不好？你一直都瞒着我是不是？"

我心头大震，他究竟听了什么话，才会有这样的反应？为了让情况不要更糟糕，我赶紧说："怎么会呢？我跟陆彦回感情好着呢，你问他是不是。"

陆彦回却冷哼了一声，没搭理我。他这个态度我哥更是深信不疑，觉得我受到了冷遇，"哗"地一下站起来，指着陆彦回对我说："你看看他这个态度，桑桑你一直以来受了多少委屈却不肯跟我说，你这个傻瓜！"

陆彦回却嗤笑了一声："何桑，你嫁给我，真的就那么不堪？是多大的委屈让你哥激动成这个样子？"

我哥一听他这话更站不住了，一下子冲过去，隔着办公桌把陆彦回的衣领给拽着了，说："你说的是什么话？你这么久以来是怎么对我妹妹的？陆彦回，你恨我的话冲着我来好了，关我妹妹什么事，你这么对她？"

陆彦回狠狠地把我哥的手甩开："你也知道我恨你？要不是看在何桑的面上，我早就叫保安上来把你给轰出去了。识相的就赶紧滚，以后别再让我看见你！"

我赶紧拉住我哥："你到底怎么啦？为什么突然变成这样子？哥，你有什么事赶紧告诉我，好不好？"

我哥松开我的手，只是一直对我说："桑桑，是大哥没用，让你受委屈了，大哥没用，我对不起你。"

我急得都要哭了。陆彦回不耐烦地对我说："何桑，你把他带走，别在我这里继续发疯。"

"行了，你也给我少说两句！"我对着他大声喊道。陆彦回有些怒气地看着我，似乎想要说什么，到底还是忍住了。

好不容易把我哥给带出去，一出陆方地产的大门我就问他："你为什么认为我吃了陆彦回的苦了？他对我很好的。"

"你还骗我？我一早就预料到的，还是没有尽力阻止你，我的错，是我的错。"

"哥，你到底是为什么突然这样？总得叫我知道我才能放心是不是？是不是谁跟你说了什么话？你告诉我，是谁？"

他挥挥手："你别再问了，我不会说的。只是桑桑，不要再一个人受着，那样我知道了只会更加难过。"

"我没有受委屈。"我继续强调。

他却不信，只是抓着我的手说："你答应我。"

最后，我没法子，只好说："知道了。"

晚上我回到家时，陆彦回已经回来了，脸上还有下午打架留下的青肿，看到我回来，拿着冰袋敷在脸上，一脸的不高兴。

我在他边上坐下，问他："我哥跟你说了什么特别的话没有？"

"他说个屁！"陆彦回一想到这事儿，情绪就有些激动，"见过不讲理的，也没见过这么不讲理的。"

"我哥不是不讲道理的人，他会突然打你，一定是之前发生了什么。"

“我哪知道！我看他就是有病！何桑，我跟你说，何诚一定是脑子有问题了。”

“你少胡说八道，我自己哥哥我不比你清楚？我怀疑是有人跟他说了什么，所以他才会来找你。”

陆彦回也冷静下来，把冰袋往桌上一放，看着我说：“能有这样动机的人会是谁？”

他冷笑着看着我。我心里一动，脱口而出：“应该不会吧，他不是这样的人。”

“你知道了？”他拿着打火机一开一合，那蓝色的火焰在盖子之间忽明忽灭，晃得人神思恍惚。

他说：“何桑，是不是在你眼里，许至怎么样都是好人？你对他了解多少？”

陆彦回的话让我心里生出一些异样来，可我不愿多说什么，只好岔开话题。我从柜子里翻出一些药膏来，伸手帮他涂脸上的伤。他“嘶”了一声，倒也有些难得的狼狈。我一边帮他擦药膏一边说：“我哥打你，对不住了，他只是希望我过得好，所以我代他向你道歉，希望你不要往心里去。”

他“切”了一声：“我懒得跟他计较。”说完又补了一句，“不过，你哥说的也是实话，我本来就对你不好。不过，我干吗要对你好？你对我不也就那样？”

我“嗯”了一声，手下却使了劲儿揉了揉他嘴边肿起来的地方，惹得他叫起来：“何桑，你这是蓄意报复！”

我把许至拉黑了，所有的联系方式都拉黑了，电话也好，QQ也好，我觉得这样做是最好的。有些缘分是孽缘，从前有过一段，原本值得记忆或珍藏，可生活却不允许它有再多的衍生，就此切断才是最好的做法。

第六章

命定的劫数

危险的男人不是那种一眼就让人忘不了的，
而是慢慢融入你生活的，
深入你骨髓的，
等有一天你想戒掉他，
却已经无能为力。

那之后不久就是我的生日，对于过生日，我其实没有太多的概念。

刚嫁给陆彦回的时候，我也过了一次生日，不过那个时候我哥还在监狱里，陆彦回跟我的关系如履薄冰，就在仓促之间，连我几乎都忘了那个日子。

而现在，我一大早睁开眼睛，就发现陆彦回早我一些下床，却不急着换衣服，而是从包里翻着，掏出一个盒子往我身上一砸："喏，这个是给你的。"

"给我的？"我打开，里面是芭法娜的一条金钻石项链，双环形状相互扣在一起，非常精致大气。我看着陆彦回说："你干吗啊，突然送我礼物？不正常。"

"你不是今天生日吗？不然谁送你！正好上一次裕喜巷子的提案我拿到一笔奖金，就想反正那个想法是你提的，就正好给你买礼物得了。"

我挺开心，他第一次特意买东西送我，这是大进步，值得庆祝。过了一会儿，我对他说："来，帮我戴上，我觉得好看。"

他有些嫌弃："这么急干吗？不就是一条项链吗？"

"我高兴。"我坚持要戴上。他虽然嘴上埋汰我，却还是帮我戴上，完了还让我面对着他看看。我问："怎么样?"

"好看。"

"人好看还是项链好看？"

"项链。"面前这个不懂风情的男人如是说。

吃完饭我要去上班，他看着我说："今天还不给自己放一天假？难得的生日还要去上班？"

"那我也要去。"

"今晚我们出去吃饭吧。"他喝了一口牛奶，擦擦嘴巴说，"一个朋友新开了一家主题餐厅，一直让我去捧场，我都没有时间，今天一起去吧。"

"好啊。那我下班后打给你。"说着，我拿钥匙出门，开车的时候想：这人今天难得对我好，会不会突然发现我其实不坏，以后想跟我好好过日子了，所以想要对以前的行为有所弥补？

原谅我是一个俗气得掉渣的女人，主要是生活中真的鲜有惊喜，所以一旦有些改变，就不由得沾沾自喜起来。

车开到学校，还没有停稳当，就有人敲我的车窗。我一看，竟然是许至！他脸色不大好，很憔悴。

"你怎么来了？"

"昨天我一直在等，等到了凌晨，想给你发一条短信说生日快乐，可是那么简单的四个字始终发不出去。"

他这话说得我心里一阵酸，不由得想自己是不是做得有些过分了，可是我又让自己把心肠硬起来，不能再这样迟疑和拖沓，感情的事情不是别的，如果拖泥带水，只会给彼此带来更多的痛苦和麻烦。

所以，我对他说："对不起，不过，我确实把你拉黑了。"

"你就这么讨厌我？"

"这不是讨厌你，我只是想表明一种态度，当初我以为你能够明白的，可是你不明白，我只好自己想办法让你明白。"我这话说得拗口，却立场坚决。许至低下头，微微地笑了一下，从包里掏出一个盒子递给我："送你。"

我打开一看，里面是一个羊脂玉的项链。我把盒子合上推给他："太贵重了，我不能要。"

我看了眼盒子说："许至，今天就算我收下了又能怎么样呢？都那么久了，我们回不到过去了，与其一直守着过去，不如往前看，这样我们都能开心一些，你说呢？"

他没说话。我看了看手表："我要去上课了。"

听了我的话，他随手就把那个盒子扔到了身边的垃圾桶里。我睁大了眼睛，他一声不吭地走了。

因为他的这个举动，下班时我的心情都还有些抑郁，想到陆彦回说晚上要一起吃饭，心情才好了一些。我看了看时间，就给他打电话："我忙完了，你呢？"

"嗯，差不多了，你要是比我早，就先去餐厅，你去提我就行了。"

结果一件怎么都想不到的事情发生了。

我刚把车开出学校，一个小姑娘站在路边伸手拦住我的车，我问她："怎么了？"

"姐姐，能不能请你送我一程？我没有带钱包，打不到车，可是又很着急。"她看起来确实挺急切，模样又白净，我就没有想太多，打开车锁让她上来："你去哪里？我送你。"

靠近一个老胡同的时候，她说到了，就跟我道了谢下车，结果她刚打开车门，就被一个男人拖下车去。那个男人把她往地上狠狠一推，就开始动手揍她。我被这个突发的情况吓到了，哪里还顾得上别的？赶紧下车去阻止他。

可是我刚要碰那个小姑娘，忽然有人从后面用一块布把我的嘴巴堵住了，紧接着，又被一个蛇皮口袋给套住了上半身，我眼前一片黑，不知道究竟发生了什么，怕极了。

我只知道被人拖到了一个地方，然后有几个男人的声音夹杂在一起。我听到一个人问另一个人："给她一点儿教训就行了吗？"

"打一顿就行，那人说了，只要给她一点儿教训，不要弄出人命。"

我还没有回过神来，就感觉到后背一阵刺痛。我挣扎，他们就动手打我，用了大力气，手下一点儿都不留情。

我身上所有的地方都被那几个人轮流打了个遍，到最后，我已经失去了反抗的力气，有人踩在我的身上，有人用脚狠狠地踢我的肚子。

再然后，我就失去了意识……

我觉得自己好像做了一个很长的梦，思绪混沌不堪。醒过来的时候，竟然一时不能适应房间里明亮的光。陆彦回的脸出现在我眼前时，我一颗悬着的心仿佛终于落了下来。

他不复往日那般镇静自若，显然是很担心，看到我醒了，连忙凑近我。

也许是太害怕，他握住我的手问："何桑，你还好吗？身上还疼不疼？"这时候，我的眼泪一下子就掉了下来，脱口而出："二哥，我好害怕，我以为自己就那样死了。"

陆彦回怔了一下，伸出手，摸了摸我的脸，说："没事了，已经没事了。"

其实，我说完自己也愣住了，我叫了他"二哥"。陆小言就叫陆彦回"二哥"，从前我跟她在一起的时候，看到陆彦回，都是跟着陆小言一起叫"二哥"的，可是，那是多久之前的事情了？那个时候，陆彦回还不是现在的样子，他客气有礼貌，因为大我们几岁，显得成熟稳重……

陆彦回在外面跟医生说话，我以为他走了，试探性地喊了一声："陆彦回……"

他听到我的声音，从外面走进来，俯下身问我："怎么了？哪里不舒服？"

我摇摇头，反而握紧了他的手："你别走，在这里陪我行不行？哪里都不要去。"

他看着我的脸，替我擦掉了眼角的一滴泪："怎么又哭了？我哪里都不去，就在这里陪着你。"说完，他往我床边的椅子上一坐，对我说，"你还发着烧，想不想吃点儿东西？"

"我没有胃口，还有点儿困。"

"那就继续睡吧。"他站起来，在我床边坐下，我才慢慢地又睡了过去。

第二天睁开眼睛的时候，陆彦回就趴在我的床边，睡着了，我连忙把他推醒："喂，你怎么在这里就睡着了？快醒醒。"

陆彦回有些委屈地说："我脖子和肩膀好酸。"

"谁让你不找一张床来？竟然这么睡了一夜，怎么想的？"

"我睡不惯，容易落枕。"说着，他站起来舒展了一下肩膀，"你身上还疼不疼？"

"好多了。"

“既然好多了，我们来谈谈这件事。”他一脸严肃地看着我，“昨天我以为你先到餐厅了，结果去了一问才知道你还没到，我以为你还在路上，可是过了很久都没有看到你的人影，我就急了。”

他顿了顿，继续说：“一个路人，他告诉我看到你昏倒在小巷子里，本来想要打120的，结果听到你口袋里的手机响了，就接了起来。”

我回忆了一下：“当时我开车从学校出来，想要去餐厅跟你会合，结果有个小女孩请我送她一段路，我就答应了，可我刚到就被人绑了……”

我这样回忆着，声音都忍不住发抖。陆彦回拍了拍我的肩膀：“别怕，都已经过去了。”随即他皱了皱眉头，“既然是在学校门口拦住你的车，说明知道你在那里上班，那这事儿就不会是一个偶然，是有人蓄意要对你动手。何桑，你最近惹到什么人了没有？”

他这么一问，我有些奇怪：“我不过是一个音乐老师，能得罪什么人。”

“那你最近见过什么人没有？”

他这么一说，我眼皮跳了一下。陆彦回捕捉到我神情异常，又问了一遍：“你见过谁？”

“许至。我今天早上见过他。他来学校找我，说是我生日，要送我一条项链，我没有接受，他就走了。”

“许至？难道是他？这……应该不会。”陆彦回有些诧异，“他应该不至于因为你不肯收下他的礼物就对你动手，毕竟你们之前也没有过节。”

“其实，肖锦玲也找过我。”我对陆彦回说，“肖锦玲知道我和许至的关系了。”

“这是什么时候的事？你怎么不告诉我？”

“也有些日子了，我怕你知道了说我活该。”我如实说。

“以后这样的事你一定要告诉我。”他有些无奈，“肖家的人你不了解，个个阴狠。这事儿你交给我吧，我会让人去查一查的。”

我点点头。陆彦回又看着我，说：“哎，何桑，我问你个事儿。”

“你说啊。”

“你昨天是不是叫我二哥了？”

我有些不情愿地说：“哎呀，叫了就叫了呗，你干吗问？”

“以后不准叫我名字了，只准叫我二哥。”

“你有病。”我提高了一些声音，“哪根筋搭错了？那么久没有叫了，突然又让我改口是什么意思？”

“我高兴。我不管，不叫我二哥我就不答应你。”

出院后，陈阿姨给我做了一桌子好吃的，一边看着我吃一边说：“怎么就遇到这样的事情了？真是太过分了，竟然下这样的毒手。”

陆彦回靠着椅背看着我说：“我倒要看看，是哪个吃了豹子胆，连我的人都敢动。”

我只好温言劝着：“这一次就算了吧，下一次我自己注意一些，不再让陌生人钻空子了。”

“这事儿算不了。”他站起来上楼去洗澡。我很快也吃完上楼去。上楼的时候，胯部还是有些疼。趁着他在里面洗澡，我撩开衣服，对着穿衣镜看，青紫一大片，一眼看过去，惨不忍睹。

陆彦回正好从浴室里出来，我赶紧把衣服放下来，他却眼尖看到了，走过来要看我的伤势。我伸手阻止他的动作，他却坚持要看，我只好任他撩起衣边。他的手覆盖在那里，因为刚洗过澡，整个手掌都是温热的。

这温度让我心里猛然多了一些温暖，我抬头看着他，他的脸就在我的眼前，头发还是湿漉漉的，他的眼睛仿佛也是湿漉漉的，那种氤氲着水汽的墨黑。

就在这个时候，他忽然低头吻了吻我的侧脸，对我说：“何桑，谁都不能随便欺负你。”

我被这个吻搅乱了心思，虽然他只是浅浅地亲了一下我的侧脸，却是从来没有过的感觉，那句不像情话的情话，竟然……让我的心跳猛然加快。

虽然我心里已有了答案，但当陆彦回告诉我，是肖锦玲找人打我的时候，我心里还是有些震动。

陆彦回说：“原本要查这件事还挺麻烦的，毕竟是突然冒出来的一群人，对方又蒙住了你的脸，没有任何线索。”

“你怎么查到的？”

“其实没有查到，而是我想到了个主意，让人用一个新的号码给肖锦玲发了一条短信，上面写道：再给我打一笔钱作为封口费，不然我告发你。”

我的眼睛亮了亮，问：“她怎么说的？”

“她当然是一开口就暴露了，直接打电话过来，一开口就是‘你们怎么能这么过分？我明明已经付过钱了，做买卖也要讲究信用的。’我随后挂了电话，她大概还在忐忑不安。”

“竟然真的是她。”

“你就别管了，我自有主张。”

夏天来得快走得也快，天冷了下来。那天，我跟陆彦回吃完晚饭在院子里散步，看到种的花都谢了许多，多少觉得有些败景。我随口说了一句：“这个季节应该是山野的小菊花开得最好的时候。我外婆住在乡下，到了这个时候，满山都是野菊花，美得不真实。”

“你外婆过世没有？”

“没有。”我摇摇头，“她已经八十多岁了，也不知道身体怎么样了。自从我妈去世后，我只去过乡下一两次，跟你结婚之后更是一次都没有去过。”

陆彦回蹲下来，把一片枯黄的叶子捡起来丢进了垃圾箱，问我：“你外婆对你怎么样？”

“她对我们极好的。我小时候去乡下玩，外婆总是给我做一桌子菜，还炒板栗给我吃。我趴在桌上写作业，她就剥栗子给我，剥一个往我嘴里一塞，那种味道我总是忘不了。”

“你想她吗？”

我侧过脸看看陆彦回：“想啊，我常梦到她，梦到栗子树，梦到野菊花，可是我很久没有回去了。”

“你怎么总是做梦？”陆彦回有些好笑地看着我，又问道，“我看你梦到过好多人，那梦到过我没有？”

“没有。”我没好气地说。他不屑地“切”了一声，似乎不是很满意我的回答。

周六的时候，一大早我就被身边的人弄醒，我看看外面的天色才蒙蒙亮，就问他："这么早叫我起来做什么？你自己睡不着还打扰人家的美梦！"

"不是，我有个主意。你不是想去乡下看你外婆吗？我们今天去怎么样？顺便去住一天。我有一个朋友在那里开了一个农家乐，一直让我去玩，我们晚上就住在他那里。"

听了这话，我猛地坐起来："你陪我去看外婆？真的吗？"

"假的。所以你还是接着睡吧。"

我被这人气得不轻，什么时候说点儿好听话就像是要了他的命，不过我知道他说的是真的，心情也好了起来，不跟他计较。

入了秋有入秋的好处，一路上凉风习习，不用开空调，把车窗摇下来就觉得空气宜人。路上的景致也好，我们从高速走，两边树叶落在地上，一片金黄。

院子里用硬篱笆围成了一个不算门的门，推开它走进去，就看到院子里的竹椅上坐着一个人，正是我外婆。我快步走近她，她抬头看着我，眼睛明明是睁着的，却混沌得没有焦距。她声音不大地对着我问："是谁来了？"

我伸手握住她的手："外婆，是我，我是桑桑呀。"

她一听到是我的声音，身体慢慢地定住了，过了好一会儿才回过神来，对我说："桑桑，是我家桑桑来看我了吗？"

我看着她说："您怎么看不见了？您的眼睛怎么了？"

她说："人老了，不打紧。你过得好不好？"

"我很好，我还结婚了，我丈夫也来了。"

"真的吗？你结婚了？他在哪里？"

外婆听了我这话，想要伸出手来摸摸他。陆彦回走近让她摸自己的脸。外婆慢慢笑了起来，虽然脸对着陆彦回，开口却是问我："桑桑，他对你好不好？"

我赶紧说："他很好，让我住大房子，给我买好看的衣服，还带我来看望您。"

陆彦回看了我一眼，低头笑了。

"那就好，那就好。"她放开陆彦回的脸，又摸索着抓住我的手，对我说，"桑桑，你过得好我就放心了，你妈在天上也能宽心了。"

这时候，有人从里屋走出来，正是我那位舅妈，看到我来，先是愣了一下，随即敷衍地笑了笑："我当是谁呢，原来是何桑啊，怎么突然到这里来了？"

这话本来就不中听，再加上她的语气有些刻薄，我也懒得客气，直接跟她说："我来是为了看看外婆，为什么外婆的眼睛看不见了？"

"瞧你说的，你外婆八十多岁的人了，我又不是虐待她，瞎了就瞎了呗，吃喝又不少她的。"

"眼睛出了问题怎么不治疗？什么叫瞎了就瞎了？"

"哟，何桑啊，治疗你以为是花几块钱买盒药吃了就能好的？做手术不要花大钱啊，这钱不用你掏你当然会说现成的话了。"

"你有钱翻修房子，没钱给外婆治病？"我听她这话真是气到了。我外公原来是搞收藏的，临去世的时候留下了不少古董，很值钱的，我舅舅都给卖了，换了一大笔钱，怎么算都够手术费了。

"你表哥不结婚啊？不娶老婆啊？我当然要以他的大事为先了。你外婆那么大岁数了，瞎了又不是死了。"

"你！"我被她气得说不出来话。陆彦回拉住我，往前一步对舅妈说："以后再遇到外婆身体方面的事情，就来找我和何桑，不要再耽误了。"

"你是谁？"我舅妈看了他一眼，对我说，"何桑，你男朋友啊？说话口气不小啊。"

"这是我的名片，遇到麻烦随时打给我，也可以去公司找我。是不是跟你说大话，到时候就知道了。"

"真的假的啊？"她接过名片一看，"哟，地产公司的总经理啊，何桑，你男朋友这么有钱啊？"

"我不是她男朋友，我和何桑结婚了，我们是夫妻关系。"

"都结婚了啊。"舅妈随即把名片收起来，才对我们说，"哎呀，这样的事情怎么不早说啊，桑桑嫁得这么好啊，真是好福气啊。今天难得到咱们乡下来一趟，舅妈给你做顿好吃的吧，留下来吃个午饭再走。"

"不了。"我开口道，"我们还有别的事，我就是来看看外婆。舅妈，你照顾好外婆就好，有麻烦随时打给我们。"

"真的不留下来吃饭了啊？"

“不了。”我又转头对外婆说，“我以后再来看您，您照顾好自己，哪里不舒服要及时说，让舅舅和舅妈知道，不要瞒着不肯说，知道吗？”

她点点头，我才跟陆彦回走了。

从外婆家走后，我们去了他朋友的农家乐。也许是因为周末，所以生意挺好的，厨房里只雇了一个厨子，连他朋友一起都忙得脚不沾地。我和陆彦回友情助阵，当起了厨子。农家菜算是最好做的，样子和味道都不重要，重要的是新鲜，菜都是客人自己从后面的地里摘的。我不太会做饭，反倒是陆彦回，系上围裙一副大厨的样子，我就在一边给他打下手。

沾了客人的光，我竟然生平第一次尝到了这位大少爷的厨艺，原本以为他是打肿脸充胖子跟我说大话，没想到随便的一小盘木耳炒鸡蛋就让我吃光了一碗米饭。他看着我空了的饭碗说：“何桑，你还真会拍我马屁，竟然用这样的办法让我有成就感，我是不是该夸你会做人？”

我头也不抬地继续主攻边上的芹菜里脊，对他朋友说：“麻烦再给我盛一碗米饭。”美味当前，面子都是小事。

这真是极其惬意的一天。下午，我在院子里的椅子上晒着太阳睡了一觉，陆彦回和他朋友去后面的河里钓鱼和小虾。

想到明天就要回去了，我竟然有些不舍。洗完澡，我和陆彦回坐在后院的台阶上看星星。如今，城市里的夜空已经难见这样明亮的星光了，也只有在烟火气息淡薄的乡村，才得以一睹芳容。

他点了一根烟。这人很没有绅士风度，抽烟之前从来不会多问我一句能不能抽。烟雾在他的唇边缓缓散开，像是吞吐的仙气。

他伸手搂住了我，我靠着他的肩膀。因刚洗过澡，他的身上都是清香，却又夹杂着我们身边草木固有的味道，让人仿佛受了蛊惑一般。

这个时候，我脑子里突然蹦出一句话：危险的男人不是那种一眼就让人忘不了的，而是慢慢融入你生活的，深入你骨髓的，等有一天你想戒掉他，却已经无能为力。

这句话在我脑子里出现得太过突然，以至于我一下子有些后怕，忽然伸手推开了他。他有些诧异地看了我一眼，我才察觉到自己的反常，只好随口瞎诌：“刚才觉得有虫子在我身上爬，现在应该飞走了。”

我忍不住抬眼仔细地看了看陆彦回，他很耐看，而且是越看越移不开眼睛的那种。

我觉得自己很喜欢看他抽烟的样子，明明是再寻常不过的动作，可是总觉得他做起来就是和别人不一样。好像有很多次，我都会看着拿着烟的陆彦回发呆。

时间长了，连我自己都没有发觉已经入了神。他终于绷不住笑了起来，有些促狭地看着我说：“何桑，你完了，你盯着我看了不下一分钟。”

“哪有？”我狡辩，坐直了身体想要装傻。他灭了烟问我：“今天开不开心？”

“开心。我很久没有出来走一走了，觉得空气都是新鲜的。”

“那以后我们可以常来，再走远一些也可以，只要你心里快活就行。”

他这话让我有些摸不着头脑，最后终于忍不住把这些日子的疑惑说了出来：“陆彦回，你怎么了？以前你巴不得我每天痛不欲生，最近怎么对我这么好？别怪我这人想法太犯贱，可是真的，你这么对我，我心里总有些忐忑不安，似乎哪里不对劲儿的样子。”

他往后一仰，躺在地上对我说：“没什么原因，累了，觉得之前的日子没意思，一天到晚吵架，过得都不开心，忽然厌倦了那样的生活罢了。”

我学着他的样子躺下来看星空璀璨，只觉得整个人都放松了下来。我没有回过神来，他一下子把我横腰抱起来，大步往屋里走。我“啊”了一声，低声骂他：“干吗啊你，晚上又没有喝酒，怎么就突然发疯了？”

路上有人盯着我们看，我猛地有些害羞，依旧闷闷地说：“这下好了，丢死人了，这么大个人被你这么抱着走，指不定人家心里怎么笑话我呢。”

“让他们笑话去。”陆彦回满不在乎地说。

这是我第一次体会到作为一个女人的快乐。如果说之前的那些都是抵触排斥的，这一次的心境却截然不同。陆彦回也是温柔的，他这人坏脾气惯了，偶尔的温柔就像沙漠里的绿洲一样，让人觉得来之不易。我是什么心态呢？大概就是一个行走在沙漠里的人看到绿洲，因为难得，所以就暂且放纵一次，一次就好。

窗户没有关上，轻薄的帘子在微风里拂动，有风从窗子吹进来，可是我们没有感觉到冷。身体是热的，热得发烫，我吻他的嘴唇，他的下巴，这深吻让我们更加靠近彼此。

树影在帘子上影影绰绰，我透过头顶的灯光在他的眼里看到我自己，我自己的影子，我变成了一个迷醉而慵懒的女人，因为这个男人。

后来，我无数次想起我们的关系，我思忖着自己何时爱上了陆彦回，也许就是从这个时候开始，也许更早一些，但当我后知后觉地意识到的时候，就知道，我已经深深地爱上了这个男人。

这一场命定的劫数，果然还是躲不过。

就像快乐的时光总是短暂的，明明可以清楚地记得每一个细枝末节，可是一恍惚，它又成了记忆里的东西了。

第七章

小言？白兰！

这种以爱为名的仇恨，
时间久了只会让人厌倦，
而我已经累了。

我们继续过日子。而白兰的出现，就像一场飓风，吹散了这短暂的宁静。

在白兰出现之前，我真的有过一种感觉，就是陆彦回也是喜欢我的，他爱不爱我说不好，但对我肯定是有着男女之间的感情的，毕竟，这些日子里他对我的好，也不是虚无的。

一天，我像往常一样去上班。开音乐学校的朋友拉我到办公室里说话，她的神情比较复杂，似乎有话不知道该怎么开口。我这朋友素来男孩子气，如今这样，我就知道不是小问题。

她终于还是开了口："桑桑啊，你最近和陆彦回的关系怎么样？"

"我们相处得挺好的。"

她轻轻皱了皱眉头："是这样，你知道他最近买房子的事情吗？"

"买房子？什么时候的事？"我很是诧异。

她叹了一口气："我就知道你还蒙在鼓里呢。你知道水云花城的小高层吗？不是陆方开发的楼盘，照理说不应该在那儿的售楼处看到陆彦回的，毕竟他自己是卖房子的，自己公司的房子不买，去别的地产公司买房子实在是奇怪。"

我摇摇头：“这事我不知道。”

“最重要的是，他身边跟着一个女人，不对，我这个说法不够贴切，更准确点应该说他是陪着一个女人看房子的。”

“是谁？”

“我不认识。我当时在看房子，离他们挺远的，陆彦回没怎么见过我，所以估计没有认出我是你朋友。他戴着一个大墨镜，可我还是认出了他。”

我轻轻地“哦”了一声，却觉得我这朋友有些小题大做了，不过就是陪着一个女人看房子，估计是要好的朋友想买合适的，他是专家，所以就找了他，这也没什么大不了的。

因为我觉得自己的这个理由顺理成章，所以并没有把这当作一件值得一提的事，回去后也没问他。

直到我亲眼见到我朋友口中说的那个女人，我吓了一跳。我有一个同事生宝宝，我趁下班去医院看她，出来时天色已晚，电梯口等的人太多，我就直接走了楼梯。走路时微微分了神，撞到了一个女人，我赶紧向她道歉，一句“不好意思”还没说完，我整个人就愣住了。

陆小言！

我回过神来，一把抓住了要错过我上楼去的她，几乎颤抖着说：“小言，你还活着？！你竟然还活着！”

她皱着眉头问我：“你干什么呀？我不认识你啊！”

“我是何桑啊，桑桑，你不记得我了吗？你到底发生了什么事？”

“不，我不是她。我叫白兰，是陆小言的姐姐。我们是双胞胎。之所以我会知道你错把我认成了她，是因为你不是第一个。”

“白兰？双胞胎？我不明白你的意思。”

“没什么不好理解的。我妈生了一对双胞胎女儿，可家里太穷养不起，就送走了一个，送走的就是陆小言，至于我，则被留了下来。我是白兰，是她的姐姐。”

小言竟然有个双胞胎姐姐？

“你能留一个联系方式给我吗？我跟陆小言是很好的朋友，她去世了，一直都是我的一大痛处，所以看到你我还是不敢相信。”

“我理解你的心情，不过留下联系方式就真的没必要了，你是陆小言的朋友，不是我的朋友，我不是她，所以你联系我并没有太大的意义。”

“可是我……”

“陆小言去世我很难过，不过对我来说她是个陌生人，毕竟我们除了有血缘外，真的没有再多的联系了，希望你能明白我的意思。”

我对她说了“抱歉”，没有再纠缠她，可还是忍不住把车靠边停下来给陆彦回打了一个电话：“你在哪儿呢？”

“公司。怎么了？”

“陆彦回，我说一件事你可能没法相信，我今天看到了一个跟陆小言长得一模一样的女人，竟是小言的同胞姐姐，她竟然有个姐姐！”

陆彦回沉默了一会儿，我以为他是震惊得说不出话来了，谁知道他慢慢地开口说：“嗯，她叫白兰，是小言的姐姐，我已经让人查过了。”

“你知道？”我更加震惊了，“你竟然知道了？”

“也是不久前，我在外面应酬时见到她，第一眼也把她当成了小言，结果仔细问了才知道不是。我没告诉你，是怕你又想到一些不开心的事。”

“你应该告诉我的。”我咬了咬唇，“陆彦回，她跟小言真的太像了，我到现在还不敢相信这是真的，你明白我的感受吗？”

“别多想了，她们不是一个人，既然不是，就与你无关，你过自己的日子就好，不要想太多。你人呢？在哪儿呢？”

“我在回家的路上。”

“嗯，我晚上有个饭局，不回去吃饭了。”

他回来时已经很晚了，我本来强迫自己不要再去想那个叫白兰的女人，可就是睡不着。他回来的动静不大，我听到开门的声音一下子坐了起来，陆彦回有些无奈地看着我。

“陆彦回，你说她真的是白兰吗？会不会小言根本就没有死，她就是小言？”

“怎么可能？”他把手放在我的肩膀上，“何桑，小言已经走了，现在你看到的是白兰，她真的是小言的双胞胎姐姐，我已经找人确认过这件事了。”

我点点头。他松了松领带：“不早了，赶紧睡吧，我去洗澡了。”

又过了几天，到了周末，陆彦回起来得很早，我觉得挺奇怪的，就问他："跟朋友约了出门吗？怎么今天这么早起啊？"

他一边穿衣服一边看了我一眼，才慢慢地说："不是。我去医院一趟，小言妈妈今天动手术。"

"动手术？"我也彻底醒了，"小言妈妈？你是说她的亲生妈妈吗？"

"对。她一直住在医院里，心脏不大好，今天做心脏支架手术。我也是从白兰口中知道的。我是小言的哥哥，如今她不在了，我尽一点儿心意也是应该的。"

"嗯。"我下床问他，"我也想去，我能跟你一起吗？"

他犹豫着点点头："也行啊，那你准备一下吧。"

我们在外面的花店买了一大束花才进去，手术在安排中，我们进去的时候白兰陪着她妈在病房里待着。陆彦回先我一步进去，显然白兰已经和他很熟悉了，他一进门她就笑了起来，说："你来啦。"

随后我跟着进去，白兰愣了一下，才问陆彦回："这位小姐是？"

"是我老婆，她叫何桑，听说你们上一次在医院里见过面。"

"哦，是她啊。对，我还有印象。"她对我笑了起来，"你好，谢谢你也来看我妈。"

"应该的。"

看来陆彦回之前就来过，她妈坐了起来："是彦回来了啊，真是不好意思，要你出钱，又要你出力的，我……我真是太……"

"阿姨，您别这么说，您是小言的妈妈，就是我妈，我帮点儿忙也是应该的。"

"我哪里受得起啊，我那么对不起小言那孩子，更何况她……她都已经……"

"妈！医生说了让你今天心情要稳定平静，能不能不要去想那些伤心事了？"

"对啊阿姨，身体要紧，别的事先不要想。什么时候手术？"

"一会儿就进手术室了，刚才医生通知过了。"白兰看着我们说，"你们来过就行了，这里有我一个人就够了，你们去忙自己的事吧，别都耽误在这里了。"

"我们都不忙的。一起在这里照应着也挺好的，有什么事能及时处理，不然你一个人在这里我还是不放心。"

没一会儿手术就开始了，我们都坐在外面等。陆彦回的助理中途打了个电话给他，他接了电话对我们说："公司临时有点儿事，我现在要过去处理一下，我会尽快赶回来的。"

白兰站起来说："没事没事，你赶紧去忙你的吧。"

陆彦回看了我一眼："何桑，有什么事帮衬着些，麻烦的话就给我打电话，听到没？"

"我知道了，你放心吧。"

他这么一走，就剩下我和白兰两个人坐着，气氛忽然尴尬起来。她看了我一眼："上一次不好意思啊，我这个人不太会跟人家相处，所以你跟我要联系方式我都没有给你，毕竟那个时候我也不知道你和陆大哥是夫妻关系。"

"没关系，没关系，上一次也是我太唐突了，毕竟你也不认识我。"

她说："上次听你说，你和陆小言是好朋友？你们关系非常好吗？"

"嗯。大学的时候我们是同学加室友，算是很好的闺密吧，反正无话不说，有麻烦也会第一时间想到对方。"

"是吗？那挺好的。她为什么会突然就死了呢？我听陆大哥说起她已经不在了，真的很诧异。我一直都知道有这么一个妹妹存在，可我和我妈也从来没有找过她，她自己心里有愧，也从来不提这件事。"

白兰这么提到小言的死，我忽然很是心虚，又不敢告诉她，最后说出口就变成了："我也不大清楚，我不知道她怎么就突然出事了。"

"你不是陆小言最好的朋友吗？上一次我也跟陆大哥提到这个事，他也没有告诉我。你们是不是都知道，但是都瞒着我和我妈呀？"

她这么一说，我更加心虚了，明明错在自己，可我不敢向她的姐姐和妈妈承认错误，还支支吾吾地隐瞒了真相。

她又问了一遍："难道这里面有什么不可告人的秘密？"

我心里叹了一口气，终于开口对她说："其实她是因为我才死的，是我害了她。"

"这是什么意思？什么叫是你害了她？难道我妹妹是因为你出事的？"

我点点头："我们关系很好，当时我哥在酒吧跟人闹了矛盾，被人扣了下来，打电话给我的时候，我因为考试手机关机了，所以就打到了小言的手机上。她心里着急，就一个人去找我哥，结果在酒吧出了事。她帮我哥挡下了一个碎酒瓶，被送进医院的时候已经没有挽救的余地了。”

“什么？！”白兰诧异地捂住了嘴巴，看我的眼神也复杂起来。我被她看得无地自容，低着头说：“真的很对不起，这件事都是我的错，是我让她出的事，怕你们不会原谅我，所以不敢说。”

“这也太扯了。”她脸色变得不好看了，声音也有些冷，“那你还嫁给陆大哥？他怎么会娶你？”

说起这个，她又戳中了我的痛处，我没再说话。白兰看了我一眼：“这样说起来，我那妹妹还挺可怜的，所以说好人不能胡乱当啊，别一不小心就跟她一样，丢了性命。”

我被她这么一说，只觉得十分羞愧。她终于不再提这件事，我们就这么沉默地一直坐着。过了一会儿陆彦回也回来了，他回来了我却待不下去了，对他说：“我觉得有些不大舒服，想先回去了，你在这里照应着吧。”

他看了看我：“不大舒服吗？要不要让医生看一下？”

“不用了，我估计是昨天睡得迟了，回去躺会儿就好了。”

“嗯，那行，我让司机来接你吧。”

“不了，我自己打车回去。”我拿包要走。白兰站起来对我说：“何桑，今天谢谢你来看我妈，不舒服就回去好好休息，注意身体啊。”

她不复刚才那般冷漠，我觉得有些别扭，也还是跟她客气地道别：“好，那我先走了。”

再见白兰却是在家里，陆彦回上班还没有回来，我正好没有课。

陆彦回打来电话问我：“何桑，你在哪儿呢？”

“在家呢。怎么了？我刚要出门。”

“你先别急着出去，白兰要送点东西到我们家，说要感谢我帮她忙。既然她要来，你就在家等一下吧，毕竟是客人，我上班又走不开。”

“白兰？她要过来吗？”我“哦”了一声，“那行吧，我就先不出门，等着她。”

我提前让人开好了门等着她，不一会儿，就看到一辆出租车开了过来，白兰从里面出来，看到我就打招呼：“何桑，你在家啊？”

她从后备箱里拿出几个大袋子，我接了过来，沉甸甸的，就跟她说：“这么客气干吗？你是小言的姐姐，陆彦回帮一点儿忙也是应该的。”

“话不能这么说，做人要懂得感恩，没有什么贵重的东西相赠，只有一些粗鄙的谷物拿来，想着别的什么你们有钱都能买得到，这个是自己家里种的，你们别嫌弃东西粗就好。”

“怎么会嫌弃，你送这些来，陆彦回一定是最高兴的。”

其实我不喜欢和白兰相处。她虽然是小言的姐姐，但在我看来，她们的性格实在是相差太大了。更何况上一次在医院里，虽然说本是我的错，她对我有微词是理所应当的，可她那一番话听在我的耳朵里，我总觉得有一些不自在。

我们就这样坐着，聊了一些无关紧要的话，最后不知道怎么回事，又聊到了小言。白兰看着我，摸了摸自己的脸，说：“你们都说我长得和陆小言很像，我也知道寻常的双胞胎都是一样的，不过却没有见过我那个妹妹，不知道你可有她的照片？”

她这么一说，我点点头：“有的，你要看吗？在楼上，要不，你跟我一起上去看看？”

我站起来，带着她上楼。这么多年过来，我是真的有几本相册，虽然留着照片，却很少回头翻看，因为翻开总会忍不住回忆。而说到回忆，可真是一件颇为伤感的事情。

她站在我们的房间门口，有些拘束地说：“这是你和陆大哥的房间吧，我方便进去吗？会不会太冒昧了？”

“不会的，进来吧。”

我的相册都放在衣柜最下面的抽屉里，我大概翻了翻，都有陆小言。我们大学的时候经常一起出去玩，合影确实很多。每次照完相，我都会洗出来，收进相册里。

我也看到了不少我和许至的照片。我有些发愣。白兰在我身后问道：“找到了吗？”

“哦，找到了。”因为想着反正她也不认识许至，就算看到这些照片也无所谓，就没想太多，直接给她了。

白兰接过相册，一张张地往后面翻看，终于看到了有陆小言的照片。她翻到的那一张照片，正好是我和陆小言去爬山，两个人在山道边上照的。后面就是青得仿佛能滴出水来的竹子，风景宜人。她比我矮了一些，搂着我的胳膊，靠在我身边，比画了一个剪刀手，那么孩子气。

“你们当时的感情一定很好吧。这样看上去，可真是亲密啊。”

“嗯，很好，像是亲姐妹一样。我们都只有哥哥，没有姐妹，偏偏遇到对方，说起来也是难得的缘分。”

她抿抿嘴：“何桑，我觉得有些口渴，能不能跟你讨一杯水喝？”

“当然可以，等一下，我下楼让阿姨泡杯茶上来。”

“谢谢，白开水就可以，麻烦你了。”

我把水端上来，她放下相册，说：“陆小言是什么样子，我也见到了。今天打扰很久了，我就先告辞了。”

白兰要去水云花城，我忽然想起来之前我那个朋友说起的事，她说陆彦回陪着一个女人看房子，所以不由得看了她一眼，问：“你住在那里吗？”

“不是，我马上要在那里开一家花店，门面已经看好了，正在装修中。我今天去看看情况怎么样了。”

为了证实我的猜想，我还加了一句：“你下次看房子就找陆彦回，他是这方面的行家。”

“我就是找的陆大哥。”白兰朝我笑笑，“怎么，陆大哥没有告诉你吗？我的门面就是他买的，所以我非常感激。”

“是吗？”陆彦回有多少事情不肯开口对我说呢？

我把她送到地方，花店的名字很好记，叫作“梦中花”，大小非常合适，而且位置很显眼，是个好地方。陆彦回真是有心了。

白兰下车跟我道别：“下个月应该就能开业了，到时候你可以和陆大哥一起来玩。”

“会的。再见。”

我绕了一圈，走了一大半的路才发现自己又往回去的方向开了，我忘了自己出门的目的了。

陆彦回回来的时候似乎心情不大好。我记得他们公司今天晚上有季度总结会，会后有宴会的，也不知道是谁惹他生气了。

我也不想惹他，就去洗澡准备睡觉。

等我出来的时候，陆彦回坐在沙发上看着我，眼神冷冷的，让我明明已经暖和的身体不由自主地打了一个寒战。我有些忐忑地开口："你这是怎么了？一回来就不对劲儿。"

陆彦回开口："何桑，你可真让我失望。"

"我怎么了？"我皱着眉头问他，只觉得不理解他这突然的怒气来自于何处。陆彦回突然把茶几上的一张照片用力地向我扔来，薄锐的边缘划到我的脸，有些生疼。

我一看，竟然是我和许至的合照。照片上的我们，都穿着毕业时的学士服，我站在一个矮石墩上，亲吻许至的额头。

我心里一跳，随即问他："这是哪里来的？"

"你说呢？"

我下意识地看了一眼放影集的柜子，然后问他："你翻我的东西了？"

他走过去一把拉开那个抽屉，把我的相册都拿了出来，摊开在床上。

"哪儿来的？"我想到下午时白兰翻过我的照片，猛地一抬头，"难道是白兰趁我不注意的时候把它拿出来给你看了？她怎么能这样？"

"何桑！我从前怎么不知道原来你这么喜欢把脏水往人家身上泼！她今天根本没有和我见面。你自己做了什么你心里没有数吗？非要我说出来撕破脸就好看了？"

我被他这话给说蒙了，以至于整个人呆在原地，过了好一会儿才慢慢抬起头来，看着他说："什么？陆彦回，我做了什么你这样对我？就因为一张照片吗？我是不知道你从哪里看到它的，但是这个是多久之前的你应该很清楚，那个时候我刚刚大学毕业，当时的男朋友是许至，我有一张和他的合影难道就不能原谅了吗？"

"不是，何桑，你不妨问问你自己，人嫁给我了，心里惦记的又是谁？"

"我惦记谁了？"我忍不住大声抗议他的说法，"陆彦回，做人要讲道理，我跟许至如今几乎不联系了，我自认为嫁给你以后没有做什么对不起你的事，你现在跟我说这些干什么？”

“我也希望是那样。可是何桑，你永远都是说得好听，好听到我好多次都被你制造的假象给骗了，以为你真的忘记了过去，想跟我好好过日子，现在看来你还是没有做到。”

我把照片拾起来，放在桌子上，指着问：“就因为这个？”

“我在那里捡到的。”他指着床边和床头柜的夹缝。

我有些奇怪。他接着说：“为什么它会在那里只有你自己知道，当然了，你一定不会承认的，揣着明白装糊涂是你的拿手好戏，我都已经习惯了。”

“你不信我？”

“我也想相信你。”他微微地笑了一下。

“陆彦回，明人不说暗话，我是不晓得你今天发什么神经，大晚上的让我一头雾水，但你总得把话说清楚是不是？”

“何必呢，事实摆在那里，再多的辩解只会让人觉得虚伪，更加让人厌恶。我也懒得跟你吵架，我去客房睡。”

他站起来就往外走，我看着合上的门，颓然地往床边一坐，只觉得万般不理解。他今天回来之前究竟发生了什么事？如果只是寻常看到一张老照片，应该不至于跟我说这么重的话，这到底是怎么了？

还有就是，这张照片怎么会出现在那里呢？

不知道是不是因为晚上没睡好的原因，一大早起床我只觉得牙疼，似乎是牙龈肿了，脸都有些微微地鼓起。

陆彦回似乎也没有睡着，我下楼时他刚晨练回来，额头上都是薄汗。我拦住他：“昨天你喝多了，很多话我们没有说清楚，不如现在谈一谈。”

“我要去上班了，也没有兴趣跟你谈论那些没有意义的问题，我已经听厌了。”

“你别无理取闹。”我让自己保持最后一点耐心，“好不容易你变得好一些了，怎么突然说翻脸就翻脸？夏天的天气也没你变得这么快。陆彦回，我跟你说，你这样子真让人讨厌，自以为是，不近人情，说话尖酸刻薄，我真是倒了八辈子的霉运才会嫁给你这样的人。”

“说够了没有？说够了就让开。我最近对你太好了是不是？你敢当着我的面骂我了？”

“是谁在乡下的时候，那么真诚地跟我说，觉得无休止的争吵很没意思，想要好好过日子？又是谁说一套做一套，这么假惺惺的真是讨厌？”

他抓着我的衣领，几乎把我拎起来，瞪着我说：“说到假惺惺，谁有你假惺惺？表面上装得那么贞洁，背地里还不知道精神出轨了多少次！”

说完，他把我一推。我撞到了楼梯扶手，后背磕得生疼。

陆彦回一走，我就哭了。他没走的时候我没哭，我觉得这样的眼泪显得廉价和犯贱，毕竟他根本不顾及我的感受，只知道用最狠毒的话来伤害我。

这件事就像一根刺一样，深深地扎进我的心里，我一个人实在受不了这份委屈，就把它告诉了我那个朋友。

她的心思一向比我细腻，总是能够从细微的地方探究出一些端倪来。听了我的话，她开口道：“何桑，你说他发现了一张照片，所以才会突然对你发火？”

“说是也是，说不是也不是。他似乎之前就发生了什么我不知道的事情，那个时候好像就对我有些误会，后来看到了照片，更加认定我跟许至怎么样了。”

她的手指在桌上敲了敲，看着我的眼睛说：“上一次我碰见他在售楼处陪着一个女人看房子，你没有当一回事，这怎么会是一件寻常的小事呢，何桑？陆彦回并不是容易接触的人，什么人有那样大的架子能让他陪着看房子，还巴巴地买门面给她开店？就算是跟自己的妹妹长得一样的女人又如何？”

“你的意思是？”

“我们不妨换个思路想一想。一个放在相册里的照片怎么就能轻易地掉出来呢？偏偏还正好就是最敏感的那一张。你说那个让照片掉出来的女人，是存了什么心思？”

她的一番话说得我心里五味杂陈，却还是喃喃地说：“不会吧？她应该不会刻意那样做吧？毕竟这样做对她一点儿好处都没有啊。”

“什么叫好处呢？”我朋友喝了一口茶，又给我斟满，慢慢地说，“女人心，海底针，陆彦回对她百般照顾，可能是出于陆小言的缘故。可是这个叫白兰的女人，未必把陆彦回当哥哥，对于她来说，他是一个充满魅力的男人。”

我朋友给我的提醒，让我隐约明了了一些事情，之后，我也开始多了一个心眼儿。

陆彦回在洗澡，手机放在床头柜上，突然振动了一下。我只是随意地一瞥，就看到了上面的名字：白兰。这是一条短信。他手机的密码我不知道，我也打不开，但还是能够从屏幕上看到信息的一部分内容。

“陆大哥，我妈在家里做饭，想请你来尝尝，不知道你什么时候有时间，她一直都很想正式感谢你，也想了解一些关于小言……”

小言，呵，我忽然想起第一次碰见白兰，在医院楼梯上，我拉住她，提到小言的时候，她的反应是那么冷淡。

既然当时把关系撇得那么干净，现在又随时利用小言来跟陆彦回联系，答案已经昭然若揭。这可真是讽刺。

我等着陆彦回出来，看他翻看那条短信的反应。他没有什么不寻常的地方，顺手回复了一条，我不知道写了什么，只是想想就有些不是滋味，终于忍不住说了一句：“陆彦回，你是不是跟白兰走得挺近的啊？”

他挑着眉毛看了我一眼：“你又怎么了？”

“没怎么。”我伸手把台灯关了，在黑暗中慢吞吞地说，“我就是觉得，你是不是把她当成小言了？只是她毕竟不是小言，虽然有一模一样的脸，却是完完全全的两个人，这个事实还是你当初叫我记住的。”

陆彦回听了我这话，冷笑起来：“何桑，你才跟我说明人不说暗话，怎么现在跟我绕弯子了？有什么话直接跟我说就好，非要扯上别人干吗？”

“我也知道你跟白兰走得近，是因为她是小言姐姐的缘故，但再觉得亲近，也没有必要事无巨细吧。我看你跟她的关系，已经不只是普通朋友关系了。”

“怎么？难道你还吃醋了？做戏给我看是不是？且不要说白兰跟你比起来心思单纯许多，就冲着你连她都抱怨这一点，就看得出你内心狭隘。人家可从来都没有说过你什么，她说你告诉她小言是怎么死的了，她也跟我说没关系，还让我跟你好好的，怎么到了你这儿就这么不堪了？”

“算了，陆彦回，我现在跟你是话不投机半句多，我困了，睡了。”

我一直想那个朋友说的话，越来越觉得有道理。白兰对陆彦回肯定是有一种不同寻常的感情的，大家同样是女人，女人这方面的敏感程度远超过男人。陆彦回不明白这心思，并不意味着我会坐以待毙。

我决定找个机会和白兰谈一谈，试探一下她的想法。

装潢花店倒不算是什么大工程，她的店很快就营业了。吃饭的时候我听到陆彦回打电话给秘书："明天我是没有时间去了，到时候你把我的礼物送过去，留一张卡片吧，写'祝愿生意兴隆'就行。"他即使不说我也知道是谁。

趁着周末，我开车去了她的花店。白兰在里面扎花束，看到我来显然有些意外，愣了一下才慢慢站起来说："咦，这不是何桑吗？你是专程来找我的？"

"是啊，你忙不忙？可有时间我们聊一聊？"

"可以啊。"她搬出来一把椅子让我坐，一边继续忙着手里的事情一边对我说，"不知道你想找我说什么？"

"白兰，有件事我挺疑惑的，所以不如就来问问你好了。你还记不记得那天我们在楼上翻看我的老照片，原本也没什么值得一提的，可到了晚上，我竟然莫名地在地上找到了一张遗落下来的照片。"

"是吗？啊，我当时不小心把相册给掉到地上了，不过也及时拾了起来，我印象里没有落下来一张啊，怎么，有漏了的吗？"

"哦，是这样啊，不过，确实是漏了一张在地上。"

"何桑，你特意大老远地跑来，就是为了告诉我这个吗？一张照片怎么了？"

"说来也巧，那张照片偏偏就是我和之前男朋友的，晚上让陆彦回看见了，他那个人就喜欢小题大做，为了这个事把我骂了一顿。"

"是吗？哎呀何桑，那可真是我的罪过了，对不住了啊，我还真不知道自己不小心的错给你造成了那么大的麻烦。"

白兰没再说什么。我看到墙上挂了一幅长刺绣，绣着数百朵形态各异的花朵，很是漂亮，即使我一个外行人，也看得出来手工很特别，想来价格不菲。她顺着我的目光往那里望过去，笑着说："这是开业时陆大哥让人送来的礼物，来的客人都说这刺绣好看得很，一进门就让人移不开眼，陆大哥有心了。"

我伸手摸了摸那幅刺绣，在它的边缘摩挲了一下，抬眼看了一眼白兰，说："陆彦回对你还真是好，他一定是把你当小言一样看待了。我上大学的时候就觉得他是一个好哥哥，对自己的妹妹很上心，什么问题都能帮着解决，现在小言离开了，好在又遇到了你，也算是一种变相的弥补吧。"

我说这话，其实就是为了提醒她，不要沉溺于陆彦回的关照里，而忘记了这份关照是因为陆小言。她应该猜到的。

谁知道白兰却凑近我，小声说："何桑，既然你这么说了，我也想到了一些事情。不过，我也就是一些猜想，你别介意啊。"

"你说吧，我不会介意的。"其实，我已经猜到了不是什么好话，但好奇心还是胜过了该有的理智，我还是让她说了。

她想了想，开口道："为什么我觉得陆大哥对我那个已经去世的妹妹总有些不一样的感情呢？竟然让人觉得不太像是兄妹之间的感情，反倒是……"她摆摆手，"我也是瞎说，让你笑话了。"

"何出此言？"

"毕竟感情再好，他们也不是真正的兄妹。说起来我自己都不相信有这样的好运气，毕竟我们从前也只是陌生人，他竟然能够看在小言的分儿上这么对我，就算是亲妹妹，做哥哥的都未必能做到这样吧。"

她这话，让我莫名地烦躁起来。

白兰看着我说："我会多想，主要是陆大哥第一次见到我的时候，他的反应太大了。我们是怎么遇到的，他可能没有告诉你。"

"你们是怎么遇到的？"

"其实我之前的工作，说出来你可能会不太瞧得起，陪客人喝酒唱歌，就是一个三陪的小姐。"

白兰看上去不像是风月场上的人，可能是她跟我印象里的陆小言太像的原因。

白兰接着说："那天我被领班叫到包间去陪客人喝酒，可是我有些感冒，脸色不好看，就算是笑着也是强颜欢笑。那个客人就生气了，当时就把一杯酒从我头上倒了下去，陆大哥就是在那个时候认出我来的。可能是我们动静闹得大了，他才注意到我，就把我当作是陆小言了。"

"所以他就帮你解了围，还追问你是不是小言，对吗？"

"他一下子抱住了我。"白兰看着我的眼睛说，"他抱我抱得那么紧，口里还一直叫着'小言，你还活着吗？小言……'"

我微微怔了怔，过了一会儿才装作若无其事的样子说："这也没什么，就连我当时在医院里第一次见到你也很失态呢，陆彦回自然会更加反应过度。”

临走时，我们两人都还是客客气气的，方才那一番不着痕迹的较量，如同一枚石子落在平静的湖面上，激起了一点涟漪，很快又消失了。其中的一丝硝烟味也被轻巧地掩盖了过去。

开车回去的路上，收音机里正好放着一首老歌，是蔡琴的《海上花》。车窗外光影闪烁，行道树映着路灯打下不规则的影子，而车内的歌词萦绕耳边，竟莫名地衬托出一种伤感来：“愿只愿他生，昨日的身影能相随，永生永世不离分……”

陆彦回是一直保持理智地把她当成亲生妹妹，还是混合着不为人知的秘密感情在呵护着她？这个想法让我忽然冷汗淋淋。

白兰的话就像一把刀，在我心里慢慢划开了一个大的伤口。如果是寻常兄妹，哥哥能对妹妹那般体贴周到尚属难得，更何况是对跟妹妹有关的人，这，真的是亲情吗？

回去的时候，我发现陆彦回已经回来了，却不在客厅。时间还不算晚，寻常这时候，他都是在书房里发邮件看文件的，我上楼一看，他已经躺下睡了。

陈阿姨说：“先生今天回来得特别早，而且刚才一直咳嗽，晚饭都没有吃，说是身体不舒服。这么早休息，看来是真的难受了。”

“他饭都没有吃啊？”我随意吃了一点儿东西就上楼了，仔细地看了看他的脸色，似乎是有些不自然的红。我摸摸他的额头，又把温度计找了出来，“快起来，我觉得你发烧了，先量一下体温。”他有些疲倦地支起身子，把温度计夹好。

结果是真的发烧了，将近三十九摄氏度，我吓了一跳。他的样子蔫蔫的，靠着枕头耷拉着脑袋。这样脆弱的陆彦回真是让人受不了，我虽然心里有些生他的气，毕竟之前他不问青红皂白地让我好一阵子不舒服，可是看他这样子我又有些心疼，只好去洗手间洗了毛巾，倒了一盆冷水放边上，让他躺着给他擦脸。

陆彦回应该是很不舒服，似乎是头疼。我用手指帮他理顺眉间的褶皱，又帮他按摩着穴位，果然看到他的神情微微地放松下来。

他的头就靠在我的腿上，我肆意地看着他的脸。此时的陆彦回已不复从前的犀利坚强，他也有这样的时候，在我面前表现脆弱的时候。

我让自己暂时不去想那些不开心的事，不去想陆小言，不去想白兰。至少这一刻，我们不复从前的针锋相对，也没有咄咄逼人的对立，这一刻，我们是安静的。

陆彦回突然抓住我的手，缓缓地睁开眼睛，把我的手放在唇边亲了一下，说：“你答应我，别再想许至了好不好？别再想他。”

“我没有想他。”我任他握着自己的手，只觉得听了他这么一句话，自己之前所有的委屈都如同被风刮跑了一般，不复存在了。这样多好！

我忽然伸出胳膊抱住了他，把他紧紧地搂着，他也看着我，我顺势亲了亲他的额头。

我抱着他，也不知道自己为什么会突然这样做，也许是因为觉得来自四面八方的压力太大了，给我一种他随时会离开我的错觉。而且今天这种感觉特别强烈，他爱的是谁我不明白，我妄自揣摩，反而更加焦躁不安，因而忽然有一种后怕，怕有一天，这个每天与我朝夕相处的男人，会离开我。

早上起来的时候，我下意识地伸手摸了摸他的额头，已经不怎么烫了，看样子已经退烧了。我松了一口气。他也被我的动静给弄醒了。

他起身穿好衣服，我笑了起来。他看了我一眼，说：“笑什么？我脸上有东西？”

“不是。陆彦回，我发现你穿西装越来越有范儿了。”

“是吗？”他理了理袖口，对我说，“你怎么又这么叫我了？咱们不吵架的时候，我准许你叫我二哥。”

本来我脸上还是有笑意的，可一听这句话，不知道是不是自己敏感，当时就觉得有些笑不出来了。陆彦回没有注意到我神情的细微变化，又看了我一眼：“怎么不说话了？之前不是叫得挺顺溜的吗？”

“我不喜欢！”我大声说。

他有些诧异地看了我一眼。我随即掩饰地笑了下，走过去搂住他的腰，说：“我不喜欢这么叫你，因为叫你‘二哥’的人太多了，我得想一个自己的叫法，独一无二的，谁都不能和我一样。”

“那叫什么？”

“我暂时还没想到，等我想到了我再那么叫你。”

再见白兰，是她邀请我们吃饭。

他对我说："到时候一起去吧，人家都请了。"

"我能不能不去啊？其实我跟她也不是很熟悉。"

"其实那一天是白兰的生日。"

我"啊"了一声，随即问道："她的生日吗？她跟你说的？"

"不是，因为我记得那一天是小言的生日。她虽然没有跟我说，但她们既然是双胞胎，那肯定是同一天出生的。"

"这样啊，那我跟你一起去吧，不然好像没有礼貌。"

我们去餐厅的时候特意买了一个生日蛋糕，跟服务生提到桌号，他领我们进去。结果走近时，陆彦回的步子顿了一下，而且不止他顿了一下，连我也愣了。今天的白兰太不一样了，她还是那样漂亮，但不是平日里的那种漂亮，而是和陆小言一般漂亮。

我知道陆彦回在想什么，因为我跟他想的一样，小言最喜欢穿白色的长裙，把头发扎成一个高高的马尾，看上去利索又精神。此时的白兰，穿着一身白色的长裙，头发也扎了起来，化了淡妆，耳垂上各垂着一粒饱满的珍珠，一眼看去，就是一个活生生的陆小言。

她看到陆彦回手里提着的蛋糕，有些诧异地说："咦，你们怎么知道今天是我生日？我本来没打算说，想不到你们竟然知道了。"

"生日快乐。"我和陆彦回依次说。

吃的是广东菜，盛在精致的碟子里，色香味俱全，只是一丝从心里蔓延出来的不自在，让我的胃口不算太好。陆彦回似乎也有些心不在焉。

白兰一边替我们斟上饮料，一边说："昨儿我和我妈还在家里提到你，我妈就很感慨，说小言生前过得一定很好，因为你人这么好，对我们尚且如此，对待小言一定更加亲近了，所以我们都替她感到欣慰，即使现在她去了，但至少曾经被你当作宝贝，也算是活得有意义了。"

我一直维持着一个笑容，即使不想妄自猜测，也还是能够体味到白兰此番话不只是说给陆彦回听，也许更是想说给我听，这样不着痕迹的恶意让我更不舒服。

陆彦回却不知道我们之间的心思，接口道："小言对我来说，是非常重要的人，我对她好是应该的。"

我低头吃菜，置若罔闻，白兰却看着我说：“对了何桑，你下午有时间吗？我能不能占用你一点儿时间？”

我点了点头，问：“不知道你有什么事？”

“我就是想逛一逛，可惜我没有什么朋友，就只好麻烦你陪我一会儿了。”

我“哦”了一声，笑着说：“好啊。”

吃完饭，陆彦回先走了，结果白兰叫服务生结账的时候，被告知一位先生已经付过了。白兰嗔怪地说：“陆大哥这人怎么这么客气啊，我都被他给弄得不好意思了，说好了是我请客的，反倒让他掏钱，这可怎么好？”

我笑笑：“他就是这个样子，你不用在意，反正谁埋单都是一样的。对了，你说要去逛逛，我们就在这附近的商场走走？”

“其实……”白兰看着我说，“其实我是想要你带我去一个地方，我不知道在哪里，只好麻烦你了。”

“是哪里？”

“小言的墓地。”

我愣住了。白兰接着说：“何桑，你应该不会介意吧，其实本来我不愿意让你带我去的，毕竟我知道你心里可能会有些排斥那个地方，不过陆大哥工作繁忙，我不好意思多耽误他的时间，所以……”

短暂的沉默。

随即我笑起来：“介意？为什么会？正好我也很久没去看她了。既然你提出来，一起去也好。”

依旧是我开车，白兰坐在副驾驶位置，原本她是头靠着窗户沉默着，忽然开始轻轻地哼了一首歌，是王菲的《流年》：“有生之年，狭路相逢，终不能幸免，手心忽然长出纠缠的曲线……”

我扶着方向盘，心里在想，难道这就是所谓的姐妹同心？不仅五官神似，竟然连喜欢的歌都一样？

有生之年，狭路相逢，终不能幸免……这句歌词还真是应时应景。

小言安葬的地方，是海边墓园。

开车从市区到这里要将近一个小时，我只来过一次，还是当时小言下葬时，我偷偷跟来的。

后来，我没有来过这里，我承认我确实不敢来。可是过了那么久，这个因我死去的女孩儿的姐姐，一个和她有着一样面容的女人，对我说：“何桑，你能带我去看她吗？”

我无处遁逃。我觉得她真够残忍，可我没有任何拒绝的理由。

墓碑上的小言是我记忆里的样子，白裙，马尾辫，嘴角有一点若有若无的笑容，梨涡浅浅的。白兰在我身边慢慢蹲下，伸手去触摸照片上那张脸，又摸了摸自己的脸，抬头看着我说：“我有一种错觉，仿佛自己就是她，这种感觉就像是一个死去的人又回到人间来看自己死后的情景。”

“别胡说！”我低声制止她，又仿佛是安慰自己一样，说，“你们不是同一个人。”

她立起身子，和我并排站着，说的话也清晰地传到我的耳里，她说：“何桑，你很排斥从我的嘴里说出‘陆小言’这个名字，是吗？你在怕，你在怕什么呢？”

我一口否定：“我没有怕。”

她又笑了，笑起来的时候带着一丝莫测的情绪，这情绪让人心里不安。我终于不想再绕弯子了，直接开口问道：“你故意这样对我，究竟是为了什么？让我难堪、愧怍，你能得到什么？”

“你这是什么意思？我做了什么让你对我成见这么大？”

“你喜欢陆彦回。”我看着她说。

白兰的眼睛眨了眨，却答非所问：“陆大哥人很好。”

“我是他的妻子，我们结婚了，你对他的心思最好还是收一收吧。你还年轻，没必要喜欢一个不切实际的人来给自己找麻烦。耽误了自己以后的幸福，就太得不偿失了。”

“何桑，你凭什么这么说？”

“你看见了照片上的陆小言，知道她喜欢穿什么样的衣服，寻常时候是什么样的打扮，今天，你打扮得跟她一模一样。还有现在，你让我带你来这里，究竟是为了什么，只有你自己心里明白。”

她听了我这话，并没有反驳，而是继续说：“其实，我一直都很好奇，陆大哥怎么会娶你，你害死了陆小言，照理说他恨你还来不及，我也不觉得他爱你，毕竟，谁会爱上一个害死自己妹妹的女人？你说是不是？”

说着，她从包里掏出一张照片，我看到了两个人的合影，陆小言挽着陆彦回的胳膊，笑得甜美欢快。那是我们三人去森林公园烧烤时，我替他们照的。陆彦回也笑着，眼里都是宠溺。

她把照片塞到我的手里：“不好意思，上一次借了你的东西忘了跟你说，现在物归原主，你收好它吧。”

我觉得自己这样一定狼狈极了，反倒让白兰看了笑话，所以，我让自己镇定下来，对她说：“这照片是挺好的，我知道你的意思，无非就是跟我强调他们的关系不一般，想叫我知难而退。可是你别忘了，陆小言已经死了，而我还活着，我不用跟任何人抢就能在陆彦回身边，我有什么好怕的？”

“何桑，如果让你选择，同样是两个不爱的女人，一个背负着伤害了自己妹妹的血债，另一个有着和自己喜欢的人一样的脸，你会怎么选？你以为自己能赢多久？所以，你说是你的胜算大些，还是我的胜算大一些？”

我冷笑起来：“你这样的话，也只有在陆彦回不在的时候，当着我的面说而已，你敢对陆彦回说一样的话吗？真是虚伪。”

“你大可以去陆大哥那里告状，要是真的让他知道了我的心思我也不怕，那更好，我就可以直截了当地追求他了。不过何桑，你不如问问你自己，你敢这么做吗？如果他选择了跟陆小言一模一样的我，那你该怎么办？你有多少自信他会选择你呢？”

照片上的陆小言还是笑着的，我看着他们的合影，慢慢地握紧了手，然后头也不回地走了。我一个人开车回去的，白兰怎么走我已经不关心了，我不想再看到她，看她肆无忌惮的样子，踩着我的内疚来抬高自己，真是卑鄙之极。

可是她说得也对，我不敢告诉陆彦回，因为我没有信心，如果他爱的人是陆小言，那我和白兰，他一定会选择后者。

一天晚上，我和陆彦回都已经睡下，忽然，他的手机响了起来，我迷迷糊糊地听到他对着电话说了一句：“白兰，你怎么了？”

黑暗里，我睁开眼睛，看到陆彦回下床去外面接电话，过了一会儿，他回来就开始穿衣服，看来是要出门。我一下子坐起来，问他：“你去哪儿？”

“白兰的花店被人砸了，就连她的家也被人弄得乱七八糟的，我过去看一下。你睡吧，没事的。”

“我跟你一起去。”说着，我也穿衣服要起来，他按住我：“别折腾了，我去去就来，不会有大问题的。”

“我不放心。”我坚持。他拍拍我的脸：“行了，听话，赶紧睡吧。”

他把我按下去，我没办法不听他的话，只好重新躺下。他很快就出门了。

我没睡，我当然没法睡，一直想着白兰究竟要干吗？难道她会为了得到陆彦回把自己的门面给砸了吗？应该不会，毕竟得不偿失，那么就是真的遇到了麻烦。遇到麻烦就找他？她把自己当成谁了？

结果是我万万没想到的。陆彦回确实回来了，但不是一个人，他把白兰带回来了。

我在房间里听到楼下有动静，可是许久不见人上来，觉得挺奇怪，便披了衣服出去看看什么情况，然后，我就看到白兰和陆彦回站在客厅里，阿姨也起来了。

我走过去，对着陆彦回问：“回来了？白兰也一起来了？不知道遇到什么麻烦了？”

“真是不好意思了何桑，这么晚了又麻烦你们。我之前的男朋友去找我，死活不分手，我不愿意，他就把我家里弄得一团乱，后来不解气，又把我的店给砸了。我也是没有办法了，才会打给陆大哥的。”

白兰忽然低了头，小声说：“真是对不起啊何桑，我知道自己总是打扰你们，我保证明天就走，今天也是陆大哥让我来，我没地方去才又厚着脸皮来的，还希望你别介意。”

她那个样子，就像是一个做错事受到责备的孩子。

我忽然就不知道说什么了，毕竟此情此景怎么看都像是我冷漠地对她。陆彦回看了我一眼，对我说：“行了行了，说那么多干什么。你怎么下来了？不是让你睡觉的吗？快上楼赶紧睡吧。”

我没说话，转身就往楼上走，就听到他对白兰说：“不用太见外，把这里当作自己家就行，等我把你那个男朋友的问题解决了你再回去住，不然一个女孩子不安全。”

他安排好白兰上楼后，我坐起来问他：“你怎么把人给带回来了？多不合适啊。”

“怎么了？”他一边换衣服一边说，似乎是累了，跟我说话也是闭着眼睛。我往他那里靠了靠：“你都不告诉我，就把人给带回来，毕竟我们结了婚了，你带一个女孩儿回来，多不合适啊，是不是？”

“你把她当成小言不就好了？那就不会觉得别扭了，毕竟是小言的姐姐，我肯定不能放着不管。怎么，你还吃醋了？”

“我就是吃醋了。”我听他一点儿都不在意我的感觉，心里便有些不高兴，直接翻了个身，背对着他。

“哟，真的生气了？”他在我身后说，“这样行不行？我尽快解决白兰那个男朋友的问题，到时候她就能回自己家住了。你相信我，我很快就会处理好的，你就别不自在了。”

“那万一还有下次呢？”我翻过身来面对着他，“陆彦回，你做的事情，在我看来太多余了，那是男朋友和老公该做的事，不是你该做的。”

他看着我，原本沉默不语，只是看着我，后来忽然微微地笑了：“何桑，我第一次见你这样。”

我愣了。他伸手摸着我的下巴，让我有些轻微的痒，我听到他继续说：“从前我有那么多的女朋友，都不见你生气，那个时候我就想，这个女人的心不在我这里，她嫁给我，就跟一个死人一样。

“其实我喜欢你这个样子，你跟我生气的样子，因为别的女人跟我发脾气吃醋的样子，再坏一点儿都可以，真的。”

“有病吧你！受虐狂。”我骂他，心里却是快活的。这些天我一直都挺烦躁的，尤其今晚，我面前这人有本事，成也萧何，败也萧何，我开不开心都是因为他，这么一想，我就吓了一跳——我这是完蛋了。

因为陆彦回这么一打岔，我就把因为白兰到来的负面情绪给忘记了，直到早上下楼，看到白兰坐在餐桌旁吃早餐才想起来这人还在。陆彦回没有起来，他昨天折腾到那么晚才睡，今天怎么都不肯起床，我就想着临走时再上去叫他。

白兰看到我，放下早餐擦擦嘴说：“我吃好了，何桑，我昨天想了一下，住在这里太打扰你们了，所以，我还是回去住吧，反正麻烦是我自己惹出来的，也应该由我一人承担，没事的。我刚才收拾了一下，还是决定今天就回去。”说着，她起身拿起背包就要走，我伸手按住了她："先在这里住下吧，你陆大哥一定会尽快帮你解决的，到时候再回去。反正这里的客房空着，你是我们的朋友，你遇到麻烦，我们帮帮忙也是应该的。"

陈阿姨一走开，她就看着我低声道："你也够假的，明明不愿意看到我，却还要装着一副没关系的样子，是做给谁看呢？"

"我做给谁看不要紧，反正你也不是什么了不起的人物，我还真就不信你在这里住着能掀起什么风浪来。"我扬手指了指楼上，"他在那里，我的房间里，那房间你见过的，向阳，窗户大，每天早上帘子不太遮得住太阳。我睁开眼睛，第一眼看到的人就是陆彦回，他也一样，第一眼只会看到我，不会是别的女人，你说我怕你什么呢？白兰，我跟你说，我有恃无恐。"

我从这个女人的脸上看到了一些我想看到的神情，心情顿时好了起来。我不是恶毒的人，却不喜欢被人呛着过日子，她不客气的时候，我也不愿意客气。

陆彦回做得还算让我满意，他到底没有本末倒置，知道把白兰当作客人一般招待，态度客气。客气些好，客气才有距离。

她的问题不算太难解决，陆彦回很快就让人找到了她那个不入流的男朋友，奉劝他离白兰远一些，不要给自己惹麻烦，又好像塞了一笔钱，先给个巴掌，又递了一颗糖。对方感激涕零，保证不会再招惹她。

他解决得快，白兰走得也就快。店铺该修的地方也都修了起来，重新开门营业。她离开的时候，陆彦回还没回来，是我把她送上车的。

我站直了身体，居高临下地看着她："走好，我就不多送了。"

我哥给我打电话，让我回家吃顿饭。我们兄妹好久不见了，也想聊一聊。我买了一些菜，原本想让陆彦回跟我一起去，我想毕竟是一家人，总那么僵着也不好，可是他不乐意。

这人有自己的执着，我劝不动他，只好自己回去。我做饭，我哥就凑过来问我："你最近过得可还好？"

"好得很。"

"我这是白问，你每次都是这个回答，就跟复读机一样。"

我知道他对陆彦回的成见不小，就强调说："我跟你说，哥，你可能不信，连我自己都不太信，陆彦回现在不那样了，他好多了，真的。我从前是经常骗你，明明不算好，也还是勉强地跟你说过得不错。不过，现在不一样了，他对我不赖。"

"我不信，江山易改，本性难移。"他这个粗人都跟我卖弄成语了，我一边切菜一边笑："我有证人的。外婆都见过他，还说他好。"

"真的吗？"这一回他才信了，又向我问了外婆的情况。

吃饭时，我们聊起来他的感情，毕竟我妈临死时最放不下的就是我哥，就这么一个儿子，肯定希望他能早日结婚生子。

他笑起来："我之前的那些女朋友，哪里有像云云这样单纯的？对她，慢慢来吧，我这一次是认真的，桑桑，我想娶她。"

我长长地"哦"了一声："行啊，我等着喝你的喜酒！哎呀，份子钱得多少才算拿得出手啊？你可是我亲哥，总不好意思拿少吧。"

"去你的。"他又拿出自己买的东西给我看，是一个蓝丝绒小盒子，打开里面是一对耳环，珍珠的，看着精巧可爱。他问我的意见："我想送给她做礼物，你觉得合适吗？"

我挑眉看着他坏笑："哪天送钻戒就更合适了。"

我哥送我出门，本来我都上车了，他又突然敲我的车窗。我滑下车窗问他："怎么了？还有什么事？"

"桑桑，你跟我说实话，你现在心里还有没有许至？"

我愣了一下。我哥已经很久不提许至了，突然这么一说，我就觉得有些怪异。

我就问他："是不是他跟你说了什么？他说陆彦回对我不好，我是因为救你才被迫嫁给他的？嫁给陆彦回后我每天都遭受着非人的虐待，日子过得生不如死，是不是？"

"话也不至于这样。"我哥皱皱眉头，"不过我看得出来，他过得不好。"

我哥叹了一口气："罢了，你说陆彦回如今对你好，我跟你说这些，平白地让你伤脑筋。时间不早了，你也早点儿回去吧。"

"嗯。"我发动车子，却又有些恍惚。我有时候也会想到许至，可如今我爱的人是自己的丈夫，这一点至关重要。

第八章

被毁掉的生日宴

我从来没有这么快活过。
就像一个每天在黑暗里提心吊胆走路的人，
一直看不到前面的路，
不知道是不是下一秒就会掉进一个坑洼里，
忽然有人给我掌了一盏明灯，
照亮了我的世界。

我没有想到自己会看到许至和白兰在一起。

路过她的花店其实很偶然。当时，我开车路过那里，看到一个人从的士上下来，竟然是许至。因为路过的花店是白兰开的，就下意识地往里面多看了两眼，结果就看到许至进去了。

当时我猛地踩了刹车。可后面的车不停地按喇叭，没办法，我只好一踩油门走了。可我没有看错，许至，白兰，他们之间怎么会有联系呢？

或许是我想多了，即便真是许至，也许他只是路过花店，想去看望什么人，所以想带一束花，碰巧看到白兰的花店，所以就进去买也是有可能的。

又或者，是我看错了？

我没有直接回去，而是拐到了白兰的花店那里。

我再过去的时候，店里只有一对情侣在买玫瑰花，白兰拿着计算器在算账。

看到有人进来，她说了一声："欢迎光临。"抬头看到是我，愣了一下才面色不善地说，"是你啊，你怎么来了？"

"我来买花。难道你打开门不是做生意的？"我这话够冲的，那对情侣一起回头看我，又相互看了一眼，估计把我当成泼辣找事的女人了。

白兰走过来，语气不冷不热：“你要买什么？”

“突然不想买了。”我看了一圈，对她说。

“那你来干吗？”

“这么排斥我干吗？怎么说这房子也是我老公买的，我算是半个房东吧，来看看租客使用的情况也算是合情合理吧！”

“你可真够矫情的。”白兰又坐了回去，对我扬了扬下巴，“你说吧，来找我什么事。无事不登三宝殿，尤其是我们这样交情不怎么样的，更没道理没事见面了。”

“有一个人，想问问你认不认识。”

“谁？”

“他叫许至，你认识吗？”我看着她的眼睛，不眨一下地看着，生怕错过她脸上的每一个细节。

白兰面无表情地看着我：“什么许至？他是谁？”

“你不认识？可我方才分明看到他来你店里了，应该错不了。”

“来我店里？我这里生意好得很，你可以看到，来来去去的多了，你说的是哪一个，我怎么知道！”

“他穿一件黑色西服，手里好像还拿着一个公文包。”

“这样的客人下午有三四个。何桑，你平白问我这个问题，真叫人摸不着头脑。”

我懒得回答她，顺手拿了一支黑色郁金香放在柜台上：“到底来一次，也要照顾照顾你的生意，免得你说我浪费你的时间，反倒落了口实了。”

“眼光挺好的啊。”她三两下替我包起来。我伸手去拿，她却按住了花，对我说：“何桑，但凡是花，都是有寓意的，这个花也有，是什么你知道吗？”

“我怎么知道。”

“黑色郁金香，绝望的爱情。你再看看它边上那个瓶子里的，紫色的，永恒的爱情。明明靠在一起，你却随手拿了这个，所以我才说你眼光好。”

我冷笑着哼了一声，却伸手接了：“你这是咒我过得不幸福吧？我可不迷信，我过得好着呢。你嫉妒我，当然会瞎说，不过没关系，我非要你看看我多幸福。”

我把花放在副驾驶座位上，余光一瞥，心情突然不好起来，半路遇到垃圾桶，我开窗把它扔了进去。

白兰看上去跟许至毫无关系，我又不能只凭那一眼就妄下定论，当然也不好跟陆彦回提这个事，毕竟仔细想想应该是我想多了。就算是陆小言，也跟许至没有太多的交集，虽然那个时候我和许至是男女朋友，陆小言是我的闺密，她跟许至之间一直都是淡淡的，性格不是很相投，那她姐就更没有理由跟许至有什么交集了。

这么一想，我也就没再把这件事放在心上。

能够说出的委屈，便不算委屈；能够被抢走的爱人，便不算爱人。

对陆彦回，我如今便是这样的态度。我不再觉得自己过得委屈，遇见他，嫁给他，有命运的安排，有我自己的妥协，还有后来的情愿，人生便是如此，谁也不曾亏欠过谁。

天渐渐冷了下来，走在路上，行道树都是光秃秃的，给这城市平添了一份颓废。

陆彦回的生日眼看就要到了，今年的生日非比寻常——他三十岁了。

所以，到了那一天，肯定是要热闹一番的。

我想给他准备一份不太一样的礼物，毕竟是整岁生日，意义重大，可是想破了脑袋，也没有一点儿眉目。他太富有，橱窗里再精致的东西，对于他来说，都是一件微不足道的物什，他自己随时都能买了去。

最后还是从我的同事那里找到了灵感。她儿子刚出生，闲下来没事时就织毛线，给小孩子打袜子和背心。冬天就要来了，我想着，要不给陆彦回织一条围巾？

至少是独一无二的，外面也买不到。

这是一件精细活儿，我手粗，常常漏了几针，又回去补上，繁琐复杂。好不容易到了他生日的时候，得了我那位心灵手巧的同事帮忙，总算是大功告成。我拿着成品反复看，还特意买了一个礼品盒，叠好放进去，准备他生日宴时送给他，心想，这人会不会感动？

他生日那天，选在陆方新楼盘顶层的旋转餐厅，陆彦回包了整个楼层。我在他们刚开业的时候去过。站在巨大落地窗前往外看，整个城市的夜幕尽收眼底，伸出手，就有一种手握繁华的感觉。

他给自己放了假，一切都安排妥当，直到我接到那个电话。

上一次跟许至联系是什么时候，我已经不记得了，乍一听到他的声音，竟然有些恍惚。

我已经拉黑了他，所以此时打来的是一个陌生号码。外面风挺大，他人应该是在室外，我听到话筒那头传来呼呼的风声，有些远离喧嚣。

他说："何桑，好久不联系了，你可还好？"

过了一会儿我才说："好。你呢？你也好吧？"

"我不好。"他的声音从风里传来，"我想你，非常想，发疯了一般地想，从未有过地想。"

我忽然不知道该说什么。

我看了看手表，刚要开口说再见，他却突然说："何桑，你让我看看你好不好？我怕自己看不到你，就想去死了。

"我想见你，求你了，让我见见你吧。"

我又看了一眼手表："我有要紧的事要忙，不得空。"

"我知道，我知道你忙着呢。陆彦回三十岁生日，你忙着在他身边跟他庆祝。你多狠心啊，我就是今天丢了命，你也不会眨一下眼睛是不是？你不爱我了，你爱上陆彦回了，何桑，你对我真狠。"

"你别说了。"我心里隐隐不安，不明白他为何突然打这个电话过来，情绪似乎不是很平静。我试探性地说："没事我就挂了。许至，外头风大，你也早点儿回去吧。"

"何桑！"他突然叫了我一声，然后语气怪异地说，"你猜一猜我们A市的湖有多深？跳下去会不会淹死？说不定连尸体都找不到，你说是不是？"

我没敢接话，明明这季节有了寒意，我的手心竟然无端地沁出一些汗。

他见我没有说话，忽然变得很悲伤，声音低沉："我早就不想活了，真的，这样活着有什么意思！我们的事被肖锦玲知道后，她成天拿它当刀子来捅我。我不在意这些事，可是她不该提起你，提到你一次，我就忍不住想你一次，想你在哪里，在做什么事情，想你在别的男人身边，何桑，这样对我来说太难了，忘了你太难了。"

“你要忘了我。我已经不爱你了，如今我爱的是陆彦回，夫妻和睦，一切平安，你不该打给我。”

“我想见你，我等你一个小时，如果你不来，也许从今往后，你就再也见不到我了。”

“许至，你别乱来！”我终于没法再故作镇定下去。

“我在那里等你，我跟你求婚的地方。你说过，这里是A市最美的地方，哪里的风景都不如它。”他说完就挂了电话。我再匆忙拨过去，那头已经提示关机。这无疑抛给我一个大难题，我去还是不去？

我不去，如果他因为我出事，我难辞其咎，恐怕这辈子都不会原谅自己；我若去了，陆彦回那里我怎么交代？

手表的指针无声地走动，显示已经六点半。如今天黑得早，夜幕早已悄然降临。人命关天，我不再犹豫，拿起包和车钥匙就匆匆出了办公室，一边下楼一边给陆彦回打电话。

没想到他反倒比我还要早，已经快到餐厅了，一接通就问我：“何桑，你到了吗？顾西和顾北的女朋友逛完街都已经直接去了，你赶紧过来招待一下。”

“你到了吗？”

“我快了，再过几分钟差不多了。你在哪儿呢？怎么还不来？一天到晚慢吞吞的，难道是属乌龟的？这么慢性子。”

“那个，陆彦回，我想跟你说个事儿。”

“你说啊。”

“我现在一时半会儿去不了餐厅，我要去找个人。”

“你怎么一天到晚的这么多事啊？这次又是去找谁？你哪个同事又在外面惹麻烦了？”他不耐烦，还以为是我同事的问题。我更加犹豫，又不愿意骗他，毕竟这些事说清楚会比瞒着说谎要好得多。

他见我不说话，声音反而慢了下来，我听那一端的陆彦回问我：“何桑，你怎么不说话？还是不敢说？”

“我没有选择，他拿命求着我去见他，我总不能不管不顾他的性命。陆彦回，我保证会尽快安抚好他的情绪，用最短的时间赶回来，你相信我。”

“你敢！”他已然动了怒气，“何桑，你敢去！你今天要是去了，我绝不原谅你！”

“是，我确实是可以不去，可许至这个人我很了解，绝对不会只是想吓吓我而已，他人现在就在湖边站着呢，一个小时我不到，他就跳下去，陆彦回，他是真的会死的！”

“让他去死！我一点儿都不介意自己的生日成为他的忌日，那更好，就当他拿着自己的命送给我当生日礼物，我笑纳！”

“我做不到这样绝情，就算是普通朋友，遇到这样的情况也不能不管，而且是我对不起他在先，做人要有良心，我得去。”

“你可以打给肖锦玲，可以打给警察，可以打给任何一个有能力阻止他的人，你有很多选择。”

“可我心里明白，如果他决意拿命来跟我赌，就谁都拦不住。”

陆彦回反倒笑了：“一个小时，玩游戏呢？那行啊，我也给你一个小时，一个小时候之后你不出现在我这里，你今天就别来了。”

“怎么连你也逼我？一个小时我怎么可能赶得回来？”

“你错了何桑，不是我在逼你，是你在逼我。我不想今天跟你翻脸，他存了什么心思你我都知道，可是你非要装圣母，一副全世界离了你都活不下去的样子，那行啊，你装去吧，别后悔就成。”

他挂了电话。我把车开到分岔路的路口，却忽然不知道应该要往哪里走，左右背道而驰，我是夹在中间难以保全自己的人。

我还是去找了许至。这并非是出于本心向谁的原则，仅仅是出于道义。湖滨大道一路灯火迷离，这是A市一天里最热闹的时候。

我看到许至的时候，他背对着我，面对着栏杆后的湖面出神，不知道在想什么。我车光一闪，他才转过身来看我。灯光刺眼，他微微眯了眯眼睛，人却没有动。

我熄火，从车里走出来，快步向他走去：“我来了，你也看到我人了，让陆彦回生气的目的也达到了。”

“何桑，我们私奔吧。”他说得声音不大不小，我怔了一下，刚要说他疯了，他反而笑了起来，“我说笑了，你已经不是从前的何桑了，你不会放下陆彦回跟我走的。”

“许至，你知道我看到现在的你想到的是什么吗？我没有看到你所谓的爱我，我只看到不甘心。我知道你为什么不甘心，因为我嫁给了陆彦回。还有更重要的是，他轻而易举得到的东西，你却要付出非常多的代价，你觉得不公平，命运对你不公平，所以你一直在跟他作对。许至，这样你永远都不会快乐。”

这种以爱之名的仇恨，时间久了只会让人厌倦，而我已经累了。

“你闭嘴！”许至听了我的话，大喊了一声，“你什么都不知道，你不知道我有多爱你！何桑，我对你那么好，你却嫁给陆彦回那个人渣，我怎么会甘心？”

隐忍多时的怒气，积蓄在他的身体里，此时终于爆发了。之前见到的许至，多是一副意气风发的样子，他要我看到他如今的光鲜亮丽，即使是出口挽回我，也丝毫不见狼狈，可是现在，他终于说出自己的不甘心。

他忽然拉着我的头发，手禁锢着我的脸，用力地亲我的嘴唇。我吓了一跳，想要推开他，却发现他脸上全都是眼泪。我完全蒙了，不知道该干点儿什么。这个时候的许至，就像一个绝望的苦行者，在沙漠里徒劳地挣扎，毫无退路。

我狠狠地咬了他一口，他才松开唇齿。血的味道沾在我的舌头上，这是感情的魔障。

等我回过神来，一抬手就给了他一巴掌。这一巴掌，几乎用了我所有的力气。这之后，我的手一直发麻，我们都愣住了。

他伸手捂着脸，慢慢地抬头看着我，似乎是不敢相信。我也没想到自己的第一反应就是打他。

许至神情受伤，我思绪混乱，只好闷闷地说：“对不起，我不是故意的，我只是出于本能。”

“本能？”

“你还不明白吗？我们回不去了。从前，我们是恋人，可如今我们各自有家室，你何必非要再做纠缠？”

“何桑，我想抱抱你。”忽然，他轻轻地说。我皱眉。他看着我：“让我抱抱你吧，就当作最后一次行不行？以后我不会再打扰你，各过各的生活。”

他伸手把我抱在怀里，我感觉到他在发抖。忽然，我心生怜悯。

这是一个漫长的拥抱，我以为它意味着彻底终结，我没有拒绝。

开车回去的路上，我心里甚至松了一口气，想着陆彦回不高兴的话，我也可以很有底气地告诉他，不会再有下次了，以后，我不会再和许至联系，他也不会再主动找我。

谁知道刚出发一会儿，我就接到了顾北的电话。我想他是催我快点儿，就说：“是顾北啊，我一会儿就到了，你劝劝你二哥别成天闹脾气。”

谁知道顾北的声音也挺冷的：“二嫂，这一次我可劝不了他，你自己做的事情总要自己跟他解释清楚是不是？你送给二哥的这个礼物还真是出乎意料地惊喜啊，他对你那么好，你为什么要这样一次次地伤害他？”

我不懂顾北这句话的意思，只好耐心解释：“你别误会，我真的是因为不得已的原因才没有及时到场的，现在已经在路上了，很快就到了。”

“你也别来了，人已经散了。”

我心口莫名地一阵寒，开口问他：“你这是什么意思？”

“因为你，二哥在那么多朋友面前丢尽了面子，你在他生日的时候这么伤他，二嫂，你确定自己不是故意报复他的？”

“顾北，你把话说清楚，我听不太懂。”

“你和一个男人的照片不知道怎么会在投影仪上放出来，当着那么多客人的面，他当时就把桌子掀了。现在他手机关机了，我也找不到他人了。二嫂，这个祸是你闯出来的，该怎么收场在你，不过，我以二哥兄弟的身份求你一句，放过他吧，他过得多不容易，我都看在眼里，你为什么一定要屡次伤害他……”

顾北再说什么，我已经听不进去，脑子里反复出现的一句话就是：你和一个男人的照片不知道怎么会在投影仪上放出来，当着那么多客人的面……

许至啊许至，亏我还以为你真的会放下一切，重新过自己的日子，到头来原来是在利用我，来给陆彦回难堪！

陆彦回真的关机了，我听着电话里重复着那句“您拨打的电话已关机”，只觉得心灰意冷。误会太深，该怎么挽回，才能伤害最小？

对我来说，现在最重要的就是找到他，好好跟他解释清楚，不能让误会继续下去。

我开着车在不同的街道找，想要在某个地方找到他，可是绕了大半个城区，都没有看到他的人影。

车停在一个霓虹灯下面，我看着前面灯火通明的名利场，那些客人进进出出，纸醉金迷，只觉得一切繁华都与我无关。我趴在方向盘上，心里积累的悲伤像流水一般涌了出来，我号啕大哭。

最后，我还是回到了家。泡在浴缸里，只觉得呼吸都是困难的，头昏脑涨。

洗了澡，换上睡衣躺在床上，新的一天已经到来，昨天已经成为过去，我还没有来得及跟他说“生日快乐”，亲手准备的礼物也落在了车里，没有送出去，还有一些没说出口的话，那么多的遗憾。

他回来已经是第二天早上了，我却不知道具体的时间，似乎他只换了一件衣服就走了，没有多留。

我皱了皱眉头，实在不明白他到底是怎么想的，但可以肯定的是，自己心里空荡荡的，就像被人掏空了一样，令我觉得不真实。

我得去陆方地产一趟，我得跟陆彦回好好解释清楚。有人比我提前一步，不是别人，是我没有想到会在这样混乱关头插一脚的人——白兰。

手机上传来的图片不算太清晰，但是糜烂的画面还是让我心头一颤，只觉得心突然被一个容器卡住了一样，一口血腥味涌了上来，我猛地一阵咳嗽，只觉得嘴角变得湿漉漉的，伸手一摸，手指上竟然有血。

他睡在她的身边，光着上半身，下面盖在被子里，露出裸露的肩头和后背。不会是别人，这个身体我太熟悉，这世上哪有做妻子的不熟悉丈夫的身体的？

白兰穿着一条吊带睡裙，她拍照的时候，他已经睡着了。她对着镜头露出胜利者的神态，仿佛镜头那一端的人是我，仿佛在对我说：“何桑，你看，你还是输给我了是不是？”

我去洗手间用手捧着水漱了漱口，擦干净了手，然后打给白兰。她的声音让我觉得恶心，她说：“我这里才刚发过去，你就沉不住气了，我还以为你是最沉得住气的呢。”

“贱人！”我咬牙切齿地说。

“没关系，你怎么骂我都行，我根本不在乎。你骂得越狠，说明你心里越生气，那更好，我就喜欢看到你生气。你总是一副了不起的样子，可我早就说过，时间说明一切，所有的事情都尚未成定局，胜负要以后才能见分晓。”

“你怎么会跟陆彦回在一起？”

“我说是他来找我的，你信不信？”

我努力闭了闭眼睛，死撑着说：“你别以为一张照片就能怎么样，我根本不会相信。”

“你可以不信，不过，你大可以问问自己的老公。”

“要点儿脸吧行不行？我原本不愿意把话说得那么难听，你虽然是陆小言的姐姐，你妹妹那么善良纯真，而你真让人恶心得想吐。”

“你最好先别急着夸她，有一件事我还没有告诉你呢，何桑，昨天我和陆彦回情到浓时，你知道他叫的是谁的名字吗？”

我下意识地想把电话远离耳朵，可她的声音还是像一把刀，传进我的耳朵里，刺进我的心里，疼得我受不了，她说：“他叫出口的，可是陆小言啊！”

我仓皇地挂了电话。

我猛地站了起来，拿起东西就往外走，我要去找陆彦回问清楚，如果这是真的，如果是真的，我不敢想……

车开到陆方地产，我一路上楼，找到陆彦回所在的楼层。前台认得我，知道我是陆彦回的老婆，并没有拦着。我是被他的秘书拦下的，她匆匆走过来对我说：“陆太太，陆总正在见客人，您先不要进去，请在我办公室里等他一会儿吧。”

我执意要见他，不愿意耽搁一分钟，什么客人我已经管不了了。对于我来说，白兰的话就像烧得发烫的烙铁，烫着我的身心，让我战栗焦躁。

我等不及。

她还要拦着我，我冷冷地看着她，说道：“让开。”

平日里我都是客客气气的样子，他的秘书大概没有想到我会突然发火，显然愣住了。

我猛地把门推开，陆彦回和两个男的在聊着，他看上去竟然心情还不错，笑得甚是开怀。见我猛地进来，他们三个都愣住了。

陆彦回没说话，只是跟我四目相对，倒是其中一个男的先开口了：“陆总，这位是……”

“这是贱内，最近跟我闹得不愉快，竟然还找到公司来了，让你们见笑了。”

“不会不会，既然陆总有事，我们就先走了，明天我会让人把合同送过来，您放心吧。”

“那好，合作愉快！小武，送一下客人。”秘书带着那两人走了，我把门一关，顺手锁了。

陆彦回冷笑了一下，看着我说：“何桑，你到这里来干吗？咱们有什么需要说的事情吗？你何必来一趟，我们互相看着心烦？”

我闭了闭眼睛，缓了一口气才说：“我来这里，是想验证一件事，你告诉我，昨天你跟白兰发生了什么？”

他没有说话，只是眼神闪了闪。我冲过去，站在他面前：“说话啊，你难道敢做不敢当吗？啊？”

“没什么好说的。”他转过头去，不看我，想要转身去桌子后面，被我拉住了：“什么叫没什么好说的？”

“你有什么脸来问我这件事？”他忽然甩开了我的手，“你自己跟许至做了什么你不知道吗？当着那么多人的面，我看到你和另一个男人亲亲抱抱，还是在我生日的时候，你说我什么心态？大家半斤八两而已，你有什么资格来问我？”

我一抬手甩了陆彦回一巴掌。他睁大了眼睛看着我，一脸的不可置信。

“你打我？何桑，你敢打我？我问你，如果你是我，你会不生气吗？你要是不在外面乱来，会给人落下把柄？还不是你自己的问题，反倒来怪我了？”

“我做什么了？单单看到几张断章取义的照片你就说我乱来？你知道中途发生了什么吗？许至突然亲我，我反应过来给了他一巴掌。他抱我，是因为答应我以后不会再来找我；我之所以会放下你的生日宴会去找他，还有一个很重要的原因，那就是这一次要跟他把话彻底说清楚，从今往后，他是死是活都与我无关！我们从那里开始，就从那里结束！你个白痴浑蛋王八蛋！什么都不知道，就认定了我对不起你，竟然跟别的女人上床！”

他被我这番话说得有些蒙了。我的眼泪忍不住唰唰往下掉：“亏我那么喜欢你，亏我以为你对我会有最起码的信任，亏我花了那么多时间和精力为你织了一条围巾当作礼物，你倒好，把一切都给毁了。陆彦回，你个人渣！”

“何桑，你说的是真的？”

我用手擦了擦眼泪，什么都没说。他却把手放在我的肩膀上：“你跟许至，真的什么都没有了？”

我推开他的手：“死一边儿去，脏死了！”

“哪里脏了？刚洗的手。”他竟然还有心情开玩笑！我简直对这人无语了。他拿起桌上的纸巾给我擦脸。我别过脸去，谁知道他反而笑了，伸手捏了捏我的脸：“你生气的样子真可爱。”

“你吃错药了吧你？做给谁看呢！我还没有问你呢，有没有碰人家？”

他眨眼：“碰谁？”

“你说谁？！当然是白兰！你昨天是不是跟她上床了？跟我说实话！”

“没有啊，谁跟你说的？”他一脸无辜。我咬牙切齿：“你还跟我装傻！我有证据的，你的姘头刚才已经巴巴地把照片给我发来了，我给你看！”

我一边说着一边把手机短信翻出来给他看。看到那张照片，我心里更难受了，眼泪又止不住地往下掉。他一看我，赶紧拿过来看，然后一本正经地对我说：“难怪你会哭了，这照片把我拍得丑死了。”

这话说得我瞪大了眼睛，反而有点儿摸不着头脑了。他的脸上突然多出来一抹得逞的笑：“其实，我知道你跟许至没有什么，我昨天夜里就知道了。”

他这话是什么意思？

陆彦回眼睛黑得发亮，仿佛抹了一层油，他说：“何桑，我昨天之所以会去找白兰，是有目的的。”

“什么意思？”我一头雾水。

“我在她那里，偷偷放了窃听器。”陆彦回的话像是一颗炸弹，把我彻底炸蒙了。窃听器？窃听白兰吗？

陆彦回转身到桌边，给自己点了一根烟，有些讽刺地说：“我早就觉得她有些不寻常了，不过没有说出来。那天，我在房间里发现了你和许至的照片，刚开始以为你还想着他，所以很生气。后来我冷静一想，你不是那种粗心大意的人，应该不是你落下的，那么会是谁？我问了陈阿姨，才知道白兰跟你上来过，我当时就怀疑了，便暗中派人查了她。”

“结果呢？”我问得心惊肉跳。

“结果查到她跟陆劲有联系。陆劲有个助理，一直以来都住在东门的公寓里，因为离公司近，可是这阵子突然换了地方，你知道换到了哪里？”

“难道是水云花城？”

“没错，是水云花城。这就不免让人怀疑了，毕竟那里到公司距离远了很多。我找人盯着，才发现这个助理不知道何时多了一个新习惯，每天晚上都要去白兰的花店买一束花带回家。”

我目瞪口呆。

他吞云吐雾：“我不喜欢冤枉人，不过，也不会错放过一个人，所以就想，采取点儿手段来探究一下，如果她没问题，我再把窃听器拿走。”

“你昨天怎么会突然想到去白兰那里？”

“昨天晚上我确实是生了你的气，不过，冷静下来想想，因为照片是在第一时间传到了我们这里，就不再是寻常的事情。而且照片上许至并没有露脸，只有你的脸被人看见，也就是说，拍照片的人是存心这样做的。”

“然后呢？”

“联想到她也是我一时的想法，我就想知道，如果我在这个时候去找她，趁机留下窃听器，她是不是能够露出一些马脚呢？”

我忙问：“你做了什么？”

“我没有喝多，我都没有咽下一滴酒，但突然去找她，怕她留个心眼儿，所以为了不让她多心，我去超市买了瓶酒漱了口。她见到我的时候，我一身的酒气，看上去醉醺醺的，她以为我烂醉。”

“所以你就假装喝醉，跟她抱怨我在你生日的时候跑去找别的男人，做出一副伤心的样子，就是为了让她去转告给陆劲？”

“差不多。我把我们之间的矛盾升级，想必许至此时还在沾沾自喜，认为自己下了一步好棋，离间了我们。我趁她给我倒醒酒茶的时候，把窃听器藏在了她的枕头里。等她回来时，我已经靠着枕头睡着了。”

“然后你就任凭她把你脱了，弄上床去，做出一副你们酒后乱性的样子？”

“是啊，其实我还有点儿小紧张，毕竟第一次被女人脱衣服。”

因为他的这句话，我破涕而笑。

他的眼睛越发亮了：“所以，你不妨猜猜看，我发现了什么？”

“能有什么啊？他告诉了陆劲的助理呗。”

“不，她打给了许至。”

我心里一动，忽然想到那次看到许至去她的店里，应该不是我看错，而是真的。我问陆彦回：“他们说了什么？”

“其实，一直以来，你吃她的醋都没道理，因为她根本就不喜欢我，她接近我，也不是偶然。”

我一直以为她为了得到陆彦回，所以答应和许至联手，来挑拨我们夫妻的关系，才能各自达到目的，难道不是这样？

“她喜欢许至。”

我轻轻地“啊”了一声，然后看着陆彦回说：“她喜欢的人是许至？她怎么会跟许至有交集？”

“你过来。”他拉我到桌边，给了我一个耳机。很快，白兰的声音从耳机里传了出来。虽然不是很清楚，但仔细听还是能够听得到的。

“他昨天喝醉了酒，找到我这里来了。”

“没，哪能真的发生什么，不过，我拍了一张照片。”

“发给何桑吗？还像从前一样，故意气她？如今我扮演这个第三者的角色已经熟悉了，有时候自己都觉得好笑。”

“许至，我想你了，我可不可以见见你？我们很多天没有见面了。”

之后，她可能是走出房间打电话了，也不知道后面说了什么。

她竟然喜欢许至！

“别的内容我还没有听到，她很少打电话，白天大部分时间都是在店里，在家时间并不多。不过没关系，时间长了，更多的事情都会慢慢揭晓的。”

陆彦回灭了烟，嘴角有一丝若有似无的笑，不知道在想什么。我忽然想到，方才他明明已经什么都知道了，还故意跟我发脾气，所以就不乐意地看着他道：“那你刚才一副‘我多么对不起你的样子’干吗？真过分。”

“你以为我就不生你的气了？我还是不乐意你去找他，这次就是一个教训，你现在知道他是什么样的人了吧？”

“我哪知道他会利用我。”

“好了好了，这事儿不提了。不过，我的礼物在哪里？”他凑过来问我。

“在车里呢。我刚才来的时候，差点儿一生气给扔了。”

“你别吓我。我以后可要小心了，万一你哪天不高兴了再对我动手，哦，不对……”他摸了摸自己的脸，“你刚才打我了，真狠。”

如你们所见，我和陆彦回并没有发生更多的矛盾，所有的误会都在他的“算计”里迎刃而解。不过，这事儿还没完。我临走的时候，是甩门而去的，还撂下了一句狠话：“陆彦回，你去死吧！我再也不要看见你了！”

而他的办公室里，则是一片狼藉。在任何人看来，这都是我们起了大争执的样子。临走的时候，他贴着我的耳朵说：“何桑，既然他们跟我们演戏，不如我们就假装不知道，陪他们把这场戏演完。陆劲在我这里，估计没少安眼线。”

他猛地把桌上的烟灰缸砸到了地上。我吓了一跳。他一边含笑看着我，一边故作冷漠地大声说：“给我滚出去！”

一直回到车里，我才敢笑出声来。

落叶纷飞的季节，我开过A市最有名的一条林荫道，碾过一地的黄色。明明是一片萧瑟的风景，可我的心里却是快活的。

我从来没有这么快活过，就像是一个每天在黑暗中提心吊胆走路的人，一直看不到前面的路，不知道是不是下一秒就会掉进一个坑洼里，却忽然有人给我掌了一盏明灯，照亮了我的世界。

第九章

陆劲的阴谋

我们以为一切的快乐和欣喜都是应该的，
以为山的蓝和水的绿都不足为奇，
以为，若是肯真心相爱，
就永远不会分离。

陆彦回没有早回来，手机振动了一下，是一条短信。对于陆彦回这样的人来说，发一条短信是非常稀罕的事情，我看着屏幕上的短信，忍不住发笑。

他写道：昨天一夜风流，今天总得去解决自己的风流债。晚点回去，勿念。

他回来的时候，我已经睡了。蒙眬中，有人亲吻我的脸。夜凉如水，他的手掌却是温润的，像一枚长久佩戴在脖子上的玉，跟着人的身体久了，有一种随行的发烫。他拨开我的刘海，从我的额头往下亲我，到嘴边的时候，唇齿相依。我带着一些茫然的睡意回应这个吻，我体会他的味道，属于他的味道。

他抵达我的内核，如同一只夜行的灵兽，探寻一条新鲜的路径一般，耐心十足，充满活力。我迎接他给的温暖，在无边的夜色里，仍旧能够看到他脸上的轮廓，和身后的黑暗融合在一起，变得温和了许多。他往下探索我的身体，我向上迎合他的节奏，我们完美地契合。

这是一场无声的欢爱，事后他抱着我，脸埋在我的长发里，贴着我的耳朵，呼吸都是热的。他叫我的名字："何桑，何桑……"一遍遍地低声重复，我沉沉睡去。

陆彦回送了白兰一只名贵的镯子，周边嵌着大大小小的钻石，灯光流转时，戴在手腕上，亮得人眼睛都要眨一眨。

白兰便是带了这只镯子来找的我。她找到学校里，我懒得推托，只当看一台免费大戏，有人唱得乐在其中。

我看着面前的女人，如果她知道此时向我炫耀的东西是我亲手挑选的，不知会不会想要吐一口血才好。

白兰说："听说你们大吵了一架。难道你跟陆大哥闹翻了？"

"你别跟我提这个人行不行？"我皱着眉头，看着她，"你来找我干吗？跟我炫耀来了？"

"可不就是来跟你炫耀的吗？"她把手平放在桌面上，"你看这镯子，好看吗？陆大哥送我的。他还说了，以后我想要什么都可以，只要我高兴。"

"有本事你就把我从陆太太这个位置上拉下来，爬上他的床算什么本事，陆彦回外面的女人多了去了，你可不是第一个，也不会是最后一个。不过，我这个位置，你们全都别指望。"

"人不能过分自信，我就等着你哭的那一天。"如果不是已经知道了那些隐晦的事实，我如何能够看出这一切都是假象？她怎么做到的？爱着另一个人，却非要逼着自己装作深爱陆彦回，来对付我这个正室，真是可悲。

如今，我和陆彦回的联系多以短信代替了。说起来也好笑，原本是为了掩人耳目，不让外人知道我们还像从前一样每天照常联系，看上去就跟我和陆彦回已经冷战多时一般，我们发短信，没人知道那一头儿的人是谁。时间久了，他竟然有些上瘾，没事时就发一条来骚扰我。

这中途我们被肖万珍叫到了大宅去吃饭。我和陆彦回心里有数，陆劲要亲眼看见才能确认。我猜不透他为何希望陆彦回和我闹翻，毕竟他不是许至，没有可以说出来的动机。

我和陆彦回不是一起回去的，我自己一个人从学校出发去大宅，先他一步到。肖万珍看到我来了，揣着明白装糊涂地问我："桑桑啊，怎么不见彦回跟你一道回来？就你一个人吗？"

"我不知道他来不来，来不来都不关我的事。"我说得颇没好气。肖万珍一副过来人的口气劝我："小两口这是吵架了？不过，听阿姨一句劝，夫妻间能有多大的矛盾？相互体谅一下就好了，没什么好计较的。彦回的脾气我们都知道，你包容一些就好。"

"阿姨，您别劝我了，搁谁身上都是个忌讳，我心里烦着呢，不提也罢。"

陆彦回的那个大嫂是最见不得我好的，此时语气也少不了幸灾乐祸："哎呀何桑，听说陆彦回在外面找了个女人，好几次被熟人撞见一起带出去吃饭呢，你说这事是不是真的啊？"

肖万珍训斥她："别胡说八道，彦回不会这样的。桑桑，你别听你大嫂的，她一天到晚没个正经话。"

肖万珍这句话还没落音，外头就有人进来了，不温不火地接了一句话："不知道阿姨要说我什么，我人在这里呢，你不妨直接跟我说。"

陆彦回不知道什么时候进来的，肖万珍被他这么一呛声，多少有些挂不住，只好硬着头皮说了一句："彦回啊，阿姨是看你和桑桑最近似乎不太对劲儿，所以想劝你们几句。"

"她还真是有本事，告状告到这里来了。我最不待见这种嘴碎的女人，成天一副苦大仇深的样子，惹得人心烦意乱。"

我猛地站起来："你说谁呢？"

"你给我滚，这里是陆家，你算个什么东西，我现在看到你这张脸就烦，给我有多远滚多远，别出现在我面前才好。"

我提了包就要走，楼梯上有人大吼一声："不准走！"我忙止住了脚步。

从楼上下来的人可不就是陆彦回他爸吗？他似乎还挺向着我的，一开口就骂陆彦回："你是长能耐了啊？！还知道这里是陆家。陆家是谁说了算？我还没死呢！何桑是我唯一认可的儿媳妇儿，你在外面把别的女人带回来也要我同意，我说不行就是不行！"

陆彦回一副无所谓的样子："那行啊，你喜欢她，不让她走，那我走好了，反正我也不喜欢到这里来，来了看到她更不高兴，我走就是了。"

果然，我就听到院子里一阵发动汽车的引擎声，然后哧溜一声就出去了。暗地里我掐着自己的手憋眼泪，一副怨妇的样子，声泪俱下："我都想跟他离婚了，这日子还有什么过头儿？每天除了吵架就是冷战，永不安宁。”

我留意了陆劲的神情，果然见他若有所思，心里便有了底，想来经过这么一出，他也会对我和陆彦回的矛盾深信不疑了。

而他之所以会关心我们夫妻间的感情问题，后来我总算是知道为什么了。

陆彦回对我说：“陆劲要利用白兰动我的东西了。我听到白兰跟电话里的人说，咱俩关系不太好，我最近常去找她。对方似乎让她想办法留我过夜，要她乘机偷我的私章。”

“偷你的私章？”我大惊。即使我再不明白生意上的事情，也明白陆彦回私章的重要性，签名可以模仿，印章只有一个，如果落入外人手中，那后果……

“我们最近要签一个大单子，我和陆劲意见相左。他接形象工程一向来劲儿，可惜我最讨厌那种业务。陆方做生意如今需要我们两人一起盖章。合同估计他已经搞好了，就等我盖章了，我又不肯松口，所以他才会想到让白兰来偷。”

“那你打算怎么办？看来这段时间你得避一避白兰，万一让他们得逞了……”

陆彦回却笑话我：“何桑啊何桑，你跟我过日子这么久了，怎么还是一点儿长进都没有呢？这么难得的好机会，我不反送给陆劲一个大礼那怎么行？陆劲要白兰偷，我就让她偷个尽兴好了。”

陆劲这一次是真的栽了大跟头。

陆彦回是真的特意送上门去让白兰以为自己又喝多了，结果他的包就放在外面的沙发上，暗层里就放着一枚私章。白兰被这轻易到手的胜利给迷了眼，直接在陆劲给的文件上盖了章。

交到陆劲手里的时候，他可能也反复看了，不过，那时候他一定是带着得意并沾沾自喜的念头，为这轻而易举的胜利开怀，却没想到这印章上早就动了手脚。

陆彦回放在包里的那一枚，根本就不是他原来的私章，而是找了一个刻章店，改了一些细微的地方，重新做出来的。白兰哪里知道这些？即使是陆劲自己，就算之前见过陆彦回的章，做梦也想不到自己弟弟会提前下套，等着他往里钻，这下他真是百口莫辩。陆彦回拿着盖了章的文件言之凿凿地撂话：自己从来没有同意过这个工程，而且这上面的章是伪造的，根本不是他的。

这是任何一个公司的大忌讳。

陆劲总要负责的，他背了一个摆脱不掉的罪名，毕竟这里是公司，一旦涉及公司的利益与诚信，商场如战场，陆劲虽身居高位，但陆彦回在公司威望高，所以陆劲几乎是狼狈地引咎辞职。

他辞职，树倒猢狲散，连带着许至也一并辞职了。

可以说，陆彦回这一仗，打得实在是漂亮。

这时候的我们，从胜利里看到平静的假象，以为日子也许就这样温和有条理地往好的方向一直过下去。就像我和陆彦回，从前我们针锋相对，现在总算有个好结局。

白兰自然明白，自己已经不能再出现在陆彦回的面前了，她连花店都不敢开了，甚至住的地方也换了。对于陆劲来说，她只是一个失去了利用价值的棋子。我只是觉得可惜，如果她不是站在我们的对立面，如果她能像小言一样单纯可爱，也许一切都会不一样。

陆劲从高位上下来，最让人意外的是陆彦回他爸的反应，毕竟作为陆方地产的董事长，对于这件事的处理，他是最有发言权的。如果他坚持留下陆劲，后者也未必一定要辞职。

可是在这个事件中，他出乎意料地保持缄默，什么措施都没有采取。

而陆劲和许至等人赋闲在家，也没有再采取什么行动来进行弥补，一切看上去非常平静。

下班时我顺道去了一趟家乐福，打算买些酸奶，没想到竟然在那里看到了陆劲。他们夫妻一起出来，碰到我时，三个人多少都有些诧异。

陆彦回的大嫂没好气地看了我一眼，没讲话。

她这个态度我自然能理解，毕竟如果不是陆彦回，陆劲也不会落到如此下场。

可是，最让人觉得奇怪的是陆劲的态度。他看到我除了刚开始有些短暂的诧异外，很快就显得无所谓，好像什么事都没发生过一般，还跟我打招呼："嗨，何桑，好巧啊，在这里都能碰到你。"

"是啊，好巧。"我半真半假地笑。

我们寒暄了几句，他们继续买东西，我去结账。

回去的路上，我又忍不住想起这一幕。此时的陆劲如同一个居家好男人，全然不复之前的心机和阴狠。虽然看着平平静静，但我总隐隐觉得似乎哪里不对劲儿，可是又说不出来。

回去后我告诉陆彦回，他正在看文件，头都不抬一下：“丧家之犬，何足为惧？”

“他是你哥，什么样的性格你比我更清楚，如今他这么安于现状，反倒让人觉得奇怪。”

“陆方他肯定是待不下去了，被人戳穿做出来那种事情，哪里还有脸面回来？不过，他有陆方的股份，顶多也就是不任职而已。我估计以后他会自己做点儿生意，毕竟他也不是那种栽了跟头就再也迈不开步子的人。”

他说得也有道理，我也不再多想。

席慕蓉说过一句话：我们以为一切的快乐和欣喜都是应该的，以为山的蓝和水的绿都不足为奇，以为，若是肯真心相爱，就永远不会分离。

她说得没有错，那个时候的我，就是这样认为的。

我没有预知未来的本领，对事情也一直后知后觉，所以，我尚未意识到，一只长着恐怖獠牙的兽，正怀着恨意和不甘向我靠近。它残忍而无情，想要用尖利的獠牙咬断我的脖颈，让我从幸福的云端一落千丈。

第十章

哥哥的心愿

我从来没有想过，
这是我哥生命里的最后一次日出。

再见到肖锦玲是在陆彦回一个生意伙伴的生日宴会上。如今我已习惯在这样的场合伴他左右，我是陆太太，跟着自己的先生在一起，顺理成章。

今天这位寿星的太太是个妙人，精通茶道和养生。男人们在一起聊生意方面的事情，女人们在一边总是插不上话，又觉得索然无味，她就邀请我们这些女眷到后面的小客厅里坐着喝茶聊天。

我之前见过她几次，人很热情。

小客厅里已经坐了一些人，相互认识的都聊了起来。女人之间的话题天南海北，当然也少不了相互吹捧。

我也认识其中一些人，她们见我来，便招手："是何桑来了，刚才还念叨你，说怎么还不见你人。"

就这么坐着聊了几句，这位东道主太太又出去招呼后面来的女客，谁知道这次跟着她进来的不是别人，正是肖锦玲。

她比我记忆里的模样瘦了许多，原本丰腴的脸略显憔悴。而且她已不再年轻，一瘦下来，反而显得更加老态，一看就知道这段时间过得不舒心。

我想了好一会儿才想起上次见面的情景，她去学校找我。之后，她找人教训了我，陆彦回又帮我把吃了的亏给讨了回来，过节更大了。

眼下我们这么一照面，我竟然不知道该怎么相处，毕竟不复从前，撕破脸自然不必说了，难道在人家的家里也要伤和气？我肯定不愿意做这样不礼貌的事情。

在大家聊天时，肖锦玲和我显然都不是很走心。

之后开席，我们陆续出去，陆彦回朝我招手，要介绍朋友给我认识，我却觉得有人盯着我们看。我下意识地侧了侧身，就看到肖锦玲神情阴鸷地看着我和陆彦回。那眼神，竟然让我平白地觉得有些冷。

不过，我并没有想太多，毕竟她吃过陆彦回的亏，即使心里再怎么恨我，也应该明白：如果不顾后果地动我，陆彦回也不会善罢甘休。她上一次受的羞辱，可比我被人打一顿多得多。

我过得不错，我哥的近况也不错。

想起他的感情大事，我特意打过电话问他："你最近和云云可好？她答应跟你交往了吗？"

"还没有，不过，我觉得应该快了。"他有些憨憨地笑笑，满足的感觉很容易捕捉到。我又给他打气："你也拿出点儿魄力来，该说的话要尽早说出口，好叫人家知道才行，不然小心有人抢了先，有你后悔的。"

我对陆彦回说了我哥的情况，他还是一副不待见的样子："何诚做事就是婆婆妈妈，追女人也这么娘气，活该人家姑娘到现在都没有松口，这种事就该强势一些，主动出击。"

"你还好意思说我哥？"我笑话他，"你自己也不是什么老道的人，当初娶我的时候，我都恨死你了，有时候看着你的脖子就在想，给你一刀同归于尽才好。"

我这话惹得陆彦回哈哈大笑，他得意地说："不过，何桑，你看，你现在还不是老老实实地爱上我了？"

"欸，陆彦回，你跟我说实话，你是不是老早就喜欢我了，所以才故意说帮我哥出狱，来逼我嫁给你？我现在一琢磨，觉得这事不对劲儿。你快老实交代，是不是故意那样的？"

我这明显是一句玩笑话，他却面色一沉。我思索着自己哪一句说得不对了，陆彦回却又忽然变了样，恢复了笑脸跟我说：“可不就是早喜欢你了吗？大学那会儿就对你存心思了，每次看到你我就想，这个妹妹，我怎么才能把她骗到身边来。”

听了这话，我捂着嘴巴笑。

管他是真的还是假的，反正他现在心里有我，就足够了。

一转眼，A市下了这个冬天的第一场雪。

学校最近在修大门，车子不方便进去，我就把它停在不远处的一个广场边上。地面是光滑的大理石地砖，一下车我就觉得脚下打滑，一路上已经够小心翼翼的了，却还是在下台阶时摔了一跤。我站起来拍了拍身上的雪，看到手心破了皮。

正为这一早上的霉运心里难受时，身边一个摆摊算命的盲人忽然开口对我说：“这位太太留步。”

我停下脚步，看着他的墨镜，心想：又一个出来坑蒙拐骗的。

我随口问了一句：“做什么？”

“给你一个忠告——这阵子你运气可能不太好，凡事要小心一些。”

“你别胡说八道，我好着呢。”我心里有些烦，这些人就是喜欢骗人钱，我从前也遇到过，还说要去家里做法事，简直不可理喻，我摆摆手就要走，“我忙着呢，不听你这鬼话了，你忽悠别人去吧。”

这一天过得异常顺利，我稍稍安心了。

下班去广场拿车，路过那个台阶时，那个盲人不见了。在路上，我有些较真地想：少唬我，看到我摔了一跤就说我运气不好，不是骗人是什么？我哪里不好了？我好得很。

回去后，也不知道是哪个又惹大少爷不高兴了，我正要开口问，他反倒先冲我埋怨起来：“何桑，你哥就是个神经病！你先别瞪我，我说这话绝对不是没有依据的。中午，他发了一条短信给我，说要我下午去找他，我去了，他又一副跟我积怨很深的样子，弄得我一头雾水，而且他喝多了你知道吗？跟我说话的时候还一直动手动脚地推我，我是忍住了才没给他一拳的。”

“我哥找你？”我也奇怪，“他最近不应该有事找你啊，他都说了什么？”

“他一个醉鬼，说话都不清楚，我哪知道他怎么那样！真是讨厌死了，最烦的人就是你哥了，我怎么有这样的大舅子，一天到晚惹麻烦不说，还成天不让人安生。”

他这话让我有些恼，再怎么样那也是我亲哥，哪能这么说他？于是我就不愿再搭理陆彦回，又不明白为何我哥会打给他，想了想，就给我哥打了个电话，结果一接通，我惊呆了。

这电话是过了好久才接通的，就听那边我哥慌乱地说：“桑桑，桑桑啊，我走不了路了，我怎么走不了路了啊？”

我吓了一跳，忙问他：“什么？走不了路了是什么意思？”

“我腿不能动了，疼，疼死了！”

“哪里疼？腿吗？”我赶紧说，“你等着，你在家里等着我，我去找你。”

匆忙挂了电话，我看着陆彦回，说：“我要去我哥那里一趟，我哥说他走不了路了，我怕他旧伤复发。”

“我跟你一起去。”陆彦回拿了外套跟我一起出门。到了我家，我发现门没有锁，屋里一片狼藉，我哥趴在地上，眼睛通红，看到我们来，他拉着我的手说：“桑桑，我是不是又残了？”

我摸着他的腿，手抖得不行。陆彦回说：“别耽误时间了，送医院检查一下，看究竟怎么回事。”

我和陆彦回一起把他给弄上车，又加速往医院赶。我哥在后面目光几乎呆滞，我只好安慰他：“应该不会出问题的。你想想看，当时手术明明很成功，这么久以来，你也一直再往好的方向恢复，怎么会再出事？”

他紧握住我的手说：“不是的桑桑，有人动了我的腿。虽然我喝多了，但还是有意识的，后来有人来过家里，有人来过。”

我和陆彦回对视了一眼，他没说话，只是皱着眉头继续开车，但是我看得出，他的心情很不好。我心里更是不安与恐惧，好不容易一切安稳了，偏偏我最放不下的人又出事了。

好不容易到了医院，医生看了我哥的脚对我们说：“他做过手术？从前什么问题？”

我说：“伤了筋，脚筋被人弄断了，不过找了专家，给接好了，而且这段时间一直恢复得不错，几次检查结果都是很好的。”

他却不赞同地说：“他这个情况不乐观啊，我看严重得很，脚筋和腿筋又受了伤的样子，而且他以前就伤过，这一次想恢复十分困难。”

他这番话刚说完，我的眼泪就掉了下来。陆彦回看着我说：“冷静点儿，这时候不要哭，又不是真的没机会救他了，我们再了解一下，实在不行，就找更好的医生来为他动手术。”

我擦擦眼泪，问他：“他说下午有人去过家里，那肯定是去的人伤了他，不知道是谁。陆彦回，你不是也去找他了吗？那你看到人没有？”

“我怎么会看见！”他想了想，又对我说，“有没有可能是他从前的仇家找上门来了？也许是之前有过节的人下的手……”

我泪眼婆娑：“我哥不能有事的。陆彦回，无论如何你都要想办法救救他的腿。好不容易能站起来走路了，要是残了，那等于要了他的命啊！”

他搂住我：“你放心，有我在，你放心。”

我们先让我哥住进医院，具体的情况等到明天白班的骨科医生来了才知道。我和陆彦回一夜没睡觉，他忙着联系骨科专家，我则颓然地坐在病房外，忧心忡忡。

情况并不理想。

等到上白班的骨科医生看了我哥的情况，又看了拍出来的片子，对我们说：“之前那一次，神经完全接上了，恢复的情况也不错，原本这样持续下去，完全康复都不在话下。不过现在不一样了，他的神经又受到了重创。”

“你这是什么意思？”我急忙问道。

医生指着片子上的一处地方给我们看：“看到没有？就是这里，神经断裂，而且因为原来就没有完全康复，这一次又受了伤，所以已经呈现萎缩的迹象了。”

“萎缩？那还有没有再接上的可能？”

医生看了我一眼，说：“别人我不清楚，不过，就我的能力来说，我做不到。”

我瘫坐在椅子上，陆彦回扶着我的肩膀，说：“你别一听就放弃了，这里不行，我们再找别的人，实在不行，我把你哥送去美国，总有机会的，是不是？”

“我虽然不是全国骨科最好的专家，但以我的经验判断，就算真的接好了，脚勉强能落地，但想正常走路，恐怕再好的医生也是无力回天。”

我忽然动了气，哗啦一下站起来，指着他说："你别胡说八道！我不信你！我哥一定会站起来的。当时就是本地的医生说治不好，还不是有人有本事接起来？你们不行，就觉得其他医生也不行，这算什么道理？！"

因为心里着急又生气，这话实在不礼貌，也不客气。这位医生倒是好脾气，没说什么，只是对陆彦回说："你太太情绪激动，我不跟她解释了。我是医生，肯定是希望病人能够早日康复的，如果你能找到治疗他的人，那是最好的了。"

而窗外，树木枯零败落，十里寒冬。

这件事我让所有医护人员保密，不要透露给我哥知道。如果他知道自己再也不能走路，一定会比上一次还要崩溃。陆彦回打给他在北京的朋友，准备把北京有名的骨科医生请来，看看是不是在国内能够治疗。

我又见到了云云。

自从我哥不住在疗养院之后，我就再也没有见到过她了。此时一看，她似乎比以前更漂亮了，穿着一件白色羽绒服，戴了一顶毛线帽子，在询问我哥住的病房。

我叫了她一声，她停下来看我："陆太太，我是来看何大哥的。"

"他告诉你自己的情况了？"

"是啊，他情绪不太好，我有些担心，就想来看看。他到底怎么样了？"

"我们在想办法了，实在不行就去北京、去美国，一定有办法让他重新站起来的。"

"你的意思是，他现在在A市没法治疗吗？怎么会这么严重？"

我犹豫着要不要告诉云云。她拉着我的手说："你就告诉我吧，我担心他的情况，心里也着急，你告诉我，也让我心里有个底。"

我看着这个姑娘朴素的脸，忍不住问了一句："云云，如果我哥，我是说如果，他再也没法走路了，从此就坐轮椅了，你会不会嫌弃他？你喜欢他吗？"

她松开我的手，怔了一下。

我心里有些忐忑。她没有回答我的问题，而是说："我去看看他。"

我怕云云透露情况给我哥，忙拉住了她："先别告诉他，我怕他心里难受。"

"好。"

何为人心？这是个大难题，我一直不得解，也知道人性本自私，不过，多数人都怀有善意，不至于会对旁人有刻意的伤害。

就像这个时候，云云明明已经答应我，不会让我哥知道这个情况，我也非常相信她，觉得她是个好姑娘。

北京的医生很快就到了A市，看了我哥的情况后，一直皱着眉头："这没可能治好了，就算是手术也是白费。神经都萎缩到这个程度了，本来还没恢复，又被伤得这么厉害，根本没有治疗的余地了。"

听了他这话，我的一颗心瞬间沉入了海底。

很多天没有好好睡觉，陆彦回逼我回去，他说这里自有安排，让我赶紧回去，别自己先倒下。

应该是太困了，我挨着枕头就睡着了，不过，却没有睡好。人在白天有念想的时候，夜里就会反复去想，即使没有做梦，脑子里也仿佛装了个机器，一直不停地运转回放。

我是被人叫醒的。

陆彦回叫我的时候，已经是第二天了，屋子里非常暗，没有开灯，窗帘拉了两层，厚实得看不到窗外的一点点光线。

他看着也很疲惫。我支起身子问他："什么时候了？我哥可还好？"

"已经是晚上了，你睡了整整一天，我没有让人叫你。"他看着台灯上显示的时间对我说。

我吓了一跳，赶紧下床去洗漱，想去医院看看，他拦着我说："何桑，你别去了，你哥心情不太好，他不想见任何人，连护士都被赶了出来。"

"为什么？我哥怎么了？"

"云云跟他分手了。"

我低头刷牙，没有说话。

其实我知道，这种事放在任何一个女孩儿身上，可能都需要多想想，毕竟我哥康复的机会微乎其微，她有自己的打算可以理解，但我还是有些失望。真的，挺失望的。有句老话叫患难见真情，我哥还没被下定论呢，她就决定分手了。

我哥真的是难得喜欢上一个女孩儿，至少在他生病脆弱的时候，她留下来陪他，哪怕只是开导他，说说话，都会有极大的帮助和鼓励。

我洗脸时，陆彦回一直在门口站着。我问他："你有话跟我说？"

"何桑，我告诉你哥他的情况了。"他看着我说。

我看着陆彦回，他的脸上有一些门框落下来的阴影，我觉得此情此景有些肃穆。不该这样的，他很少这样凝重。

陆彦回对我说："我联系到了美国一家著名骨科医院的院长，他给我发了一封e-mail。那是他们医院医生会诊的结果，他说没有办法。"

"所以呢？"我掐着自己的手心问他，"所以，你把一切都告诉他了？没有任何的余地？"

"那个叫云云的女孩儿跟你哥提出分手之后，他让我去他的病房里，只有我们两个人在房间里，他让我跟他说实话。我不想说的，他跟我说没有关系，一切结果他都可以承担。如果我不肯说，他就会一直没有根据地胡乱猜测，也许结果比知道了更加糟糕。我觉得是这样。那更加糟糕，还不如直接告诉他。"

"你应该跟我商量一下的。"我推开他，往外走，一边换衣服一边说，"你每次都不跟我商量，我哥这人我比你了解，他是什么话都不肯说的，尤其是这样的事，如果他因为你的话失去了信心怎么办？现在还没有到最坏的一步。"

"我也没有果断地告诉他就没有办法了，还跟他说了无论如何都要去美国试一试，已经让人在安排了。"

"他怎么说？"

"他就说要静一静，不过，也没有发脾气。人都有难受的时候，让他一个人待着，消化一下这个消息，也未尝不是一个有利于他的做法。"

我坐在床上，抱着膝盖，几乎是咬着牙说："到底是谁？到底是谁不放过他？他已经残过一次了，难道还不够吗？非要他死了才好？"

"你哥跟谁有过节？我让人问了你家附近的邻居，他们都说没有见着人。"

我拉住他问："会不会还是那帮人？我哥被指控杀了龙三，他们就动他的手脚为龙三报仇，如今我哥的手脚好了，他们又不肯放过他，再来找他的麻烦？"

陆彦回摇摇头："应该不会。我不太明白他们这些人处理事情的方式，不过，虽然是偏门，但也讲究一个道义，既然是已经解决过的问题，那就是过去的了，理应不该再翻出来。”

他面无表情：“你也不要想着打听，我告诉你不是就不是。”

“那会是谁？”我不耐烦地下床，“我跟一个瞎子一样眼前一片黑，什么都不知道。我哥残了，我却只能干坐着束手无策，你知道我是什么心情？”

“会不会有可能是……许至？”陆彦回看着我说，“你知道，这个人如今跟疯了一样，做什么事都有可能，万一他对我们怀恨在心，又没办法对付我们，那转了别的心思去对付你哥，也是有可能的。”

“你别瞎说，他再怎么变也不会做这样的事情，完全没有道理。他和我哥一点儿过节都没有，而且我哥对他也一直都很好的。”

陆彦回的话我觉得毫无道理，甚至有些无理取闹。我知道他讨厌许至，如今我对许至也是避之不及，可真的把这么一个帽子扣在他头上也真是冤枉他了。而且就算不是龙三的人，我也不确定我哥后来有没有再得罪其他什么人，他做事有时候很偏激，难免会闹出矛盾来。

思绪千丝万缕，抽不出一根明晰的线来，烦！

虽然时间已经很晚了，我还是去了一趟医院。哥哥如今已经知道了自己的情况，总是不妙的。陆彦回要跟着我一起去，我拦住他：“你也很多天没有好好休息了，去睡会儿吧，我一个人可以的。”

他不再坚持，眉目间却有些掩饰不住的复杂情绪。我总觉得陆彦回有些怪，可哪里怪，我却想不通，也说不出来，就只好归结为他是累了，就像我累了一样，时不时也会发呆分心。

住院部很安静，只有个别的医护人员。我哥是一个人住，我在门口看到灯已经关了，就不敢进去打扰他。

我去了值班护士的办公室，她们认得我，看到我来，对我说：“怎么，陆太太，这么晚了还到这里来？”

“我哥已经睡了吗？”

“刚才我们进去看过，已经睡了。下午的时候情绪不太稳定，到了晚上反而平静了。人不都这样吗？想明白了，想通了，也就接受这个结果了。”

我点点头，却还是不太放心，就尽量不发出声响地推开门进去，谁知道还是惊动了他。他在黑暗里问了一句："是谁？"

我还没有来得及回答，他又说："桑桑，是不是你？"

"嗯，不放心你，就过来看看。"我走近他。他伸手开灯，又示意我把他的床摇起来一些，方便跟我讲话。

可是在床边的椅子上坐下来，我们竟然有短暂的沉默。片刻后，还是我哥率先打破了沉默，他开口说："陆彦回都告诉我了，我这腿，是不是就彻底没治了？"

"怎么会？他没有告诉你，我们已经在联系美国的医院了吗？等安排好了，到时候我陪着你，我们一起去美国，找最好的医生，一定能医好。"

他弯弯嘴，估计是想笑给我看，结果竟然哭了。我伸手握住他的手："不会有事的，你信我。"

"我知道你是安慰我，不过没事，我想了一下午，已经想通了。"他嘴上这样说着，眼泪却流下来。我拿纸巾给他擦眼泪，自己也想哭。

他勉强笑了笑："让你笑话了，一个大男人，还在自己妹妹面前掉眼泪，真是没出息。"

"你别这么说。"

我知道他是想到了云云，所以我不知道该怎么安慰他，只好对他说："其实，我也不觉得她有多好，只是你喜欢，所以我就懒得多说，现在看来，还是我看人的眼光毒。分了也好，分了后有更好的姑娘来，旧的不去，新的怎么来？"

其实，我这话说得没有一点儿依据，我看人一点儿都不毒，我觉得谁都是好人，所以我容易栽跟头。

我哥摇了摇头："你别怪她，我就不怪她的，我只怪我自己。桑桑，你说我会落得这个下场，是不是因为从前罪孽太多，老天看不过去，给我的报应啊？"

"什么报应！"我制止他继续说，"我不信那些东西。你不是说了吗？这次还会受伤是有人去家里对付你了。你还有印象吗？或者你自己想想会是谁？你最近有没有得罪什么人？"

"算了吧，不去追究了，不重要了。"他摆摆手，"以前妈总责怪我老是拖你下水，我觉得她说得对，我总是让你给我收拾烂摊子，后来很多次都是。"

"你今天怎么了？那些事都过去那么久了，我都当笑话听，快别说了。"

“你觉得好笑，我却不觉得，我只觉得自己一直对不起你。桑桑，哥对不起你！”他摸了摸我的头发。我把手放在他的肩膀上：“既然知道对不起我，那你得好好报答我，对我来说，你最好的报答方式就是把自己的日子过好了。”

我看着我哥，继续说：“你答应我，这次万一好不了，我是说万一，你以后永远要坐轮椅了，也请你每天都要开开心心的，好吗？”

他没吭声，我又问了一遍：“好吗？”

“好，我答应你。”

临走的时候，他对我说：“桑桑，我想看日出。”

他这话让我有些诧异。他摸摸鼻子说：“很多年没有看过日出了，突然很想看一次，不知道你可不可以陪我一次？”

我点头：“行啊，那这样吧，我先回去，我们都早点儿睡觉，明天一早我过来，推你去看日出。我们可以往远地方走，靠海的地方看起来更漂亮，到时候我跟医生说，我带你出去兜风，他不会不同意的，你说好不好？”

“靠海的地方？好呀，那更好了，我等你来。”

临睡前我设好了闹钟，心想，他的状态很好，看来我是过于担心了。最坏的结局也就是在轮椅上坐一辈子，这也没什么，很多了不起的大人物，比如霍金、史铁生，他们都残疾，但是也活得很好，一切都会好起来的。

我从来没有想过，这是我哥生命里的最后一次日出。

第十一章

那美丽的日出啊

人生有时候来不及多想，
谁会知道什么时候就是永别？

我出门的时候，天还是黑的。

昨天从医院回来，陆彦回还没睡，房间里有淡淡的烟味，窗户明明是开着的，冷风也没把这味道吹散。看到我回来，他顺手灭了手里的烟。我瞥了眼烟灰缸，里面已经有好些烟头了。

他也烦，虽然我有些不明白。

今早我起床，设定的闹钟也没把他给闹醒，看来是真的困。我轻手轻脚地洗漱，换好衣服出门。

我以为我哥还没醒，没想到他已经坐在轮椅上等着我了，就坐在窗边，看着尚漆黑的天色，在发呆。

我进去他也没有反应，直到我走到他面前，叫了他一声：“哥，我们现在出发吗？”他才回头看我：“好，我们走吧。”

医护人员帮我把他抱上了车，又把轮椅放好。他坐在副驾驶，扣着安全带。通往海边的这条路我已经很熟，再加上时间尚早，一路上畅通无阻。

我哥静静地看着窗外。虽然寒冬草木枯败，但是这季节的清晨又有一种别样的美。已经有人穿着运动衣出来锻炼身体。路过湖边矮山时，湖面上起了一层朦胧薄雾，一眼望去，如一幅水墨画。

哥哥突然开口："真漂亮！我活了这么多年，都没发现咱们A市的好，今天才知道自己过去都白活了。"

"是挺好的。有一次我被陆彦回一大早拉去爬山，在山上看了一回日出，当时坐在山顶的长椅上往下看风景，所有的东西都在渐变的阳光里慢慢清晰和明亮起来，那真的是太美了，可惜忘拿手机给拍下来，不然可以给你看看。"

"真的吗？我都没有见过。我好久没有爬山了。"

"那有什么难的？"我一边开车一边说，"下次你想去，我随时可以带你去。都在A市，再方便不过了。"

他笑了笑，没再说什么。其实，那个时候，如果我多关注一些他的神情，也许就能够察觉他脸上的落寞。那个时候，他已经做好了离开人世的准备，所谓的看日出，后来我想，莫非是对这个世界道别的一种形式？

日从东升，如同生命从母胎里生长而出，每一个清晨都仿佛是一种新的开始。那个时候，他想到了什么？从哪里来，回哪里去？不再眷恋这风景怡人的美好人世？

车开到海边，我还带了厚实的围巾来挡住海面上袭来的寒风。他不方便下车，我就把窗户和门打开，又给他系好围巾，让他可以清楚地看到海面上的风景。

我看了看时间，再过十多分钟差不多就能看到日出了。我哥看着大海对我说："等我百年之后，我真想让自己的骨灰就撒在海里，不用留下，撒在海里好，跟着海水一起，到这世界的很多地方去。我这辈子去的地方太少了，记忆里就只有A市的角角落落。虽然我熟悉这个城市，但是对外面的世界一无所知。"

我笑话他："那得多少年以后啊。也许以后你去的地方多了，反而改变主意了呢。"

"不会，我不会改变主意的，撒进海里吧。桑桑，你比我小，我肯定比你早走一步，所以这事儿就麻烦你记着了。还有，如果那时候我走了，你要照顾好自己，不要伤心难过，也不要哭，死，本来就是一件再寻常不过的事，人总是要死的。"

我制止他："好了好了，怎么一大早上，尽想这些多少年以后的伤心事。你放心，到时候你去世了，我一定不难过。生老病死嘛，你老了，我也老了，有什么好难过的？”

“那就好。”他朝着那边看，忽然脸上多了一些兴奋，然后拉我的袖子说，“你看，出来了！”

薄雾晨光，海上日出。

橘色的光慢慢从海平面升起，海面上晕染了一层淡淡的色彩，随着太阳升高，颜色渐深，范围也越来越大，波光粼粼，颇为壮观。我拿出手机，转过身来对哥哥说：“我给你拍一张，留个纪念。”

他点点头，对着镜头笑了笑。我拿给他看，他却红了眼睛。我问：“怎么了？”

“我想到妈了，我有些想妈了。”他揉揉眼睛，“这些天我经常伤感，你别介意。”

“我不介意。有时候我也想妈，她永远都是年轻的样子，坐在家里那台老钢琴边弹钢琴给我们听，她可真美。”

太阳已经完全从海面上升起来了，我哥对我说：“走吧，我们走吧，再之后就算不得日出了。”

“你不多留一会儿，呼吸一下新鲜空气？”

“不了，我累了。”

我不再多言，开车回去，他让我回去睡觉：“你起来得太早，赶紧回去再睡个回笼觉，晚上再来看我，白天不要来，我也要休息，谁都不要来。”

“好吧，我知道了。你哪里不舒服就跟医生说，他们会随时打给我。”

护士把他弄回病房，我并没有多想。

人生有很多时候来不及多想，谁会知道什么时候就是永别呢？他跟我挥挥手，让我上车，我就真的开车走了。那是我哥最后的样子，坐在轮椅上，脸上有些胡楂儿，穿着一件厚厚的黑色羽绒服，脸上还有一点儿笑意。

我是被陆彦回叫醒的。这段时间似乎怎么睡都睡不够，回去后又沉沉睡了过去。陆彦回本来已经去公司上班了，结果他突然回来，急切地把我推醒：“何桑，何桑，快醒醒！”

我迷迷糊糊地睁开眼睛，就看到他的脸上有一种从来没有过的沉重，我说：“怎么了？”

“你哥自杀了。”

“你说什么？！”我不甘心，又问了一遍，“陆彦回，你说什么？我刚才有些蒙，听得不是很清楚。”

“你哥他……趁医护人员不注意，藏了一把水果刀在身边，就在护士给他检查过身体之后，他在自己的心脏上插了一刀，又把棉被盖严实，眼睛也闭上，没人知道他做了什么，直到后来，有人发现满床的血……”

我推开他，连鞋子都来不及穿，就想冲去医院。他用力把我拉回来，摁着我的肩膀让我坐好，又给我穿上鞋子。我木然地任凭他帮我穿好外套，脑袋里一片空白。

我们赶到医院时，那里已经围满了人，因为病人是在医院出的事，连院长都一脸焦虑地在病房门口等我们，还有好几个警察。我不知道该怎么走过去，只觉得周围有很多人，很多人围着我，声音明明很嘈杂，可是又仿佛给我围了一个圈，让这些声音都被隔离在外，我什么也听不见。

陆彦回比我冷静很多，他从容地交代一些事情。我不知道他们具体商量了什么，只知道后来人都散去时，他晃了晃我：“何桑，你别这样，你有什么话要说，你告诉我，你别这样什么都不肯说。”

我摇摇头：“陆彦回，我在做梦吗？你告诉我这是个噩梦，我哥其实没有死，是我自己不是东西，梦到这样的场景，你告诉我。”

没有人回答。

人在悲伤的时候，反而很难哭出来，就比如我现在，明明心里一阵阵地绞痛，可我的眼睛干干的，一点儿眼泪都没有。

陆彦回让我在一间病房里坐着，不让我出去，又找了个看护看着我，他说，一切他来处理。

看到了法医和医院同时出具的死亡证明，看到了我哥的名字，我才终于明白，这一切都是真的，我哥已经死了。陆彦回安排了一切，请了殡葬的人来。如今，这样的事情都是他们一手办理。我看到哥哥躺在棺材里，因为大出血，已不复之前的模样，整个人显得干瘪，像是一片枯叶。

A市有个习俗，人死后不会立即火化，而是由入殓师剃头、化妆，不过，再怎么样也不会如生前那般有生机。停床了两天，他无妻无儿女，相依为命的人只有我一个。再没有比这遗憾的事情了。

这两天偶尔有客人来，我却一直觉得不真实，仿佛变成了一只游魂，脚不沾地，意识与身体分离。

哥哥火化的时候，并没有严格意义上的追悼会，来的人也不多。他出狱后，从前的朋友几乎都没了，再加上很多人瞧不起坐过牢的人，他活着也是孤独的。

稍微亲近一些的，依次和尸体做最后的道别。到这个时候，我才真正哭出来。棺材要被推走，我死死地拽着把手，不肯让他走。

陆彦回把我拉开。这个时候，又有人来。我觉得眼熟，仔细想了想才记起他是谁。他叫黄庭，是我哥从前的朋友，最好的朋友。

可他已经很久没和我哥联系了，他怎么会来？

黄庭一来，就在我哥的棺材边上“扑通”一声跪了下去。我看到他这样，愣住了。不止是我，陆彦回以及旁边的人也都诧异地看着他，不明白他为何会有这样的举动。

我走过去，蹲下来看着他：“黄庭，你怎么突然这样？你是不是知道什么？我哥出事你是不是知道什么？”

黄庭总算站了起来，看着我说：“何桑，你别问了，我对不起你哥，很多事情都对不起，但我不会告诉你的。”

说完，他就要走，我拉住他不放：“黄庭，我想知道到底发生了什么事，到底是谁把我哥的腿脚伤成那样，你要是知道，就告诉我好不好？”

“我不知道。”他把我的手拽下来，“何桑，诚哥一直把我当兄弟，是我不是东西，我罪孽深重，死一万次都不足惜。你是他妹妹，我希望你能过得好。你过得好，诚哥才能放心地去。”

黄庭来去匆匆，可我从他这一次仓促的吊唁里嗅出了不寻常的地方，然而，这一切仿佛笼罩在层层浓雾里，我看不清。

陆彦回把我紧紧地抱着：“你别想那么多了，让你哥去吧。火化了也好，所有不开心的事，都随着火一起烧了。你想开一些。”

我把头埋进他的怀里，眼泪止不住地往下掉：“我做不到，我做不到不难过。我拿什么跟我妈交代，我答应过照顾好我哥的。”

他亲着我的头发：“这是他自己选的，和你无关，和任何人无关。如果你这么难过，他走得会不安心。”

我这才抹抹眼泪，看着工作人员把棺材推走。我们坐在火化室外面，等着骨灰盒送出来。我想起哥哥说过的话，他说，希望自己死后能够把骨灰撒进大海里，跟着潮水涨落，到世界的很多地方去。

那个时候我以为，那些事都太过遥远，没想到他早就打算好了。

是我明白得太晚。

这件事，我没法自己完成，我的精神状态不太好，走路脚底打软。陆彦回看我这个样子，不让我去送，说是怕我看到骨灰撒进大海，会再一次情绪失控。我听从了他的话，回家休息。

我睡不着，这么躺着，一直发呆，想到了很多小时候的事。

就这样想着，从早想到晚，我一边想，一边默默地流眼泪，陆彦回回来我都没起身跟他讲话，也没看他一眼。

他说：“已经按照你哥的意思，把他的骨灰撒进大海里了，你放心。”

我没说话。他低头看了看床头柜上放着的碗筷，又伸手探了探温度，已经凉透了。

他把桌上的东西端下去，没一会儿，又重新端了热的食物上来，把我从被窝里抱出来，让我坐直身体。

“我吃不下，你别让我吃了，等我想吃的时候自己会吃的。”

“你想吃的时候？我看你想死的时候都不会吃。别耽误时间，我看着你吃。”

我只好拿着勺子喝了一口汤，可一低头眼泪又掉下来了。他递一张纸巾给我。我把他的手拍到一边，不肯再动筷子。

陆彦回到底还是没了耐心，直接拿了勺子，舀了一勺米饭送到我嘴边，一手捏着我的下巴，说：“张嘴。”

我慢慢地把饭咽下去，他又接着喂。我摇头：“我真的不想吃了，你就放过我吧。”

他猛地把勺子往桌上一扔：“何桑，不是我不放过你，是你不肯放过你自己！都多少天了？你每天吃的东西加起来还没有一个拳头，人也瘦了这么多，哪里是要好好活着的意思？”

他一边说着，一边点了一根烟：“谁都有难过的时候。小言死的时候，我也难受，可我仍然每天按时去公司上班，照常开会，吃喝不误。这是我比你明白的地方，我明白人死不能复生，自己得好好活着。”

我还是不肯听他的话，又躺到床上背对着他。陆彦回直接放狠话：“何桑，我告诉你，我这个人耐心不多，你在我身边这么久了，也该知道，你要是再这么一副不死不活的样子，我真的对你不客气。”

我心里很乱，他还这么凶，让我莫名地来了火气。

我猛地坐起来，瞪着他：“你要对我不客气，好啊，好啊，我就在这里等着，看你怎么对我不客气！”

后来，我冷静下来，觉得对他发火毫无道理，但人在那个当口儿，就仿佛需要一个契机一样，需要一个发泄的理由，有痛苦寻不到出口，就拿旁的事情来打岔，心里才好过。

他没有给我犹豫的机会，径直走过去，把我从床上拉起来。因为他太用力，一大半被子掉在了地上。陆彦回把我拉到了洗手间，他抓着我的头发，让我看镜子里自己的脸。我挣扎反抗。他的手劲儿非常大，我反抗不得。

无奈中，任凭他抬起我的脑袋，我看到了镜子里的自己，很憔悴的一张脸，因为进食甚少，喝水也甚少，在这干燥的寒冬季节，嘴唇已干涩发裂。还有长时间睡在床上，头发乱糟糟的，像一个鸟窝，再加上此时不情不愿地被他钳制着，整张脸都是扭曲的。镜子里是一个邋遢的女人。他真残忍，让我看到这样不堪的自己。

陆彦回对我说：“你看看你自己，哪里还有半点儿平时的样子？当真以为自己是个女鬼？我对你，好听的话也都说过了，我不会再说什么安慰的话了，左右就是想要你知道，接下来的日子你不该这么糟蹋粗糙地过，你得学着坚强一些，没人能够帮你，何桑，除了你自己。”说完，他就慢慢地放开我，然后对我说，“好了，哭了那么久，你洗洗脸吧，头发也梳一梳，家里又不是只有我们两个人，还有保姆和司机呢，这样子叫他们看到也不好。”

我又看了一眼镜中的自己，才对他说：“你出去，我想洗个澡。”

“需要我拿东西给你吗？”

“我不要。”

他把门带上出去了。我往浴缸里放水，然后慢慢地坐进去。我把自己从上到下洗了个遍，沐浴露混合着洗发水的味道，这淡淡清香让我渐渐感到一丝安宁。我把头埋进水里，憋气，一直到实在受不了了，才把头猛地抬起来。

泡在水里久了，从浴缸里出来时竟然脚步虚浮，踩着拖鞋走路感觉很不踏实。

陆彦回正在忙工作，见我出来，抬头看了我一眼，不咸不淡地说：“总算有点儿人样了。”边说边轻轻点点头，继续说，“我爸常跟我说一句话，活着时不要装死，就是说给你这样的人听的，该干吗干吗去。你好多天没去上班了吧？你刚才洗澡时，你同事打电话过来问你的情况，给人家回一个过去。”

我翻手机通话记录，发现是晓君打来的，她知道我哥的事情，担心我不能走出来，温言劝我：“桑桑姐，生死有命，你看开点儿，离世的人也会安心。”

如今我已经不愿再听这些话了，因为听得多了，都是一样的套路。我知道劝我的人都是好心，可我不想再听，就换了话题：“我明天去上班，谢谢你们这些天帮我代课，过一阵子我请你们吃饭。”

陆彦回给我的意见总是中肯的，既然我在家只知道伤心伤神，不如出去工作，让自己忙碌起来分点儿心，也好过再这样徒劳地伤感。

因为要出门工作，我好好地收拾了下自己，换了一件灯笼袖的呢子大衣，也开始规规矩矩地吃饭。我愿意下来吃东西，陈阿姨是最高兴的，特意熬了海鲜粥给我，一边端上来一边说：“昨天我特意去了一趟超市，太太不是最喜欢在粥里面加一点儿虾仁吗？我买了海虾，味道鲜着呢，您尝一尝。”

可我竟然觉得有一些淡淡的不适，不过，既然是她特意做给我吃的，总不好一点儿都不吃，我就舀了一勺，压下胃里泛起的波澜。后来实在吃不下去了，只好对她说不想吃流食，想吃些抵饱的东西，陈阿姨又去给我煎了个鸡蛋。

流食也好，鸡蛋也好，到了我的嘴里，都成了让人不舒服的食物。我上楼化妆时有些自嘲地想：果然身体里的每个器官都是相互关联的，我心里痛苦不舒服，其他地方也联合起来欺负我了。

陆彦回早就起床去晨跑了，天气一冷，他反而起得早了，说是冬天更加适合锻炼身体。我涂好口红他才回来，身上一套运动装，额头还有一层薄汗。

不过，他的手放在后面，明显是拿了什么东西。我有些疑惑，探过身子问他："你背后藏了什么？"

"你眼睛还真尖。"他笑了笑，竟然从背后拿了一枝玫瑰给我。这花开得极其艳丽，花瓣上竟然还有点点水珠，不知道是露水还是洒上去的。

"哪里来的？"

"我跑步的时候看见一个小姑娘推着自行车在卖。"

我心情好了一些，美好的事情总会让人心情变得愉快起来。

陆彦回笑了笑，过了一会儿，我拿着包要走了，他才说："何桑，我就是想让你高兴一下，你一直不高兴，我也不知道该怎么办。"

我这人最听不得人家跟我煽情了，尤其是平时不煽情的人突然对我煽情。

这一刻，我觉得他是全世界最懂我的人。

我忽然觉得庆幸，人世艰难，何其不幸，我身边的亲人一个个离我而去，留我一人徒自挣扎，还好，我有陆彦回，至少，他能够在我最落魄和最难熬的时候，给我一些及时的温暖。

这样一想，到底是幸运，还是不幸？

我不在的这些天，同事一个接一个地帮我代课。我这个人最不喜欢欠人人情，就说周末时请大家聚一聚。可我的女同事们并不热衷于此，她们已经知道我丈夫是陆彦回，自然也不跟我客气，都嚷嚷着说："刚才我们翻杂志，看到了A市有一个好去处，泉山那里刚建了一个温泉会所，听说风景好，设施也好，我们都没有去过，桑桑姐，你要是真想请我们，不然就带我们去那里开开眼？"

这事我自然不会推托，就跟她们约好了周六早晨一起去。

我回去后跟陆彦回提起了这事，他笑了起来："你说泉山的温泉会所？上次我就说想带你去，结果被什么事打了岔给忘记了。你和你的同事去也好，到时候签我的名字，别的不用管，我提前打电话让我那个朋友安排下。"

泡温泉总是一件惬意的事情，虽然算不得什么高兴事，到底不会累人。陆彦回自然不会唬我，他的名字到哪里都仿佛是古时候的御赐金牌，总是好用的，我才说到他，就有工作人员客气地领我们进去。

汤池一准备好，同事们就极有兴趣地去泡了，我也下去了。水面上雾气袅袅，如临仙境，可我兀自地有些头晕，又说不上哪里不对劲儿，毕竟也没有感冒，只觉得自己这段时间状态真是不好，一是没有胃口；二是动不动就感到目眩。

到底还是没有泡多久，我是最后一个进来，第一个出去的，离我近的一个女同事说："桑桑，你怎么不多待一会儿？"我摆摆手："有些累了，吃不消，你们玩。"

我穿好会所的衣服，想出门透透气，结果还没有走到门口，就觉得眼冒金星，一步比一步沉重。我扶着墙，颓然地顺着墙面滑了下去，似乎有人尖叫了一声，我失去了意识。

再醒来是在医院里，身边没有人，我用胳膊撑着身体想要坐起来，看到旁边椅子上放着一件外套，是陆彦回的。看来他刚才一直在，现在出去了。

我掀开被子要下床，外面有人进来，是陆彦回，看到我这样，赶紧拦我："何桑，你别乱动，小心动了胎气。"

等一下，胎气？谁？我吗？

我睁大眼睛看着他："你说我……那个了？"

"你到底是不是女人？自己的生理反应都不知道吗？"

"我怀孕了？"我顺势坐在床上，下意识地摸自己的肚子，连忙问，"孩子情况可还好？"

"你还好意思说！差点儿流产，幸好保住了，不过孩子也够脆弱的。从现在开始，我跟你一起，该注意的事项一个不能落下。"

"差点儿流产？"我吓了一跳，"你可别吓我，要是真没了，我该多伤心。"他冷哼了一声："医生说你情绪抑郁也会有很大影响，所以你再不自己调整好心态，就是拿孩子的命开玩笑。我希望你以后不要再情绪化，该忘记的事情统统忘了，不准再想。"

怀孕这件事，对我来说，意义重大。我爱上陆彦回后，最后悔的事情就是从前吃了太多的避孕药，多少会对身体有伤害。后来，我很想给他生个孩子，可迟迟不见肚子有动静，他反而不再跟我提这件事，除了最初我们的关系还很紧张的时候，他偶尔说出口的那一次，那时候，我心存怒气，觉得荒唐离谱，从没有想过，世间万事万物瞬息万变，谁曾预料到，之后我们会亲密至此？

感情的事就如同六月的天气，想到这里，我还觉得庆幸，孩子没事才是最重要的。看来，好好做个母亲成了眼下最要紧的事。

临出院时，我又被安排做了一次全面检查，医生开了一张单子给我，上面一条一条地写着这个时候我应该注意的地方，这才让我出院。

回去后，陆彦回把我怀孕的事告诉了陈阿姨他们。陈阿姨是最开心的了，一直缠着我问："太太，是真的吗？有宝宝了？哎呀，真是太好了，菩萨保佑啊！"

她是个信佛的好人，对于我和陆彦回来说，有时候她不像是家里的一个保姆，更像一个絮絮叨叨的长辈。她事无巨细地操心着我们的事，和我们一同悲喜。

所有人都变得小心翼翼和心思细腻起来，有时候我走路停滞一下，身边人都会有些紧张地问："怎么了？哪里不舒服?"

这样的情况让我哭笑不得。有天睡觉时我摸着肚子说："你瞧瞧你，还没有出生就有那么多人关心你了，要是生下来，会是一个小公主还是小王子呢？"

这时，放在床边的手机振动起来，来电显示是一个住宅号码。我觉得有些眼熟，可又不记得是哪里。直到我听到了陆彦回他爸的声音，我才意识到，原来是大宅。可他为什么不打家里的座机，而是打到我手机上呢？

他一开口就掩饰不住激动，平日里，我这个公公和陆彦回一样，习惯把情绪藏起来，一脸的高深莫测，可此时激动的语气却怎么也藏不住，他对我说："何桑，这么大的事你怎么也不跟我说？陆彦回不告诉我也就算了，你是个好孩子，平时也仔细，怎么有孩子都不告诉我这个当爷爷的？"

我以为陆彦回会告诉他们的。

我只好赔罪："爸，真是对不起啊，这一阵子我记性差得很，又因为有了孩子各种忙，竟然把这么重要的事给忘记了，您别生我的气。"

"我不生你的气，我高兴还来不及呢。这周末你们有时间的话，就回来一趟吧，我让厨房做些有营养的东西给你补补。"

其实我不愿意去大宅，陆劲和陆彦回两兄弟闹成了那样，哪里还能容得下对方？可老人最爱孩子，我不回去跟他说说近况，他肯定是不答应的。于是，我只好应承下来。

当我跟陆彦回一说这事，他就板起脸来："别以为那里是什么安全之地，就拿陆劲和肖万珍来说，他们谁不希望咱们的孩子出事？你以后不要轻易松口，就说自己身体不舒服，他也不会强求你去的。"

"毕竟是家里，他们再恨我们，也不会真的对孩子怎么样。你别紧张兮兮的，听上去怪吓人的。你周末陪我去吗？"

"陪啊，我不放心你一个人。"

我觉得好笑，如今我是被当成小孩儿了，可心里又觉得甜丝丝的。真好，难得有这样的机会被当成小孩儿。

大宅里表面上是波澜不惊，背地里却风起云涌。肖万珍是百年不变的笑脸，看到我一脸的亲切和惊喜："桑桑啊，你也真是的，把我们瞒得这么紧，我还是听顾北他妈提到才晓得这件事，怎么都不告诉我们？"

"是我的错。"我连解释都觉得多余，陆彦回更是一如既往地不搭理她，也不乐意我搭理她："何桑，进去了，外面风大，别感冒了。"

肖万珍就跟着附和："对对，彦回说得是，现在果然是做爸爸的人了，想得竟然比我还要周全。快进屋说话。"

饭前可有可无地聊了聊，无非是绕着孩子说。吃饭时，厨房的阿姨端了汤上来，我看到我的碗里和陆彦回的不一样，虽然都是乳鸽汤，但我这里面加了不少别的东西，看来是孕妇的福利。

陆彦回他大嫂眼尖，此时不冷不热地"哟"了一声，说："果然是怀了孕的人，待遇就是不一样啊，爸爸把朋友送给他的好东西都给了你了，我怎么就没这样的福气！"

她还要再说什么，肖万珍开口数落她："你少说两句，自己肚子不争气，反倒嫉妒人家桑桑有孩子，有本事你也给我生一个，不然就别怪声怪气的，说些个没用的。"

这个时候我不便开口，只能低头喝汤，因为这样的情况我说什么都显得矫情，帮她说话是我在炫耀，说别的又是我恃宠而骄，怎么都不好做人。

他大嫂是个辣椒性子，哪里听得下这样的话？一撂筷子就噔噔地上楼去了，饭都不吃了。陆彦回他爸冷哼了一声：“陆劲，把你老婆也管一管，别一天到晚地任性，放在别人家，哪个公婆受得了。”

好不容易吃完了饭，我和陆彦回说下午约了朋友才得以离开。在路上，他对我说：“你别在意。”

“我不在意，不过，你那个大嫂，估计现在最恨的人就是我了。从前她就不待见我，这回这么一闹，恐怕背地里要戳我的脊梁骨了。”

“让她戳去。何桑，你是女超人，有金刚罩、铁布衫护体，怕这些小人干什么？”他这话把我逗得一直乐。

也许是因为要过年了，孩子们都放了寒假。

今天我一个同学的孩子满月，陆彦回没办法跟我一起去，因为他也有朋友家里办事，走不开。

其实他不是很放心，因为说到同学，我和许至也是同学，不知道今天许至会不会来。我知道他担心的无非就是许至，就劝他：“这人是我大学室友，关系虽然不算特别亲近，但毕竟大学四年同处一室，再说了，还有那么多人呢，许至能把我怎么样？如今我自己也很注意的，你放心。”

他这才松了口。

饭店在市中心，从家里开车过去，路上有些堵车，不太好走，耽误了一些时间，我到的时候已经临近开席了，被我那位女同学笑着数落了几句，说我不守时的老毛病几年都不变。

她安排我坐在同学席上，一桌子的人都是老同学，彼此见了面也都很高兴，大家很快就聊得火热。我没有看到许至，心里松了一口气，心想见了面也尴尬。

谁知道正说着话，就听到有人“咦”了一声：“怎么不见许至来？”

有人接口道：“来了啊，我刚才在外面看到他在打电话呢。他是班长，好意思不来吗？”

刚说完，就有人喊了一声：“许至，你来了？”

我身边一个不明事理的女同学竟然拿了包站起来，对许至说："不然你跟何桑坐一起吧，如果有什么话要讲，也方便。"

我面无表情地抬头看了他一眼，问道："你坐吗？"

"不了，我还有朋友在别的桌，就不陪大家了，以后有机会再聚，你们聊着。"

他又瞥了我一眼，临走前淡淡地说了一句："听说你怀孕了，恭喜啊。"

他这话一出，桌上的人都露出诧异的目光来看我的肚子："哟，何桑，你有孩子了？怎么不早说？真是恭喜呀！"

我笑起来："我和我老公结婚也有好长一阵子了，现在有孩子也不稀奇啊。"复又抬头对许至说，"谢谢。"

他似乎笑了一下，又似乎没有，我看不真切。

我这些同学，性格大多很活泼，所以一顿饭吃下来，热热闹闹的。快结束时，陆彦回打来电话："我喝多了，顾北不是东西，在桌上告诉他们我做爸爸了，这一桌子的禽兽就毫不客气地轮着灌我酒。"

"少喝点儿，别到时候回去一身的酒气，再熏着宝宝了。"

我刚挂电话，之前那个多事的女同学就凑过来说："何桑，看不出来啊，你性子慢吞吞的，竟然和老公感情这么好，真挺羡慕你的。"

"还好吧。"

她又小声说："我一直都想问你，那个时候，你和许至怎么就分手了？"

"没缘分，仅此而已。"

"我觉得他还喜欢你，真的。我刚才特意留意他，发现他坐在另一边的桌子上，却一直朝你这里看，可你只给人家个背影，始终不回头。"

"哎，咱不说这个了行不行？"我看其他人吃得也差不多了，有个男同学提议一起去唱歌，晚上再聚。我拿了自己的东西摆摆手说："真是对不住了，我家里还有些事，以后有机会再跟大家一起玩。"说完，头也不回地走了。

第十二章

真相

人生若是一场春秋大梦，

当大梦醒来时，

该拿什么来挽留？

看到黄庭真的是意外。

在停车场里看到穿着保安制服的他，在指挥客人泊车的时候，我真的以为是自己眼花了。

也许是察觉到有人在盯着自己，黄庭抬头向我这边看。当他和我四目相对时，我看到他明显在躲闪。我想到那天在殡仪馆，他跪在我哥的棺材前，哭得那么伤心，还说了一些我听不懂的话，更觉得他定是有什么事情瞒着我。这么想着，我就想拦住他问清楚。

看到我走近他，他转身就走。我心里更觉得不对劲儿，抬脚就追。可我已是有了身孕的人，哪能撒丫子跑？只能尽量快步地跟着他，一边走一边叫他："黄庭，你等一等，我有话要问你。"

他却一溜烟地进了宾馆，绕着走廊快步离开。也不知道躲进了哪个房间，我一眼望去，没有瞧见他的半点儿影子。

我心里十分失望，只好先回去。

生活中常有很多我们始料未及的瞬间，比如我未曾想过，当我跟着黄庭，想要从他口中知道一些我哥哥的事情时，却没想到，居然也有人在跟着我，从而才会有之后更多的事情发生。

是许至。

他看到我那么急切地追黄庭，就对黄庭这个人上了心。

后来，我厌恶地分析他那个时候的想法：也许就像一只苍蝇想要觅食，可他落在了一颗无缝的蛋上，有一天，这只鸡蛋有了一些微小的裂痕，他就费尽心力地将它剥开，直到毁了这颗蛋才算解恨。

回去后，我看到陆彦回在翻日历，他把一个崭新的台历放在桌上。我走过去一看，见是陆方地产的新年贺岁台历，上面印着这个庞大的地产王国。

“春节？快要过年了吗？”

“下个星期。好快啊，一年又一年的，像是做梦一样。”

我往他腿上一坐：“干吗突然这么伤感了？你是觉得自己老了吗？我却觉得自己永远年轻，一直是十八岁。”

他捏了下我的脸，把头放在我肚子上，对我说：“今年过年意义非凡啊，这是孩子跟我们一起过的第一个年，你说会是个男孩儿，还是女孩儿？”

“不知道。你希望呢？”

“你说。”他把决定权交给我。我想了想，说：“不然就女儿吧，女儿听话、乖巧，不过，如果是儿子也可以。”

他哈哈大笑：“不不，还是女儿好，女儿也可以学做生意，长大了可以给自己买漂亮衣服，找一个好男人。”

我们满心期待着这个孩子的成长，就像每一对平凡的夫妻等待自己的孩子一点点长大。

一转眼，就是过年。

其实，关于过年，对我和陆彦回来说，真的没什么不同寻常的地方，可我们要回大宅吃饭。可大宅里的女主人不是他的亲妈，不是我的婆婆，他跟他爸的关系又一般，怎么说都不能从团圆饭里得到所谓的节日热闹与欢乐。

虽然与平日没什么差别，不过，到底还是比寻常时候轻松了许多。

我靠在他的怀里，挑着眉毛问他：“陆彦回，你喜不喜欢我？”

“干吗？别在我面前腻歪。”他一边笑，一边把我的头往边上推。我不罢休，非要靠着他，真暖和。

他身上有我熟悉的味道，让我在这个温馨的节日里有一种难以形容的满足感。

不知道是不是因为有了孩子，我的心思开始变得感性，有时候会想很多事，想到我们一起走过的这一段不长不短的婚姻，经历的那么多事情，最后能够有一个这么温馨的现在，是值得感激的。

感激生活的恩赐，现实的美好让人心里开出花儿来。

我亲亲陆彦回的唇，对他说：“你以后不准对我凶了，这是我的新年愿望。”

“有时候是你逼我对你凶的。”他微微露出一点儿嫌弃，“你总是不长记性。”

说完，他无奈地笑了一下。我又问他：“哎，陆彦回，你也说说你的新年愿望吧，好像从来都没有听你说过想要怎样。”

“新年愿望？”他似乎认真地想了想，又低头看了我一眼，才慢慢说，“何桑，我就想，无论以后发生什么事，你都会在我身边，把日子这样过下去，还有孩子，我们三个好好过。”

第二天，醒来时已经接近中午十一点了。楼下的座机持续地响着，我推了一下陆彦回：“你下去接电话，我怕冷，懒得出被窝。”

过一会儿他上来，打着哈欠对我说：“走吧走吧，我爸催了。烦死了，觉都不让睡好。”

其实也就是去吃一顿饭，人还是那几个人，不过加了更多的菜。大宅贴了对联，进门时又放了鞭炮，多少有些节日的喜庆气氛。

吃了饭我们就说要走，他爸不太乐意：“每次都是来去匆匆，家里就这么让你不待见？陪我多坐一会儿能怎样？”

陆彦回帮我把包拎上：“何桑想看电影，我带她去电影院。”

然后，我就背着这个莫须有的罪名跟他出门了。

我们去逛了街。如你们所料，这个活动是我提出来的，女人总是购物狂，一是因为拿我当借口，二是我不想放过陆彦回。

他一定没尝过许多男人吃过的苦，那就是陪女人逛街。

果然，他微微皱了皱眉头：“你要是想，以后可以跟你的朋友去，跟我就算了吧，我头有点儿疼。”

“不要，我就要今天，你不陪我，我就说你欺负孕妇。”

怀孕的人都是皇后，有娇气的资本。他没办法拒绝我，只好老老实实地跟着我在商场里扫荡。我一点儿都不手软，再贵都有个金主在后面付账，不用担心钱的问题。

从商场出来，天已经黑了。我坐在副驾驶上挑唱片。他的车里大多都是男人的歌，我不喜欢听男人唱歌。虽然情到浓时也很催泪，但我更喜欢女人唱歌，因为更加细腻，仿佛一杯酒，从软软的腔调里品出一丝醉意来，品尝这爱情的酸甜苦辣。

我竟然发现一张刘若英的合集，不知道是哪里来的。陆彦回瞥了我一眼，对我说：“还记得李芸吗？去美国的那个，这个好像是她以前留下来的。”

我拿着另一个女人留下来的东西，仔细端详了一会儿，然后把碟取出来插进播放器里。陆彦回一边开车一边看我：“我以为你不会听呢，你该有的反应不应该是赌气地扔到一边去，换其他的歌吗？”

“我没那么幼稚。”我抿嘴笑，“胜负早就不战而分，她已经远赴他国，而我还是你老婆，这有什么好比较的。”

“如果我还惦记着她呢？”

“那你当时就不会不去送她了。”我调大声音，缓缓流出来的音乐声里，我对陆彦回说，“其实你挺狠心的，你让女人又爱又恨。像李芸那样的小姑娘，我要是男人，一定忍不住动心，可你从来不把她当一回事。”

他漫不经心地笑。

音响里放的是《为爱痴狂》：我从春天走来，你在秋天说要分开，说好不为你忧伤，但心情怎会无恙，为何总是这样，在我心中深藏着你，想要问你想不想，陪我到地老天荒……

我觉得刘若英的歌会让人产生一种强烈的共鸣，这个女人太真实了，她毫无伪装地呈现自己的感情，朴素而具有勇气。

“明明相爱，却不能在一起，我从前一直都觉得遗憾，后来结了婚，仿佛长大了很多，心境和思想都变得成熟起来。人生本来就是这样，遇见一个真心爱过的人，但那个人未必就是一生的伴侣。”

"为什么突然这么伤感了？"

"不知道。这些日子我一直都是多愁善感的。不过，陆彦回，我还是挺庆幸的，我嫁给了你，如今，心里喜欢的人也是你，一切都上了轨道，再也不会有别的什么事情来为难我们，你说是不是？"

他却在发呆，不知道在想什么。我们等红灯，前面的车已经发动，他还没有抬油门，后面的车忍不住按了鸣笛，他才回过神来，对我说："你说得对，不会有什么事情来为难我们，永远都不会有。"

这首歌放完，下一首歌也是我熟悉的，刘若英在慢慢地唱："我想我会一直孤单，这一辈子都这么孤单，我想我会一直孤单，就这样孤单一辈子……"

他猛地关掉了音乐。我不解："怎么了？听得好好的。"

"过年的时候不要听这么伤感的歌，我们换一首好不好？"

"可我喜欢。"

"我不喜欢。"

我没有换歌，一路沉默着，我望着陆彦回，明明还是老样子，可似乎多了一些淡淡的情绪，我看不透。

大年初三，下大雪。

陆彦回太忙了，本来过年是一年之中难得的休息时间，他都不得空。一大早我就听到闹钟的声音，他窸窸窣窣地起床穿衣服。我揉着眼睛问他："怎么这么早？"

"要出差。"

"去哪里？"

"上海。陆方要和上海的一家连锁酒店合作。"

我裹着被子坐起来："外面是不是下雪了？昨天天气预报说，今天会有大雪，你怎么过去？"

"开车过去，不坐飞机，赶时间，误机的话太急人了。"

我哼哼道："好辛苦啊，果然钱不是那么好挣的。我曾经一度以为你的钱是从天上掉下来的，因为你挥霍无度。"

"那是没有办法。"他摊开手，脸上看着无奈却含着隐隐笑意，"从前赚钱压力不大，毕竟只需要养老婆，还是养得起的。现在不一样了，多了一个孩子，奶粉那么贵，不多努力赚钱怎么好意思当人家爸爸？”

他跟我哭穷，我乐在其中。

陆彦回走的时候，围上了我送给他的那条自己织的围巾。我偷笑着，从未见过这样的他。

“我要去两三天，会尽快回来的。”

“这么久啊，我还以为当天就回来呢。”

“没办法，对方是全国连锁，要求和规格都很讲究，我们得往细了谈。”

他才刚出门，我就有些想他了，还特意跑到窗口往外看。老李开的车，那辆黑色奔驰在雪地里划出一个流畅的弧度，慢慢地淡出了我的视线。我有些腰酸，知道是因为宝宝的原因，便拍拍肚子说：“宝贝，你爹暂时抛弃你去外地了，老妈还在呢，带你去吃好吃的。”

这一天到中午，都是平安无事的。

我想午睡一会儿。

可是刚躺下没一会儿，手机就震动了一下，原来是提醒接收新邮件。我没在意，没看发件人就直接按了下载。文件很大，过了好一会儿才下载成功。打开后，我愣住了。

这是一段音频文件，我接收到的，分明是一段录音。

“我也不知道为什么没有警察找我，我以为自己一定会被抓进去的。诚哥替我担了所有的罪名，可是车库的录像明明已经有警察拿走了，录像上有我……”

我猛地一下子坐了起来——这是黄庭的声音。虽然不是很清楚，但我还是能够分辨得出来。这是什么意思？

录音断了将近一分钟，接着又传来一段声音：“他被放出来了，我觉得有愧，一直不敢找他，但真的替他高兴。我没想到后来他会遭遇那么多的事情，他的腿被龙三的人伤了，后来康复了，却又残了，最后竟然自杀了。这些事本来应该发生在我身上，可我不敢承认，是我害死了诚哥。”

大雪皑皑的寒冬，屋子里即使有暖气，却依然有些空空的冷。我穿着单薄的衣服坐在空旷的房间里，忽然冷汗淋淋。

这段录音至此戛然而止，我赶紧去查看发件人，却是从来没有备注过的陌生邮箱。他是谁？他知道什么？为何把一段尘封的往事挖开，让我知道？

我没有办法，回了封邮件过去："你是谁？"

很快，对方回复了："你猜猜看。"

这样的语气，莫非是他？

我忽然有些莫名的心慌，他意欲何为？

我按了一个号码，过了一会儿对方才接，传来一个男人的声音，竟然藏着隐隐笑意，他对我说："何桑，你果然猜到了。"

"许至，你要做什么？"

"我还以为，你第一句话会问我，我知道些什么呢。"

"黄庭对你说了什么？"

"我在恒隆边上的星巴克里，我等你，见面说。"说完，他就挂了电话。

我听着听筒里传来的嘟嘟声，忽然一阵直抵心底的寒意和不安涌上心头，去，还是不去？

我抱着腿坐在床上，又把那段录音仔细听了一遍。

我不再犹豫，下床穿好衣服，临下楼时，看了一眼镜子。因为怀孕，所以最近一直是素颜，明明是丰衣足食的日子，莫名地多了一些散不开的愁绪。

我在怕。

陈阿姨看到我穿好衣服拿着包，一副要外出的样子，走过来说："咦，太太怎么要出门？刚才不是说有些犯困，吃了饭想睡会儿的吗？"

"我有一件要紧事要办，晚点儿回来。"

路很不好走。

也许是因为下大雪，地上打滑，我不敢开得太快。车里开了暖气，可我依然觉得有些寒意，而窗外凝结的厚重雾气，始终挥散不去。

等我一身风雪地进了星巴克，看到许至从角落的一个沙发上站起来，对我挥手："何桑，这里。"

我坐下，他推给我一杯咖啡："给你点的，你最喜欢的。"

"不好意思。"我把咖啡推回去，"我现在不喝这些刺激性的东西了。"

他意味深长地“哦”了一声：“我忘了你怀孕了。你瞧，我总是忘记这些让人不愉快的事情。”

“我来不是听你说这些奇怪的话的，我想知道答案。”

“这话可是你说的，如果你知道了，可不要后悔。”

不知道为什么，他这么一说，我却忽然不想知道了。他一副扬扬得意的样子，好像抓住了我和陆彦回的什么把柄。如今，许至的为人我已经知晓，如果他这么高兴，一定是我和陆彦回有什么不好的事情。

见我沉默，他开口道：“其实你哥没有杀人，你大概死都想不到吧？”

“你这话是什么意思？”我瞪大了眼睛，不敢相信地看着他，“没有杀人？可龙三死的时候，只有我哥在场，他自己报的警。”

“不，其实在场的不止他一个，还有一个人，那就是黄庭。人也不是你哥杀的，黄庭什么都招了，龙三是他拿刀捅死的。”

“你这话是真的还是假的？”我大为震惊。如果真的是许至说的这样，那当初到底发生了什么？

“那段录音你不是已经听到了吗？我说的是不是真的，你可以去找黄庭当面问清楚。他现在应该不会再瞒着你了。我自有办法让他把真话吐出来。”

“人既然是黄庭杀的，关我哥什么事？坐牢的为什么会变成了我哥？”

“听黄庭的意思是，当时他老婆刚生下一个儿子，他才做爸爸没几天，上面还有一个得了皮肤癌的老妈，处境艰难。家里如果没了他这个主心骨，估计一家人也就完蛋了。而且他是因为龙三对你哥动手，气不过，才一时冲动拿了桌上的刀捅过去的，直到见了血，才反应过来自己做了什么，可那时龙三已经断气了。”

我声音颤抖地说：“你的意思是，我哥为了保护黄庭，一个人把所有罪名都担了下来？”

“差不多吧，听黄庭的意思，应该是这样没错。”

“可是，刚才那段录音里，黄庭提到警察拿走车库的录像，是什么意思？”

“这个问题你问得好极了。何桑，说到这里，就是这个故事的重点了。当时黄庭是跟你哥一起，开了一辆二手尼桑去龙三在的那家酒吧。那家酒吧有地下车库，他们把车停在了车库里。那里是有摄像头的。照理说，虽然后来你哥已经让黄庭先走了，但毕竟是谋杀事件，警察断案的时候不会那么武断，肯定要搜集各方面的证据，所以，那个车库的录像其实很重要，毕竟从那里就能看出来，明明是两个人一起下的车，为什么最后会变成一个人，那另一个人呢？”

“警察不会怀疑吗？他们没有拿走录像吗？”

“不，黄庭事后也想起了这个问题，还特意去了一趟车库的监控室。那里的人说，警察已经把录像取走了。他当时战战兢兢的，觉得自己终究是难逃一劫，可没想到，这件事很快就结案了，也没有一个人来找他问这件事，仿佛那个录像蒙上了一层布，里面什么都没有。”

“你想说什么？”我一时紧张，竟然伸手拿起桌上的咖啡喝了一口。他似笑非笑地看了我一眼。我赶紧放下杯子，不再碰它。

“你不妨猜一猜发生了什么事。”

我思忖了一下，说：“那应该就是我哥对警察说了一个周全的理由，把这个录像蒙混过去了，没有别的可能了。”

“真的是这样吗？何桑，你应该知道，陆彦回有一个很好的朋友，叫顾北。这个人，我想想啊，他是顾家二公子，年纪轻轻就在公安局担任要职，最近都要升副局长了。那个时候，他要是想帮陆彦回什么忙，是不是易如反掌啊？”

我冷哼了一声：“你不要胡说八道！我知道你痛恨陆彦回，看到我们现在关系好，你羡慕嫉妒恨，所以想着招来拆散我们。这次还不是一样？又想说一些没根据的话来挑拨我们的关系，你以为我会相信你吗？”

“其实你已经信了。你那个丈夫，你应该比我更加了解他。陆彦回想达到什么目的，还不是费尽心机和手段去实现？那个时候他想要你，正好你哥出了这么一个事情，如果后来被证明人不是你哥杀的，那他的目的就没办法达成了，自然要把一个到手的证据给毁了。想来那个时候他一直在关注你哥的案子，一有动静就会在第一时间得到消息。如果他知道了这个录像的存在，然后让顾北第一时间给毁了也不是不可能啊。”

我抬手就把咖啡泼到了他的脸上。他的脸滴着棕色的液体，变得狰狞。我咬着牙说：“疯子！竟然编出这样荒谬的话来诽谤陆彦回！你现在是被嫉妒迷了心窍。他是什么样的人，我比你清楚多了，陆彦回绝对不会做出这种事来，只有你这种小人，才会不停地想要抹黑他。”

许至大概是被激怒了，反而笑着说：“我是小人？你老公也不见得就是君子！我要是没证据，又怎么会把你叫出来告诉你？何桑，人不能太过自信！”

“我不信你的话！”我拿了包就要走。他在我后面说：“你可以自己去问问他做了什么，你看他敢不敢回答你。”

大年初三，下着大雪，我一个人走在繁华的恒隆广场，看着来来往往的人脸上都是那种幸福满足的笑容，忽然有些怔住了。我撑着一把黑色的大伞，站在已经停止喷水的喷泉边，忽然有一种心跳凝结的错觉。

我想给陆彦回打电话，可翻遍了包才知道，出来得太匆忙，竟然没带手机。不远处有个投币电话亭，我找到了一块钱，给陆彦回打电话。他的声音从话筒里传了过来，还是一如既往地拒人于千里之外的冷漠。我喊了一声“陆彦回”，他的声音才一下子柔和起来。

他说：“何桑，是你吗？怎么会用这个号码打给我？从来没见过的号码啊。”

“我在外面，忘带手机了，有事情想问你，所以打给你。”

“你在外面？一个人吗？A市下了那么大的雪，你干吗要乱跑？赶紧给我回去，小心感冒了。”

他那边说着，我忽然泪如雨下，靠着电话亭的门，捂着嘴巴一直流眼泪，可又不敢发出一丁点儿声音，怕他听到。

“你想问我什么呀？是不是关心我到没到上海？快了，还有半小时差不多就到了。我们运气不坏，只有A市下雪，出了A市就是大晴天，路也好走，你放心。”

我“嗯”了一声，一直想问的话却如一根硕大的刺，卡在嗓子里，怎么都没法说出来。最后，我还是决定先不问，临挂断之前，我说：“那就先这样吧，祝你生意谈得顺利，圆满归来。”

我挂了电话，在这个狭小的电话亭里待了很久才出去，慢慢地走进车里，却没有直接回家，而是开到了A市的公安局。

我把车停好，走进大楼，一个值班警察问我：“干什么的？”

“这位同志，能不能帮我打个电话给顾北，我找他有要紧的事。”

他有些诧异地看着我，说：“你找顾头儿？他不在啊，今天休假，肯定不会来的，你还是改天他在的时候再来吧。”

我态度坚决：“你打给他，我来和他说话，他一定会来的。我忘了带手机，不然就不麻烦你了。”

听了我这话，他大概觉得我是重要的人，也不敢再怠慢，就依言打了电话给顾北，然后就像扔烫手山芋一样把电话扔给我：“你自己跟顾头儿说吧。”

顾北显然没想到会是我，所以一开口就显得不耐烦：“干吗啊？睡觉呢你就打过来？有什么事情吗？”

我愣了一下，清清嗓子说：“顾北，是我，我是何桑。”

“二嫂？！你怎么会用我同事的电话打过来？”

“是这样，我在你们单位，我找你有事，不知道方不方便来一趟，我有很重要的事问你。”

他没有犹豫：“哦，没问题，我现在就过去。你先在局里坐一会儿，我很快就来。”

我把手机还给那人，他问我：“顾头儿怎么个意思？”

“他说一会儿就来，让我等一下。”

估计这警察以为我来头儿不小，就请我坐在沙发上，又给我倒了一杯热水。我连声道谢。热气腾腾的白开水并没有让我感到一丝温暖。

顾北来得挺快，一进来看到我坐在这里，连声表示诧异：“哎，嫂子，你怎么找到这里来了？回家后给我打个电话，我去找你不就成了？你说你都怀孕了还乱跑，要是让二哥知道，还不抽我啊？”

“麻烦你特意过来一趟了。”

“别这么说，有什么事，去我办公室聊吧。”

有些话需要关上门说。顾北请我坐下，还要给我倒茶，我摆摆手：“不用了，我不想喝了。”

“那，二嫂，你说吧，找我有什么事？”

“顾北，当初我哥的事，你知道吗？”我开门见山。

问完这句话，我就一直盯着他的眼睛看，想从中看出一些端倪来。他果然愣了一下，反问我：“二嫂说的是你哥去世的事吗？我听二哥说了，感到很难过。不过，人死不能复生，所以还请二嫂看开一些。”

“不是这个，是当初他坐牢的事。不知道他被判杀人时，你了解那个案子吗？”

他伸手碰了碰手边的茶杯，却没拿起来喝，而是若有所思地看了我一眼，说：“二嫂，怎么突然问起很久之前的事了？”

“龙三这个人，不是我哥杀的。”

“啊？这话什么意思？还有别人吗？”他微微地皱了皱眉，又问我，“二嫂，你是不是听到了什么闲话？不过，你要知道，我们办案不是没有依据的，我知道你看到哥哥去世了，想要为他做点儿什么事，不过，这样的事，既然都已下了定论，就别再多纠缠了。”

“当时跟我哥一起去找龙三的，还有一个人，那个人亲口承认，人是他捅死的。”

“是吗？还有一个人？是谁？”

我沉默了几秒，才慢慢开口：“那个人是谁，你真的不知道吗？”

“我怎么会知道，二嫂真会开玩笑。”他一边说一边喝了一口水。我看着他说：“其实，当时有录像可以证明我哥不是一个人去的，不过，后来录像被警察拿走了。原本那人以为，他的身份会就此败露，可后来证明不是这样，没人来找他的麻烦。录像就像人间蒸发了一样，再也没有人见过。”

他继续低头喝水，没有因为这话看我。

我又叫了他一声：“顾北，我希望你能告诉我实话，我没别的意思，也不想再劳师动众地为我哥平反，毕竟他已经去世了，没必要再让另一个人受到法律的制裁。可我这人就是有个不太好的毛病，喜欢较真，我想弄明白这中间到底哪里出了问题，得让我心里有个数。”

顾北终于把杯子放了下来，看着我说：“二嫂，我真的不明白你在说什么，我觉得你刚才说的事是不成立的。如果那录像真的很重要的话，就不会不拿出来了，所以一定是不能证明什么。当然了，按照你的意思，你哥哥不是杀人犯的话，他也一定是下了决心把所有罪名都给兜了，我们尽快结案也是正常的。再说了，都过去那么久了，你又何必把不开心的事再拿出来说呢？我希望你放宽心，不要再纠缠了，好好过自己的日子就好。”

我点点头，最后问了他一句话："其实，我说了这么多，说白了也就是想问你一个问题，那件事，和陆彦回有没有关系？"

他往后面一靠，一摊手："关二哥什么事？他当时为了救你哥，可是费了不小的力气，托了不少关系。你要知道，光凭我一个人的力量是做不到的。"

我站了起来，对他说："好，我知道了。没别的事了，今天麻烦你跑一趟，既然这件事无关紧要，我想就没必要让陆彦回知道了。我先走了。"

"我送送你。"他也跟着站了起来。

"不用，我自己开车来的，你赶紧回去吧。"

回去时，我在想：这就好了，顾北都说了，怎么会跟陆彦回有关呢？我就知道是许至在骗我，许至现在最喜欢骗人了。可为何我一边这么想着，一边眼里慢慢地蒙了一层水汽？一定是昨天睡得太晚了，一定是这样的。

回去后，陈阿姨看到我说："太太总算回来了。刚才陆先生打了好几个电话，就问您回没回家。您没带手机吧？"

"不用担心。"

"话可不能这么说。您如今怀孕了，这个时候是胎儿最不稳定的时候，一点儿都不能懈怠。您出门一趟也累了，我去做点好吃的吧。"

我摇摇手："不了阿姨，我不饿，我只是累了，想去休息了。"

躺在床上，我闭上眼睛，却一直没办法睡着。许至的话就像诅咒一样，反复地在我脑子里轮放。我揉揉太阳穴，想舒缓一下紧张的情绪，却怎么也做不到。

最后，我插上耳机，听歌，想让自己在音乐里放松下来。

再睁开眼睛的时候，我看到了一个不该在这个时候出现的人——陆彦回。我看了一眼时间，明明是凌晨四点多，他怎么会回来？他是连夜赶回来的，为什么？

越往下想我就越难过，他为什么要回来？这么急是为什么？我宁愿这个时候他什么都不知道，还在上海，还在心无旁骛地做自己的事情，不要受到任何的干扰。真的，那就说明什么事都没有。

可是他回来了。我知道顾北一定会告诉他的，顾北不会瞒着陆彦回任何事情。

我摘下耳机，从黑暗里坐起来。他就在床边呆呆地站着。屋子里很黑，我们谁都没有说话。

他是从风雪里赶回来的，身上仿佛还留着寒气，有着逼人的冷。我不敢碰他。台灯的开关明明就在手边，我却没勇气开灯，我怕这个时候看到陆彦回的表情。

人生若是一场春秋大梦，当大梦醒时，该拿什么来挽留？

最后还是我先开的口，声音还特别轻快，真的，我对陆彦回说：“哎，老公，你怎么这个时候回来了？我是不是在做梦啊。”

“何桑。”

“你的生意已经谈好了吗？成功了对吧？”

他伸手摸了摸我的脸，问我：“你为什么哭了？”

“才没有！哎，你不知道，你不在家时，我经常做噩梦，刚才就是，我做了一个特别可怕的梦，我是被吓到了。”

我别开脸，错开了他的手。

“你下午去找顾北了？”

他在床边坐下来。我轻笑了一下：“他怎么这么藏不住话，什么都告诉你。我就是去找他聊聊天。你知道，我一个人在家里有些无聊，所以路过公安局时就去找他聊聊。”

“何桑，我……”

我打断他：“你连夜从上海赶回来，身上一定很冷吧，我去给你放洗澡水。你也累了，洗了澡赶紧睡吧。”

我下床把灯打开，淡淡的橘色光线照着陆彦回的脸，他很疲惫，心事重重的样子。我越过他，要去洗手间给他放洗澡水，我不想看到这样的他。

陆彦回开口叫住我：“何桑，你今天是不是跟顾北问起你哥的事了？”

“是啊。”我转过身来，脸上还是强颜笑着，“不过，我都弄清楚了，顾北已经很明确地告诉我了，都是误会，是我自己瞎想……”

“对不起。”他说。

我往后退了一步，小腹隐隐作痛，我下意识地摸了一下肚子。

“对不起。”他又说了一遍，却始终没抬头看我一眼。

我装傻：“干吗啊陆彦回？好端端的干吗要跟我说对不起？你真奇怪，路上太累了，你脑子也不好使了是不是？好了，我去给你放洗澡水，你好好休息一下。”

“何桑，对不起，真的对不起。”

我定在原地看着他，好像还笑了一下：“陆彦回，你能不能不要一回来就吓唬人？你以为我是三岁小孩儿呢，难道会被你给骗到吗？我告诉你，我不信，我死都不信。你快别这样，一点儿都不好玩儿。”

可是，这个人就是不给我自欺欺人的机会。

他说：“我也不知道自己当时怎么就……就鬼迷心窍地做出了那样的事，但我真的只是想把你留在身边。我看到你要嫁给许至了，我知道不能再耽搁了，否则你就永远都是别人的了。我嫉妒，真的，我嫉妒得快要发疯了！就在那个时候，我知道你哥出事了。”

我颓然地闭上眼睛，再睁开时，我定定地看着他。

“所以呢？陆彦回，所以呢？那卷录像带是不是你让顾北给销毁的？”

他张了张嘴，却没有发出声音。我的泪根本忍不住，一个劲儿地往下掉，我走过去推他：“说话啊！你说话啊！你告诉我不是你，你只要说不是你干的，我就相信你。你倒是跟我说啊！”

“对不起。”

他说了这个晚上的第五个对不起，我一下子哭出声来，伸手就往他身上打：“陆彦回，你浑蛋你！你这个疯子，你连畜生都不如！你怎么能这样？！你怎么能这样对我哥？！怎么能这样对我？！啊？”

他伸手要搂住我，我一下子推开了他：“别碰我！你不要碰我。”

他的手僵在空中，然后慢慢地放了下来。我靠着墙蹲了下来：“你知不知道，因为你这样做，我哥没有摆脱罪名。虽然他想帮人顶罪，可那不是该他承受的。应该受到法律制裁的是黄庭！我哥后来经历了什么，你看不到吗？他活得就像一个废人！”

“何桑，当时我没想到会是这样的结果。你相信我。我只是抱着一定会把他救出来的想法。你来求我帮忙，我就有理由让你嫁给我了。我真的不是故意的，你相信我，我真的不是故意的……”他在我面前蹲下来。我不看他的脸，只知道眼前这个男人害死了我哥，还做出一副救世主的样子，好像我们兄妹欠了他很大的人情似的。

这个男人怎么可以这样道貌岸然？

他抓住我的手，我挣脱开，他又死死地抓着，不肯松开。我说：“放手。”

“我不放。”

“我叫你放手！”

“我不。你打我骂我拿刀捅我都行，求求你了何桑，别这样对我，求求你了。”

我的手臂上有温热的眼泪落下来。

可是我不能心疼他，他是陆彦回，是逼死我哥的根源，如果不是他……为什么会是他？

我狠狠地甩开他的手：“我不会原谅你的。我恨你，讨厌你，我看到你这张脸就恶心。陆彦回，你真恶心！”

“你要我怎么做，你说，我怎么做你才能原谅我？你说，要我怎样都可以，只要你不再恨我。”

“我们离婚吧。我不会原谅你的。你是一个手上沾满血的刽子手，你就是一个魔鬼！”

“不可能！我不会跟你离婚的。”他站起来，居高临下地看着我，“我不离婚，你让我做什么都可以，但就是不离婚，死都不同意。我们都有孩子了，何桑，你不能这么残忍，你要孩子怎么办？肚子里的宝宝怎么办？”

我抚着肚子想要站起来，对他说：“孩子我带走，从此以后与你再无关系。”

“你休想。”他用力拉着我的胳膊，“何桑，你休想，这孩子是我们两个人的，你要带走他，我怎么都不会答应。”

我推开他，去收拾自己的东西。他拦着我，不让我动。我们就像两只相互挑衅的兽，对立地站着，谁都不肯让步。

“别走好不好？何桑，我这辈子都没跟谁低过头，可今天我求你了，我跪下来求你都可以，别走，别离开我。”

“陆彦回，不是我要离开你，是你造成的。我一直都知道自己运气不大好，我妈死得早，后来哥哥也死了，这样的人生简直让我万念俱灰。可是在我最难过的时候，唯一庆幸的事情就是，你还在我身边，一直陪着我，让我可以喘一口气。你几乎是我依仗的唯一运气你知不知道？可是你毁了它，是你毁了我的运气。”

“我错了，对不起，桑桑，真的，我真的错了。”他抱着我。我知道他哭了，我知道他也许真的是爱我的，可我不能接受这样狭隘和偏激的爱情，它踩着人命而存在，我要不起。

我想到我哥了。

想到他那个时候一定很绝望，因为残废，他失去了爱情，失去了活下去的勇气和信念，想到他拿刀插进自己心脏的那个瞬间，他对这个冷漠无情的人世再无眷念，那个时候，他一定很孤独，仿佛全世界只有他自己。可是，他所有痛苦的根源，都来自我的枕边人，我最爱的人，我的丈夫，他是我的丈夫。

陆彦回！陆彦回！

我猛地推开了他，自己也惯性地往后面的衣柜上一撞，瞬间，我清晰地感觉到了身体的变化，似乎有温热的液体自我的下体不受控制地开始流淌。我愣在了原地，脑中一片空白。

他看到我这样子，神情忐忑："何桑，你怎么了？"

我快步走向洗手间，连门都没关就急切地检查自己的身体。果然，我看到裤子已经红了一片，有凝固的血块儿从我的身体里滑了出来。

其实不痛，真的，我没有任何不适的感觉，可我明白发生了什么。瞬间，有一种刀绞般的痛苦凌迟着我的心，我觉得自己的心和身体一样在滴血。我实在忍不住，直接痛哭失声，毫无余地。

陆彦回紧跟着我来到卫生间，他也看到了我身上流下来的血，像我一样捂着嘴巴，然后，他慢慢地从门上滑了下去，跌坐在地。

我感到一阵目眩，世界天旋地转一般，思绪游离，头脑变得非常沉重，让人难以承受。我猛地栽倒在地上。他的声音自我的头顶响起，焦急而惊恐，可是，我没办法睁开眼睛。

那之后，我再无意识……

"你说他是个男孩儿还是女孩儿？"

"不知道。你希望呢？"

"你说。"

这世上再无他或者她了。

爱是我对你最大的隐瞒

祸心／下卷

第一章

老板和秘书

屋子里的光线有些暗淡，
他的身体就在光线里呈现出模糊的轮廓来，
像是另一个世界里的人。

“何桑，把这份文件送到策划部，让杜经理签完字再送上来，回来之后通知开会。”

“好的。”我一边接过高奇峰手里的文件，一边给秘书办打电话。

这栋位于市中心的高层写字楼，从外面往上看，巨大的墨绿色玻璃泛着潋滟光泽，楼里是忙碌的上班族，我是忙碌的人之一。

我是何桑，每天早上八点半准时到盛圆广告公司上班，交通工具是一辆二手的蓝色雪佛兰。我习惯七点起床，出门跑步半小时，再回来给自己做一顿尚且丰富的早餐，然后开车去公司。

如今又是炎炎盛夏，我已经离开了那个长满了爬山虎的音乐学校，那里现在早已搬空了。政府要把药厂的老房子收回，改成一个公立的老年活动中心。

走的时候，朋友看着我，目光有怜悯：“何桑，你说你干吗呢，非要跟自己过不去，何必呢？”

虽然这么说，她还是把我介绍给高奇峰做秘书。

高奇峰是我朋友的表哥，很有些手段，盛圆公司是他大学毕业后创办的，发展到现在，成了一家颇具规模的广告公司。这些日子，高奇峰一直在为不久后的上市做准备。

而总经理秘书这个职位，本来凭我的资历肯定是得不到的，但托了人情的福，他给我一个月的试用期。幸好这一个月里，我做得还算让他满意，之后就一直留了下来。

高奇峰在香港读的大学，大学期间也一直在港企实习，所以回到大陆创业之后，身上免不了沾一些港人的习性。如工作时就像拼命三郎，而我作为他的秘书，加班加点是再寻常不过的事，有时候很晚回去，见到沙发就倒在上面起不来，恨不得就这样一闭眼睡到第二天直接去上班。

我离开陆彦回已经半年了。

从那个记忆里飘着大雪的冬天，跳跃到这个艳阳灼热的盛夏，刚开始的日子就像屋檐下的水，慢吞吞地滴下来，让人觉得每一天都是煎熬。有时候我会半夜醒来，就再也睡不着。这样的时候，我会点一支烟，抽完，心里的愁绪才会散开一些，好像也不那么难受了。

其实，我们还没离婚。

我醒来，孩子没了，病房里空无一人。我按铃，有护士小跑着进来，对我说："您总算醒了，有觉得身体哪里不舒服吗？"

我摸摸肚子："孩子呢？"

护士看着我，过了好一会儿才慢慢说道："您和陆先生都还年轻，以后还有机会。"

即使我已经知道，在被送到医院之前，有些事已经无法避免了，可是，当护士对我说出这样的话时，我还是没忍住，把脸埋进被子里，很快，被子就潮湿一片。

陆彦回一直没来，只有陈阿姨每天来医院照顾我。

陆彦回是在我出院时才出现的。我不肯待在医院里，让老李去办出院手续。护士给我打了最后一个吊瓶，说等输完液就可以出院了。

我躺在床上，发呆。那段时间我做得最多的事就是发呆，看着手机发呆，看着窗外败落的风景发呆，看着床头柜上的灯发呆。我不愿意闭眼睡觉，一闭眼就会有很多事跳跃出来。我哥的弹弓、他最后躺在太平间里的样子、我尚未出世的孩子，很多很多事情，仿佛一根根藤蔓，紧紧地缠着我，勒紧我的脖子，让我残喘难活。

这个时候，有人进来，没有敲门，也没有叫我，而是在旁边的椅子上坐了下来。我抬眼看了他一眼，好些天没有看到的大忙人陆彦回，终于屈尊降贵地来瞧我这个可怜人了。

他还是老样子，那么好看的一张脸，干干净净。落魄狼狈被人看笑话的似乎只有我一人。我心里觉得讽刺和好笑，竟然真的笑了一下。

陆彦回看着我说："听说你一定要出院。"

"是，我要出院。"

"何桑，你别这样，这样跟我讲话有什么意思，难过的不是只有你一人，我也遭到了报应，我的痛苦一点儿都不比你少。"

"不要再说了。"我顿了顿，对他说，"什么时候去一趟民政局吧，我什么都不要，我只要离婚。"

"不可能。"他站起来，靠近我，说，"你就这么恨我？"

我看着他："我没法跟你继续生活下去，连唯一可以维系我们的孩子现在都没了，你看，老天都在让我们分开，我们就是这个命，还有什么可说的？"

"什么狗屁命！何桑，你休想，我不同意。"

这些天我沉默着，积压在内心的怒火此时被他点燃，如同一个火龙，在我的身体里不受控制地怒吼叫嚣。我冲着他大喊："你有什么不同意的？！你凭什么不同意？我又不欠你的，我根本不想看到你这张脸！滚！给我滚！"

我情绪激动，手上的针头因为用力拉扯，从肉里面掉了出来，血珠不停地往外冒。陆彦回按着我的手："你冷静一点儿，何桑，我们为什么不能好好地说话？"

"我跟你没什么好说的，我只想离婚。"

他放开我的手，一句话也没有再多说，然后走了出去。过了一会儿，护士进来了，看到我的手惊了："怎么好好的就成这样了？那还要不要继续输液了？"

我摆摆手："不用了，我想走了。"

她拿棉签帮我止血，老李从外面匆匆赶来帮我收拾东西。

我裹着一件臃肿的羽绒大衣，站在车外面，等待老李发动车子的时候，我从车窗上看到一个披头散发、像鬼一样瘦削苍白的女人——这是如今的我。

我和陆彦回之间，就像是一场冷战，他睡客房，我睡在原来的房间，见了面也不说话。其实，见面的机会微乎其微，我几乎不下床，只在那个房间里活动。我不吃饭，我看到自己慢慢瘦了下去。没关系，大不了拿命跟他耗着，这千疮百孔的生活，再无可能和他一起过下去了。

直到陆彦回来房间找我，那个时候，我几乎已经没力气了。我不走路都头晕腿颤，走路时更是脚软，几乎是一步一踉跄。他扶着我，另一只手里拿着个托盘，对我说："你小心。"

我想推开他，却没有力气。他说："行啊何桑，你行啊，你赢了，我斗不过你，你这是跟我比谁的心肠狠呢！我同意离婚了，不过，有个条件，分居两年后我们再离婚，而不是现在，这是我做出的最大让步了。"

我听了他这话才放手，往床上一坐。他接着说："你把这盘子里的东西都吃了，吃完我就搬走，你一个人住在这里。"

"我搬走，我不住这里，我什么都不要，你肯离婚就行。"

"呵，行啊，随你，通通都随你，你想怎样就怎样。"

我拿起筷子开始吃饭，眼泪却止不住。人真是奇怪，那么久不喝水，居然还能掉眼泪。

我没有抬头，眼泪混着米饭，咸咸的，我照样一口一口吃完。

陆彦回的声音自头顶响起："你想住到哪里？我替你安排。"

"不用。"我抬手擦眼泪，"我什么都不要，你的东西我都不要。我离开你，一样可以过得好，比跟你在一起还要好。"

后来，我回忆起那个场景，很多细节历历在目，仿佛就发生在昨天。

在那之后的第二天，我收拾了自己的东西，其实也就几件衣服。他立在窗边，看着我的动作。等我拿着箱子要走的时候，他忽然开口说："何桑，你知道吗？看到我们现在这个样子，我想到了一句话——往事不要再提，人生几多风雨。你不原谅我没关系，但那些不开心的事，还是忘了吧。"

"你放心，我一定第一个忘了你。"

拖着箱子下楼的时候，他没有送我。

老李要送我，我没有拒绝，别墅区很难打到车，总不能因为较劲一直等下去。

我的东西不多，就放在后备箱。

人是感情的动物，时间长了要分开，舍不得，可是不分开，又觉得自己罪孽深重。

我觉得自己没法过心里的那一道关卡。

车开不进去，只能在我家老房子外面的路边停下来。老李要帮我把东西拿上楼，我拒绝了。

又回到了曾经住了许多年的地方，我忽然一阵心酸。再回来，一身落魄。

我不准备在这里久留，因为这里承载了太多沉重的东西，我已无力面对。于是，我托认识的人相互转告，看谁想要买这里的房子，我想把它卖掉，以后就租房子住，也很省事。

不知道是不是人倒霉的时间久了，就会来一点儿好运气。我家这个老房子似乎要拆迁了，很多人等着拆迁赚一笔政府的钱，所以有人联系我，出价竟然还不低。

我一直住在别墅里，从来不关心房价，如今转手才知道，A市的房价已经这么高了。

买方是一对中年夫妻，做事很利落，知道我急着卖房，也没怎么刁难我，一次性结清了房款，让我手里一下子有了一笔可观的钱。

在这之后，我做得很刻意，刻意让自己忙碌，刻意让自己坚强，仿佛是在用这样的方式告诉自己：陆彦回并不能左右我的生活，离开了他，我何桑也一样过得下去。

谁离开谁还过不下去了？

像往常一样，我去盛圆上班。高奇峰已经进入工作模式，他手边等着签字的文件堆到一尺高。今天注定又是忙碌的一天。

我给他泡了一杯咖啡送进去，他抬头对我说了一句“谢谢”，突然想起什么，又继续说：“哦，对了，何桑，今天还有一件重要的事得麻烦你，晚餐时帮我在德贸国际的顶楼餐厅订一张桌子，让服务生布置得浪漫一些，我要求婚。”

这个任务可吓了我一跳。高奇峰要求婚？这对于我这个当秘书的可是压力山大，万一布置得不好，怠慢了未来的老板娘，那可就真的是罪过了。

我本来想打电话过去安排一下，可又觉得这样的事情电话里说不清楚，索性特意去了一趟德贸国际，跟餐厅的经理商榷了很久，才算是敲定了方案。

回到公司以后，高奇峰见我如此高度重视，反而来笑话我："何桑，你做事就是太仔细，什么事都一定要做一百分才满意，真是难为你了。"

他说完，我也觉得自己的操心有些多余。对于他这样的高富帅来说，简直就是女人的梦想，不知道是哪个幸运的女人能有这样的福气嫁给他。

事实证明，对自己的老板抱有太大的希望而没有达成时，还是会很失落的。

我接到他的电话时正在背单词，想把之前遗忘的东西一点点拾起来。盛圆如今接轨国际，接待的外国客人也很多，我越来越有些力不从心。下班的时间是自己的，我决定好好利用，来有所弥补。其实，我就是为了不让自己空闲下来，越忙越好，这样就没时间让自己胡思乱想。

高奇峰的声音听起来很挫败，想来这个结果也是他自己想不到的，毕竟作为一个精英人物，和一个习惯了失败的人不一样，后者如果求婚失败，会把它当作是生活里新的失败案例，可高奇峰这样的精英，恐怕已经忘了所谓的拒绝是什么感受了。

他好像喝多了，说话断断续续的："我到今天才知道，我这个女朋友已经跟别的男人在一起三个月了，竟然一直瞒着我，她厉害，真是厉害！"

我只好问道："怎么会这样呢？你们感情不好吗？"

"我和她在一起两年多，她经常抱怨我太忙，没时间陪她，如今看来是我的错。她积怨已久，蓄势待发，终于在我求婚这一天把所有的心里话告诉了我，这真叫人伤心。"

他是真的伤心了，第二天竟然没来上班。我把需要他签字的文件依次放在他的桌上，却迟迟不见他来。

高奇峰没来上班，最关心的自然是公司里的一众八卦女人。她们不知道从哪里得到的风声，趁中午吃饭时凑到我身边问："哎呀何桑，高总是不是求婚失败了？"

作为一个称职的秘书，我对此绝口不提。她们见我嘴巴紧便不再多问，只是闷闷地吃着饭菜。

下班时，我接到高奇峰的司机陈康的电话。陈康很少给我打电话的，在我印象里，他是那种沉默寡言的中年汉子，也很少紧张慌乱，此时打给我，声音里却有一些急切："何秘书，能不能麻烦你件事，高总病了，让我买药送过去，可我一时走不开，你看……"

我赶紧说"没问题"，一问才知道发烧了，就去药店买了退烧药。当了他这么久的秘书，还从来没去过高奇峰的家里，这是我第一次去。

他一个人住，在万达广场的高层公寓里。我坐电梯一路上去，二十楼的高度让我有些发晕。按门铃，很快有人开门，对方一见到是我，显然没想到，愣了一下才开口："何桑，怎么是你？"

我一来就后悔了，应该提前打个电话的。他身上穿着睡衣，一副居家男人的样子。我有点儿拘谨。这么看到老板，多少有些说不过去。我想着把药直接给他就走："高总，您的药。陈康妈妈身体不好，他一时走不开，就打给我了。"

谁知道他并没有接过袋子，而是一边往里走，一边对我说："进来吧。"

我只好进了屋子。这里果然是一个单身男人的房子，设计和格调都偏冷，烟火气息甚少。他顺手给我倒了一杯茶。这可真让我受宠若惊。

他从我手里接过袋子，也给自己倒了一杯水，开始吃药，吃完了对我说："今天多谢你，特意跑一趟。"

"应该的。您好些了吗？"

"好多了。今天整理文件的时候有什么重要的内容没有？"

我只好绞尽脑汁地把自己看过的内容边想边说给他听，他还拿纸和笔记录下来，很认真。

不过，这中途发生了一件蹊跷事，那就是我的手机一直响。可是我接了又没人讲话，等我挂了，没过一会儿又响起来。

这样多少有点儿尴尬，毕竟是在上司面前。再响起来时，我索性直接挂了不去管它。

高奇峰看我把手机放到一边，问我："是家里人担心吧？"

他并不知道我的情况，毕竟我的资料上填写的还是已婚。他以前问过我，如果加班家里那位会不会在意。当时我用"他"在外地工作给搪塞了过去。我摆摆手："不知道是谁，反复打来又不说话。没关系，不用在意。"

高奇峰是一个公私分明的人，私下里待人很和气，但一旦涉及工作，又会要求严格，所以聊的时间有点儿久。

看时间不早了，我站起来道："高总，既然您身体不适，我就先走了，记得吃药。"

临走时拿起手机我才发现，刚刚明明按了拒接的，不知怎么按成了接通。那刚才我和高奇峰的对话，是不是都落入了对方的耳朵？他为何不挂电话？

我不敢和高奇峰说这件事，只好默默地摁了挂断。一出门，我一边下楼一边给那人打过去，过了好久都没人接。

我又仔细想了想，刚才并没有和高奇峰说到什么重要问题，应该没有大碍。

回去后我觉得有些疲惫，连背单词的心思都没有了，洗了澡就想睡觉。原本以为会一觉到天亮，结果脑子里又浮现出一些东西。我爬起来，又翻出手机里的那个号码，拨了过去。这个时候已经是凌晨一点多，我在想对方会不会意识不清就接通了。这样我就知道了他是谁。

谁知道对方直接挂了，我正有些失落时，屏幕一闪，一条短信过来："这么晚了还不睡？"

我心猛一跳，这样的语气，似乎和我很熟悉，会是谁？

我回复："请问你是？"

"不早了，早点儿休息吧，你明天还要上班呢。"

"你认识我吗？"

没有人回答。

我忽然就想，会不会是……陆彦回？

想到这个名字，我彻底没法睡觉了。如果真的是他，到底为什么又联系我？

这半年里，他确实遵守我们的约定，从未出现过，而且更像是一种刻意回避，有时候甚至让我有一种错觉，仿佛我从来都是一个人过，没有过丈夫，往事如黄粱一梦，醒来后孑然一身。

起初我以为很难熬，可换了工作后又觉得过得挺快。

挺好的。

第二天去上班，高奇峰又恢复了拼命三郎的姿态。以前他经常是全公司来得最早的，对待工作的态度很多时候让我瞠目。

我照例送了一杯咖啡进去。他喝了一口，又叫住即将出门的我："对了何桑，办公室里有没有绿茶？"

我愣了一下："高总要喝绿茶吗？我一直以为您只喝咖啡的，所以没有准备。"

"没关系，不是我喜欢，今天下午有一位重要的客人来谈生意，他在电话里跟我说，希望到时候秘书能准备好绿茶，这样他谈生意的时候心情会好一些。"

我一边应声"我这就去买"，一边在心里犯嘀咕：不知道是什么样的客人这么挑剔，一般高奇峰有客人来，我都是送咖啡，从没有人在意这些东西，今天这样特意打电话来说，倒是少有。

不过，高奇峰说是重要的客人，我哪里敢怠慢，特意去了一家茶叶店，买了茶叶回去。

下午，所谓的客人来了。我之所以说"所谓的客人"，是因为这个人不是别人，正是陆彦回。

他后面还跟着陆方地产的一个经理，那个经理我认识。我几乎是瞪大着眼睛看着他们上来。高奇峰的门随之打开，他一出来就跟陆彦回握手："陆总来了，快请进。"

那个时候我已经愣住了。我从来没有想过，会在自己工作的地方见到这个人。上次跟他见面是什么时候？在别墅里，我拉着行李箱往楼下走，要出房门时，到底还是没忍住，往后看了一眼。当时陆彦回就立在窗边。窗帘拉了一半，屋子里有些暗，他的身体就在光线里呈现出模糊的轮廓来，像是另一个世界里的人。

后来，我就再也没有见过他。难道真是想到什么就会见到什么吗？昨天我一直纠结电话那头是不是这个男人，今天他就出现在我眼前了？

还在发愣，高奇峰沉声提醒我："何桑，愣着干吗？给客人倒茶。"

我回过神来，赶紧去泡茶。泡茶时还有些发愣，以至于端进去的时候，先给高奇峰送了咖啡。这顺序其实不对。当我磨蹭到最后，才把茶杯放在陆彦回面前，他抬头看了我一眼，说了一声"谢谢"，再无其他。

包括那个认识我的经理，也装作一点儿都不认识我。

这里再无我的事情，我关门出去。出门之后，我心里就开始翻滚，这算什么意思？分明就是冲着我来的。

那他现在是做给谁看呢？

因为这个不速之客的到来，整个下午的工作，我的效率都极其低下，且频频出错，把几个高奇峰还没查看并签字的文件又原封不动地给人家送回去了，弄得那几个秘书拿我打趣："何桑，你怎么了？魂不守舍的。听说陆方地产的老板来了，你是不是看到他丢了魂儿啊？见到本人没有？帅不帅？"

我勉强笑笑："说什么呢，我都没仔细看，不就一个普通男人嘛，至于为了他丢魂儿吗？"

谁知道对方捂着嘴巴笑起来："哦，也是，你都有……"

让人讨厌的说话方式有很多种，这算一种，说一半不说了，而且我还知道即使说完整了也不是什么好话。

对于这样的人，我也就是一笑了之。

回到办公室时，正好他们谈完出来，我就听到高奇峰对陆彦回说："陆总放心，我们一定会尽快出方案，并送到陆方给您过目，到时候如果您满意了，我们再聊。"

"好的。辛苦了。"他言简意赅。

方才他来的时候我太震惊，所以没仔细看他，此时还是没忍住，多看了他几眼。他穿着一件蓝色衬衫，袖子卷了几道，很是休闲。反倒是后面的经理中规中矩地穿了西服。

陆彦回看了我一眼，说："这位是高总的秘书吗？"

"是。怎么了？"

"等盛圆的方案出来，让她送去陆方就可以了，希望能够尽快，我们的度假村竣工在即。"

"好的，没问题。"高奇峰要送他，他做了一个手势："高总留步，不必太客气。"

高奇峰看着我说："那让何桑送你们吧。"

这个时候，陆彦回才正式地看着我说："那就有劳……何秘书了。"

电梯门慢慢合上，只有我们三个人在里面。一直把我当陌生人的经理总算开了口：“好久不见啊，何桑。”

我头也不抬地说：“电梯里还有监控，要装最起码装到底啊。”

我这话让这个经理有些讪讪的，他不再吭声。陆彦回不咸不淡地开口：“是我让他不要叫你，怕你当着高奇峰的面尴尬。”

“你什么意思？”

“什么什么意思？”

“干吗要来？陆方不是有自己的合作公司吗？好端端的你干吗折腾？有意思吗？”

“盛圆很不错，听说准备上市。如果能够通过盛圆把我们的度假村宣传得更加广泛，那是双赢。”

“上市的广告公司又不止盛圆一家，你干吗非要找到这里来？”

陆彦回看着我笑了：“何桑，你还是老样子，这么自作多情，一定要我说是跟你有关你才算放心是不是？你别误会，这一次还真的不是因为你，我不拿生意开玩笑。”

“是我自作多情最好。”电梯到了负二层的停车场，我没动，“送也送到了，二位好走。”

那个经理先一步去开车。陆彦回一边用手抵着电梯门，一边看着我说：“这么久没见了，你就没有什么跟我说的？”

“没有，我不想看到你。”

“半年了，你就没有想过我？”

“想你做什么？想你怎么害死我哥？”

我这话还没说完，人就被他猛地拉出了电梯。电梯门在我们身后缓缓合上，然后上去。我瞪着陆彦回：“你干吗？把手放开，再不放手我叫人了，别到时候脸上不好看。”

“我就不信你敢大声叫。”他虽然说着，但还是松开了我的手，“半年一声不吭，一个短信、一个电话都没有，家也一次都不回，哪个女人有你这样狠心的？我是不是该夸你沉得住气？”

“我干吗要跟你联系？我就等着离婚的那一天呢。”

“你离了婚，跟谁过？”

“我一个人过行不行？你别一副全世界离了你都过不下去的样子。我告诉你陆彦回，我离开你的这半年过得好着呢。”

陆彦回说：“跟自己过不去算什么本事，回来吧，给你半年这么久的时间了，有些东西能忘就忘了吧，别去碰了。”

“我做不到。”我推开他，“看到你，我就想起那些不开心的事，好不容易我有点儿本事忘了它们，就没再打算记起来。”

“那我也做不到。”他没有继续纠缠下去，“算了，你上去工作吧，过几天我还等着你送文件去陆方，到时候再见也不迟。”

“我们快离婚了。”

“我知道你数学好，不过，我数学也不差，两年减去半年还剩下一年半呢，来日方长。”

我掉头就走。

我一上来就被高奇峰叫进了办公室：“怎么这么久才回来？”

“那个陆总找不到车钥匙了，我陪着他又找了一圈，在停车场找到了。”我不打草稿地说。

“何桑，你今天怎么回事？”

我不明白：“我怎么了？”

“当秘书这么久了，倒茶先给客人都不懂吗？还有，陆总他们一上来，连个招呼都不打，送出门的时候连笑都不笑一下，这哪里是做秘书的样子？你以前都很好的，今天是怎么了？”

“我不太舒服，头有些疼。抱歉了，高总。”

“不舒服吗？那就早点儿下班回去休息吧。难怪你今天不在状态，下次提早说。”

“嗯，知道了。”

陆彦回就是个扫把星。他一来，天下大乱，我还要挨骂，各种烦人。

我提早下班，想去老长街喝一碗豆花。这家店还是我无意中发现的，因为离公司近，步行十分钟就到，而且这里的豆花特别好喝。

不知道从什么时候开始，心情不好的时候，我就会来这里喝一碗豆花。这次也一样，心情乱糟糟地走进来。老板已经跟我很熟悉，看到我说：“何小姐来了，还是要一碗豆花？”

“是啊。”

我吃得慢，等吃完店里也不剩什么客人了。老板娘是个挺热心的大姐，走过来对我说：“今天心情不好啦？”

我摸摸脸：“是不是我脸上写了‘心情不好’四个字，你们都这样觉得？”

“不是不是，是你自己忘了，有一次你到我这里来，哭了，吃了一碗豆花，跟我说，每次心情不好都会来这里。我当时就想，这姑娘给我一个大难题了，我是希望她来呢，还是不希望呢？”

我笑了起来：“我是不是经常心情不好？”

“是啊。”她接着说，“也巧，除了你，还有一位先生，也是心情不好的时候就来吃一碗豆花，也总是一个人。虽然他不说，但我眼睛毒，看得出来他有心事，刚才还在这里呢，你没有碰上，他才没走多久你就来了。”

我心里想，原来还有同道中人。

我付了账，她一边找钱一边说：“没啥大不了的，吃饱喝足了，就比什么都让人开心。人活着不就是为了好吃好喝吗？光想着伤心事干吗？是不是？”

这么简单的道理，卖豆花的大姐都明白，我却不能深得其解。

公司很看重陆方这块大肥肉，加班加点地开会出方案，连我都要跟着一起加班。我把一切都归咎于陆彦回。不过，工作归工作，我还是尽心投入进去。

高奇峰让我把文件送给陆彦回过目。我斟酌了一会儿才慢吞吞地说：“高总，我能不能不去？让别的同事帮个忙？”

“怎么了？”他抬眼看了我一下，“今天身体还不好？送个东西总行吧？”

“不是，其实我……我……”

他站起来，看着我：“何桑，你跟我说实话，你是不是认识陆彦回啊？我总觉得你对他的态度很奇怪。上一次是怀疑，这一次是肯定。你别瞒着我，有什么情况直说。”

“没错，您猜得没错，我跟他有点儿过节。”我继续说，“他之前肯定不知道我是您的秘书，不然，估计连这单生意都给耽误了。其实他才不想看到我呢，所以，您最好别让我去，我去反而会添乱。”

“你跟他有什么过节？”高奇峰皱了皱眉头，“你们竟然认识？果然A市还是不够大，在哪儿都有熟人。”

“具体算是我的私事，也不好跟您多说，不过我真心希望您保险起见，让别人送，不然可能大家这些天的辛苦都白费了。”

“可他让你送。”

“他是故意的，估计是等着让我难堪呢。”

高奇峰听我这么一说，自然有他的考虑，果然没再坚持让我送，而是找了秘书室的另一个人送到陆方。我松了一口气。

谁知道这一次我的拒绝，反而给自己惹了大麻烦。

第二章

如影随形

一种说不清的感觉蔓延全身。
他呼吸之间都是醉人的酒气，
让我一时恍惚，甚至连推开他都忘了。

夏天的雨说下就下。我还在办公室里坐着，外面就一道闪电划过，接着就雷声隆隆，没过一会儿就下起了滂沱大雨。每当这种时候，我就觉得自己的这辆二手车买得值，可以让我免受路途的煎熬。

地上积了水，车开在水面上，溅起老高的水花。我把车停在租的车位上，然后撑开伞往我住的C单元跑。即使已经尽力把伞撑开，也还是把衣服弄湿了。

这里不是小高层，没有电梯。我一步一步往上走，觉得身上黏黏的。有些楼层的声控灯反应不够灵敏，我得用力咳嗽好几声才能把灯催亮。

走到我住的五楼，在黑暗里摸出钥匙，另一只手里还提着早上没吃完的面包，钥匙却从手里滑了出去。我弯腰捡，窗外打了一个响雷，头顶的灯自己亮了起来，我看到有个人影从后面悄无声息地靠近我。顿时，我心跳如同擂鼓，一瞬间闪过无数个念头，谋杀、抢劫，或者……强奸？

直到这人把一只手放在我的肩膀上，说："何桑，你今天怎么回来这么晚？"

"我的妈呀，吓死我了！"我转头瞪了他一眼，"你干吗跟鬼一样？我还以为是杀人犯、强盗之类的。"

“你电影看多了吧。”

我这才抬头仔细地看了他一眼。他头发湿漉漉的，衬衫也是湿的，连黑色的眼睛也仿佛是湿润的，反射着水光一般的亮。

他看我：“愣着干吗？我等你好久了，冻死了，能不能先让我进去再说？”

我嘴里说着：“我为什么要让你进来？”手里的钥匙却插进锁孔开了门。

女人啊女人，你为什么一定要心软？

他一进门就打了个喷嚏。显然他喝了酒了，有醉醺醺的味道。

我把高跟鞋换了，这里没有男士拖鞋，我指着他的脚说：“请把鞋子脱了，还有，这里没你穿的鞋，你就……”

“没事，我光着脚。”他一边说一边走进里屋。

这是我租来的小房子，只有一室一厅，小客厅里的沙发都是小小的，还有一张低矮茶几，上面放着一听喝了一半的可乐和半包烟，那半包只剩下灰烬，盛在那个买啤酒送的烟灰缸里。

这里不是别墅区那个豪华奢侈的大房子，没有陈阿姨那样的保姆或者司机老李随时提供服务，只有我一个人有些邋遢地过日子。

他仔细看了看茶几上的烟缸，又把烟拿起来看：“几时的爱好？”

“有一阵子了。”我从他手里拿过来，对他说，“你要来一根吗？”

“我戒了。”

“戒了？”我觉得诧异。我想给自己点一根，可还没来得及打火，就被他从嘴边拿了下来：“你也别抽了，我现在闻不了这个味道。”

他又打了个喷嚏。我想了想，去厨房给他倒了一杯热水。他接过来说了一句“谢谢”。

“你来干吗？”我听他说话，没来由地有些烦闷。

“我有些想你。”

“算了吧。”我把头侧过去，不去看他。

陆彦回站了起来，我还没意识到他要干吗，他忽然抱住了我的腰。我挣扎着，他却用了力，根本不理会我的反抗。我只好站起来。他就从后面一直抱着我。椅子倒了，砸到了他的脚，他也没动。

“陆彦回，你别喝多了就到这里来耍酒疯，我告诉你，我……”

他根本不听我讲话，低头就吻了我的侧脸，顺势咬我的耳垂。太久没被人这样亲过了，我感到身体一阵战栗，一种说不清的感觉蔓延全身。他呼吸之间都是醉人的酒气，让我一时恍惚，甚至忘记了推开他。直到清醒过来，才想，这样算什么？都要离婚的两个人，难道还能发生关系？

可是我越推搡，他越来劲，一把把我拉向卧室。我们在门边僵持着。他把我抵在门上，脸就在我面前，那么近，呼吸都是温热的。

我说：“你别乱来，我们现在可不是正儿八经的夫妻。”

“我就不！何桑，我就不高兴，你怎么每次见到我都不乐意，别的男人对你那么凶，你一点儿意见都没有；我对你那么好，你就是看不到，你就是不肯原谅我，我凭什么高兴？”

“哪个男人对我凶，我一点儿意见没有了？”

他笑了一声：“我都听到了。那天晚上，你去高奇峰的家里，可不就是去挨骂的吗？他对你那种语气，怎么不见你反驳一句？一见到我你就火了，你就喜欢跟我发火，没良心。”

“果然是你。我就说那几个奇怪的电话是谁无聊呢，原来是你。”

“我也不想装神弄鬼，我想拿之前的号码打给你，可是何桑，我不敢，我怕一打过去，就听到电话里说无法接通，我怕你把我拉黑了。”

他这话一说，我心里兀自疼了一下。原来他也会怕，怕我再也不联系他。

可一开口我的话却是：“你跟着我干吗？”

“你说我跟着你干吗？何桑，你从来都不跟我联系，我做不到像你一样狠心。你是石头心肠，冷得像在冰窖里放过一样。我不找你，你就不会找我的。”

“你以后不要跟着我了。”

“你那么蠢，我跟着你，是怕你被人卖了还帮人数钱。”

我挑着眉毛，来气了：“你骂谁蠢呢？”

“说的就是你。”

我用手去抓他。他抓住我的手，嘴凑近我的唇边。我抿着嘴巴不肯跟他接吻，他几乎是用牙齿咬开了我的嘴唇，另一只手钳着我的下巴。我瞪着他，他也看着我，鼻尖就靠着我的鼻尖。

我们就这样僵持了好一会儿，忽然，他松开了手，把我往床上一丢。我脑子里晕乎乎的。刚才我怎么就把这么一个大麻烦给放进屋里来了？一时的心软，铸成大错。

他的手已经开始不老实，探进了我的衣服里。我伸出脚去踹他，他压上来，我们一起倒在床上。他的腿夹着我的腿。他身上因为刚才淋过雨，还有些湿湿的，可是一点儿都不凉，反而像是从骨骼里生长出来的火热，烫得我发晕。

我努力保持最后的清醒："下去。"

他根本不听，半年不见，他那方面的本事倒是不见退步。我看着他的身体，竟然有些恍惚。这半年里，我没有料到我们会再次"坦诚相见"。

……

清醒的时候，我想，这到底算个什么事啊！好端端地说着话怎么就滚到床上来了？可恍惚时我又贪恋他的味道，他因为投入而神情迷离，皮肤那么白，眼睛那么黑亮，就像是两颗黑色的宝石，熠熠闪光。这个时候，我告诉自己，不管了，就这一次，就这一次，那么多个夜晚里，那么深重的思念，没人知道，我从来不让任何人知道，关于这个男人，我是那么想他。

他的额头布满了一层细密的汗，顺着脸流下来，落在我的脸上，像是一滴泪。情到云端，他意识不清地喊我的名字："何桑，桑桑……"

事后，他翻身躺在我身边，我也从这场梦境般的情爱中清醒过来，发现任何语言都难以表达我此刻的心情，到最后我竟然笑了。他搂着我，问："你笑什么？"

我冷笑着说："真是孽缘，我们之间，都不知道谁欠了谁的。"

"是我对不起你。"他坐起来，看着我说，"我知道我以前错得离谱，你一直不原谅我，也是我咎由自取，可是何桑，你再给我一次机会吧。"

我一脚把他踹了下去："滚。"

陆彦回坐在地上，不怒反笑："脾气还是这么大，哪里像个女人。不过，谁叫你是我老婆，不管你什么样子，我也只能勉强接受了。"

我拿起手边的枕头往他头上砸："滚，让你滚，没听懂啊？"

"外面下那么大的雨，你就不能收留我一晚上？你看我身上到现在都是湿的，而且都有些感冒了，难道你一点儿都不心疼我？”

我捞起一件衣服穿上，又把他的衣服砸到他身上：“去死吧你，感冒了还有力气占我便宜，我心疼你个鬼！”

他只好穿衣服，然后被我一路推搡着出了门。

我关上门，却看到他的鞋还在里面，只好又把门打开。陆彦回想是刚要敲门，一看到我把门打开，就笑起来说：“何桑，你果然还是舍不得我，是不是？”

我把他的鞋子丢了出去，然后更用力地把门关上。

我听到他在门外抱怨的声音，揉了揉脑门，觉得今天晚上发生的事需要好好消化和整理一下。所谓现实和理想背道而驰，大抵如此了。

过了一会儿，门外果然没动静了。我透过猫眼往外看了看，他果然已经走了。我靠着门边蹲了下来，捂着脸，当然，没有哭，只是有些惆怅。墙上的钟响了一下，凌晨十二点整。我坐在沙发上，又回忆起刚才那个男人的脸，他宝石一样黑亮的眼睛，挥之不去。

早上去公司差点儿迟到，昨天竟然在浴缸里睡着了，等水凉了才醒来。要不是闹钟设定了重复提醒，恐怕今天早上都要睡过去。

今天几位高管来得都很早，我刚进办公室，就看到他们陆续进了高奇峰的办公室。我照例送了几杯咖啡进去，听到了几句关键话，也抓住了一些大概，盛圆送去陆方的设计方案基本已经通过，不过，还有些细节需要跟进。

高奇峰看了我一眼：“何桑，预订一下神舟国际酒店的会议室，今天晚上要用。会议之前安排一下晚餐，不用太复杂，就是我们公司的人，没有客人。”

“好的。”我答应着出去，却不明白为什么要把开会地点改在酒店里，而且还是晚上。虽然不理解，但还是按照高奇峰嘱咐的去做了，没想到会在晚上又见到昨天被我扫地出门的人。

哪里都有陆彦回，无处不在的陆彦回。

其实，高奇峰在去酒店的路上就给我打过预防针，他说：“何桑，我不管你跟他有什么过节，但工作就是工作，现在既然陆方回应得非常痛快，说明陆彦回是公私分明的人，所以，你自己也要调整好，不要因为私人原因把自己该做的工作给耽误了，这是大忌。”

我觉得自己在高奇峰面前就像一个学生，他会用最严厉的话来教训我，偏偏每一句话都还很有道理，让人找不到反驳的理由。我只好受教地“嗯”了一声，心里却犯嘀咕：陆彦回这样也算公私分明？

他看我态度不错，就淡淡地说：“那你现在应该没问题了吧？今天晚上的会议就是和陆方的高层一起开的，所以，不出意外的话，陆彦回一定会来，到时候你别给我出什么状况。”

我们是提前去的，先在酒店的餐厅吃了一点简餐，我速战速决，然后去确定点心和每个与会人员的茶水。这样的场合，需要公司的秘书是不可避免的，酒店的服务生毕竟不是公司内部人员，很多机密资料为了避免泄露出去，所以一般在酒店开会，都不准外人打扰的。

等我准备好一切，盛圆和陆方的人也陆续来了。经过走廊时，我看到窗口站了一个人，似乎是在打电话。当他收起手机，转过身来，我才看清是陆彦回。他今天倒是难得规矩地穿上了西服。我许久不见他这样，微微有些发愣。

陆彦回也看到了我。

我侧了侧身子，说：“陆总请进。”

“你先走。”说着，他让到了一边，让我先进。

我没有再跟他假惺惺地客气，把东西放好，就看到会议室的投影仪上出现了另一个会议室的画面。我这才明白，原来这是一场三方视频会议，对方应该就是和陆方合作度假村的连锁酒店的董事，一起来敲定细节。

得了上一次的教训，这一次我准备茶水的时候，第一个送的就是陆彦回。他似笑非笑地看了我一眼。我被他看得不自在，脑子里竟然浮现昨天他把我抵在门边的情景，当时他也是用这样高深莫测的笑看着我，让人心里乱糟糟的。

我是秘书，自然要记录会议内容。陆彦回在会议过程中倒是没怎么说话。我忍不住瞥了他几眼，发现他的样子像是有些不舒服。

他的脸上有些不自然的潮红，嘴唇也有些干裂。我想起来昨天他冒雨去找我，然后又冒雨回去，会不会是……发烧了？

这么一想，我就忍不住盯着他看了一会儿，谁知道他也突然朝我这里看。四目相对，我赶紧错开视线，莫名地心虚。

没一会儿，陆彦回说了一些想法。我看他头顶是中央空调一个出风口，想了想，便起身去把温度调高。谁知我这一举动倒让闲下来的高奇峰误会了。他看到我调温度，以为我冷了，就对我说："何桑，你是不是觉得冷了？"

我确实觉得有些凉意，毕竟只穿了短袖衬衫和套裙，但尚能适应，刚想摆手说"不是"，偏偏又突然地打了个喷嚏。我低声说了一句"抱歉"。高奇峰却脱下自己的西服递给我，说："套上吧，我正好热，你凑合着先穿着，会议快结束了。"

"我不用的，高总。"

"拿着，不用在意。莫非你是嫌弃我衣服不干净？"

"我不是这个意思。"

而那一边，本来拿着话筒正说话的陆彦回，声音戛然而止。我下意识地看了他一眼，他却很快又不看我，继续说策划的事。高奇峰已经把外套塞给我，回到自己座位上了。我拿着衣服，顿时有些头痛，最后还是象征性地披上了，毕竟他那句"是不是嫌弃他衣服不干净"都说出口了，我怎好意思拂了人家的好意。

会议进入尾声，三方负责人各自说了四平八稳的总结，算是该讨论的都已经确定。我最后一次去给他们加水，陆彦回看似心情不好。我往他的杯子里添水时，他没有看我，也没有像之前那样说"谢谢"。

我安慰自己：他心情不好关我什么事！结束时，他一声招呼也不打，直接快步走出去。我心里有些不舒服，心想：是不是因为我穿了高奇峰的衣服，所以他不开心？

偏偏有时候麻烦事就是喜欢扎堆凑到一起来。我心里想着，担心他不高兴，走路就难免分神，结果出会议室时，高跟鞋不小心被绊了一下，人差点儿摔倒。正好高奇峰在我边上，喊了一句："何桑小心！"

他一边顺手拉了我一把，一边训我："怎么一天到晚都不当心？总是心不在焉的，都不知道每天在想什么！"

我抬头，看到陆彦回往我们这边看了一眼，他原本在前面，听到高奇峰的话才回头，此时又看到这么一幕，我心想：这下好了，越是不想让他误会，误会就越深。

我们走到停车场，也没看到他。高奇峰问陆方的几个高层："你们陆总呢？怎么没见到他人？”

“刚才开车走了。”

高奇峰若有所思。我怕他多想，只好说：“高总，您是自己开车来的，我就不跟您坐一辆车了，我搭公司的车回去拿车，您自己回家吧。”

他点点头，停了一下，说了一句：“今天辛苦了。”

“应该的。”

说是去拿车，其实我回了一趟办公室。我把整理的材料放进柜子里锁好才下楼，怕带回家误了事。我是最后一个走的，地下车库里只有一点晦暗的黄色灯光，我往停车的地方走，快要走到时又愣住了——陆彦回在那里。

他靠着我的车，也不知道在想什么，眼睛闭着，似乎有些疲惫。

我按了开锁键，他被惊到，睁开眼睛看着我。

我走过去，问：“你怎么在这里？”

他没有讲话，只是看着我。我没法子，开了车门进去。他依旧靠着也不上车。我打开车窗，问：“你到底上不上来？”

他这才上了车。

“你是特意等我的吗？等我干吗？”

他还是不讲话。我偏过头看了他一眼，他应该是真的不舒服，一直闭着眼睛，头靠着椅背，皱着眉头。我到底没有忍住，伸出手摸了摸他的额头，结果吓了一跳，又顺手摸了摸他的脖子，居然发烧到这个地步，还出来开什么会？！逞什么英雄？

我迅速把车开到了医院，半路上，他睁开眼睛，看了一下路况，说：“你要去哪儿？这不是回你家的路。”

“托你的福，现在去医院。”

“别去了，我没事。”

我没有理他，继续开车。半晌，他瓮声瓮气地开口：“你跟高奇峰什么关系？”

“你说什么关系？当然是老板和秘书的关系。”

“他干吗对你那么好？你有没有告诉他，你是结过婚的？”

这个时候我才看了他一眼：“你乱想什么呢？高总对我哪样了？你以为谁都跟

你一样，一天到晚脑子里都是那些事？我都替小武捏把汗。”

小武是陆彦回的秘书，他听了这话反而笑了：“小武还是个小孩儿呢。”

“我也比高奇峰小。”

“高奇峰怎么能跟我比？！我一看他那个样子，就觉得他不是什么好东西，你最好跟他保持点儿距离。我说你当初怎么就选了这么一个工作？又忙又不讨好，自己找罪受。”

我没搭理他。很快我们就到了一家私立医院，他还不肯下车：“哎呀，就是发个烧，很快就能好的。”

“陆彦回，你以为这么晚了我想陪着你折腾？要不是怕你烧死，我还不乐意来呢。”

“你就这么怕我死？你不是最恨我了吗？我看是巴不得我死。”

“你怎么样我管不着，不过，别死在我车上，我嫌晦气。”

我觉得生了病的陆彦回就像一个小孩儿，不讲道理，还任性固执。好不容易才把他拉进医院，开始输液，我就陪着他，一直到凌晨。昨天也是因为这个男人我没睡几个小时，今天又是因为他，可我又不能把他扔下不管。

我要开车送他回之前住的别墅，陆彦回却说：“不要回那里。”

“这么晚了，你的烧还没退呢，你不回家去哪儿？”

“我现在不住在那里，我一个人住在别的地方。”

我一听，受到的震惊可不小，半天才问了一句：“我不是很明白，一个人住什么意思？”

“你搬出来后，我也搬出来了。我在外面还有间公寓，之前也不常去，现在一直住在那里。”

我把他送过去，他下车时又凑过来看着我说：“都这么晚了，不然你也别回去了，我收留你一晚上怎么样？”

我一踩油门，绝尘而去。

回去的路上，我又忍不住想起他的话：“你搬出来后，我也搬出来了……”难道是因为我搬出来了，他才不想单独住在那里？这么一想，我竟然有一种淡淡的心酸。

不知道为什么，陆彦回总是能够轻易地左右我的情绪。有时候我都恨自己没出息，明明已经分开那么久了，可每一次，他不高兴，他生病，他醉酒，我就心软。

不想承认都不行，我还是爱他的。

第三章

舐犊情深

有时候，
生活就像海面上的潮水，
你以为终于可以平静了，
新一轮的巨浪却从远处怀着不轨和恶意，
肆意靠近。

我没想到陆彦回的爸爸会来找我。

当初我要跟他离婚，又从别墅里搬了出来，事情闹得那么大，陆家的人肯定都知道了。我出来一个人住的这半年，倒是不见他们联系我，可能也知道我和陆彦回之间不是能够轻易挽回的，也就没有多说什么。

没想到，时隔这么久，他爸会来找我。

午休时，我和几个同事约好一起去步行街一家新开的云南菜馆吃饭，刚走到门外，忽然有人把我拦住："何小姐，刚想打电话给您，您下来正好，不知道您有没有时间？"

我一看，居然是陆彦回他爸的司机老安。我知道是谁找我了，就对同事说："不好意思，你们去吧，我临时有点儿事，就不去了。"

他们有些好奇地看了我和老安一眼，走了。我问老安："你怎么来了？"

"陆董想跟您说说话，在车里等您呢。"

我顺着他指的方向一看，果然有辆黑色奔驰车停在马路对面。我小跑着过去，陆彦回他爸把后车门拉开，我赶紧坐进去。

毕竟我和陆彦回现在还是夫妻关系，自然还得规矩地叫一声“爸爸”。

“好久不见啊，何桑，你一个人过得可好？”

“挺好的，一个人事情也不是很多，还能应付。”

他点点头：“我今天找你，也是想关心下你的情况。彦回他最近是不是又来找你了？”

我只好如实回答：“他最近是挺频繁出现的。”

他听后露出了了然的神色，说：“何桑啊，我这人不太爱插手子女的事，不过，今天我来找你，也是想了很久。”

他对我表示歉意：“你哥哥的事，我已经听说了，我感到非常难过，也知道你是因为那件事受到了很大的伤害，才会造成你们现在分居的局面。”

我没有开口，不知道该说什么。

他爸接着说：“但我心里明白，我骂他再狠，哪怕动手教训他，都对他没有任何影响，他已经受到了更严厉的惩罚，那就是你离开他。我这个儿子，从小就跟我不亲。家里的情况你是知道的，他十几岁时才回的陆家，我和他妈的事也一直是他心里的一根刺。他不喜欢我，回到陆家后大多数时候也都是沉默。他性格非常倔，很大程度上也是因为想要争一口气。这些，我都看在眼里，心里也不好过。我觉得这个孩子很孤独，因为他心里有什么话从不跟人说，也很少表露自己的情感，直到他娶了你，我才看到他的变化。”

“您别这么说。”

“说实话，他当初要娶你都没跟家里说，不过，我也没过问，毕竟既然他喜欢，就随他去，而且你也是个好孩子，我也放心。”

“爸，您跟我说这些，是想跟我说什么呢？”

“我希望你能原谅他。我知道他犯的错造成了很不好的后果，你完全可以不原谅他，但作为一个父亲，我是真的不希望他变回从前不开心的样子。你可能不知道，你在他身边时和你离开后，他真的不一样了。从前你在，他喜怒都能看得见，即使发脾气，也能让人摸透他的情绪，可自你离开，他就变成了我不希望看到的样子，有时回来吃饭，也是一言不发，面无表情；跟我讲话，除了谈公司的事，其他什么都不说。我听说他也从那边的别墅里搬出来了。我去问了你们的阿姨，说你不在那里住以后，他就经常一个人坐在沙发上发呆，几乎不说话，还有好几次下楼脱口而出就叫了你的名字，叫完之后自己也愣住了，之后就看着更不开心。

“阿姨还在你们房间里发现了安眠药，当时给吓到了，怕他出事，就立即给我打电话。我把他叫过来骂了一顿，他就说，想搬出去。我问他为什么，他说如果继续住在那里，可能会一直失眠下去，不吃药很难睡着。

“桑桑啊，一个人的一生总是会有犯错的时候，不要说彦回了，就是我自己，虽然从来没跟别人说过，但我这一生也犯过最不能原谅的错误。我对不起彦回他妈，毁了她一辈子，还造成我们父子间的冷漠局面。我知道他生我的气，可现在我说给你听也是想让你知道，他除了你，不会再有别的女人了。如果你不肯原谅他，可能他就要孤单一辈子了。”

嫁给陆彦回那么久，我见他爸那么多次，他对我说的话加起来都不及今天多。我也是今天才知道，原来自己不知道的事情有这么多。

我跟他爸告别，外面的太阳晃得人眼睛疼。忽然，我很想哭。我承认，他爸爸对我说的那些话，是真的戳中我的泪点了。

我想起来那天在车上，我问他为什么会搬出去住，他不肯说，现在我知道原因了，竟然是睡不着，在我们原来的房间里会失眠。原来，离开了一个人，睡不着的不止我一个。

其实，对于陆彦回，我了解的真的是太少了。一直以来，我都以为自己挺了解他的，就像他了解我一样。现在看来，我所能够看得到的他，只是一部分，另一部分被他轻巧地藏了起来，不让我知道。他从不让我知道。

这个时候，我是真的有些想念陆彦回。我发现，我其实是可以原谅他的。

因为时间紧张，我没有时间再去吃一顿正经饭了，就在公司楼下的一家寿司店里买了一盒寿司，坐在广场内的长椅上吃。头顶有一棵壮硕的大树，遮天蔽日，我坐在荫凉里吃东西，倒也怡然自得。

有人在我身边坐下，我一看，不是别人，正是高奇峰。

他指了指我的寿司：“怎么，就拿这个当午饭？不吃点儿正经的饭哪能行？”

“来不及了，随便吃些，不要紧的，也能填饱肚子。”

他点点头：“老远就看到你在这儿坐着，我就来跟你说会儿话。平时上班也忙，没来得及问你。最近挺忙的吧，连续好几个重量级的单子，吃得消吗？”

“吃得消。”我吃完了，拿纸巾擦嘴巴，“虽然忙，但能学到的东西也很多。我觉得盛圆是一个很好的自我学习的平台，我会继续努力的。”

他笑起来。

高奇峰的五官偏凌厉，平时望去有些严肃，再加上不苟言笑，我在他身边久了，倒是知道他人挺热心，就是脾气大，做事讲究效率，难免会有不近人情的时候。

高奇峰说：“你这话倒显得官方了，不必跟我说这些台面上的话，说你真实的感觉就好。”

“没骗您，我是真的觉得挺充实的。”我有些不好意思，“其实，我刚来公司时动机并不是为了工作，而是单纯地想让自己忙起来。我之前发生了一些不开心的事，有点儿抑郁症，医生建议我让生活里多一些其他因素，来改变不能遗忘的状态，我才托了关系找到这个工作的。”

“抑郁症？”他迟疑了一下，到底忍不住开口，“何桑，其实我都知道了，你跟陆彦回，你们俩，是夫妻吧？”

我愣了一下，才想起一句话，果然，这世上没有永远的秘密。我一直嘱咐朋友让她不要说，自己私下里也很小心，却还是让他知道了。

“不是小静告诉我的，是我觉得有些不对劲儿，就去查了查，才知道，原来我这个公司，还真是藏龙卧虎啊。”

“对不起啊高总，我不是故意瞒您的，我只不过……唉，我和陆彦回的关系，一言难尽。”

“听说你们现在不住一块儿，分居？”

“当时是闹离婚，闹得有些厉害，就先权宜折中了一下，分开一段时间。”

“对不住啊，我不该打听你的私事，不过，是看你们的样子有点儿奇怪，你知道，如果按照你说的有过节，他对你的态度就太说不过去了。我是个男人，还是能看明白的。”

我大窘，陆彦回对我的态度？是什么样的？

他对我笑笑，然后看了看手表，说：“时间快到了，我就先上去了，你也早点儿回公司，我可不会因为你是陆夫人就对你放松要求，如果迟到了，一样会挨骂。”

我忙说："遵命。"

他走后，我看了下时间，还有十几分钟，到底还是没忍住给那个人拨了电话。今天似乎都约好了似的，都在我面前提到他，这是逼着我非要记起他？

他接得倒是快，一开口就有些掩饰不住的轻快："何桑？今天是什么日子，你竟然主动打给我了？"

我这个人是真的没情调，寻常人打过去也会说一两句好听话，偏偏我一听他这么说，出口的话就变成了："哦，我打错电话了。"

说完，我就在心里暗骂自己矫情，果然，那头儿陆彦回不乐意了："什么啊，这都能打错？你真的假的？不会是不好意思承认，所以故意说打错的吧？"

我哼哼道："哎呀，我挂了，挂了。"

"别别，打错就打错吧。"他松了口，"你不找我，我也想着过会儿找你呢。眼看周末了，你应该不用忙了吧，我们出去约会吧。"

"谁要跟你约会？！"我嘴上说着，心里却冒出一点儿甜蜜来。他在那头儿不说话，我只好又说，"那你要去哪儿啊？"

"你想去哪儿都行。"他果然高兴起来。

"嗯，那行，到时候再说吧。"时间不早了，我要收线。陆彦回又开口道："哎，何桑，让我重新追求你一次吧。咱们没有谈过恋爱，挺遗憾的，就借这次机会，让我表现一下。要是这次表现得好，你能不能彻底忘记过去，以后跟我好好过日子？"

听到这话，我愣了一下，没有说话。不远处，有几个小孩子在广场上喂鸽子。

他也没有说话，像是在等我的答案。我想起了他爸对我说的话：一个人的一生总会有犯错的时候。他爸还说，他除了我，不会再有别的女人了，如果我一直不肯原谅他，他可能就要孤单一辈子了。

其实我也是，除了他，我也不会再有别的男人了。如果我不给他机会，可能也要孤单一辈子了。

我认真地想了想，才说："好，陆彦回，我答应你。"

他笑了起来，我从来没听过他这么高兴的笑声。

我挂了电话，脸上竟然有些发烫，也不知道是因为天气太热，还是别的原因。

周末时，一大早他就打电话给我："何桑，你人呢？我在你小区外面，快点儿下来。"

我被他吵醒，才想起昨天忘了设定闹钟。

陆彦回素来是最没有耐心的，平时谁让他等几分钟，这位少爷就要发脾气摆脸色，我这才刚起来，他不得急死？可是又说不得，谁叫他自己放了大话，要好好表现的。

等我收拾完准备出门时，我看了一眼镜子，化了妆，穿一件刚买的裙子，像小姑娘第一次跟男朋友出去的模样。

他果然没什么耐心，等我走到小区大门时，竟然看到他闲得在踢脚下的石子玩儿，果然被我给耽误得麻木了。他这样子，真该拍下来，像个小孩儿。

这天我是真的高兴。鱼是现打捞上来的，船是露天的，搭了个棚子，既遮太阳又不挡风。海风带着一丝丝咸味迎面吹来，让人彻底放松。

他帮我把鱼的刺挑了，夹给我，说："吃吧，应该没有刺了。"

我看了他一眼："什么时候陆公子学了这么一个手艺了？"

"为了讨好心上人，特意学的，今天第一次拿出来，好紧张。"

"德行！"

因为来得晚，吃完饭已经下午三四点钟了，太阳已有落下去的趋势，阳光也不那么刺眼了。海面上波光粼粼，美好得不像样子。

他忽然亲了亲我的发鬓，我没动。他摸了摸我的脸，说："真好。"

"什么好？"

"你又回到我身边了，真好。"

说着，他俯身下来，温柔地吻了吻我。

我感受到他难得的温存，心里一动，想起我们失去的那半年时光，仿佛是一场空空的梦，那么多的委屈和思念，煎熬着我的心，那么多没有说出口的遗憾，幸好他又来了，他又来找我了，不然我该怎么办？

我踮起脚尖回应他的吻。在这个小型游轮的船头，在这一片苍茫的海面上，没有人打扰，真好，好像整个世界就只剩下我们两个人而已。

这个时候，我真的以为，我们会回到过去，会把那些遗憾和空缺一点点地弥补回来，不让未来再彼此辜负。

可有时候，生活就像海面上的潮水，你以为终于可以平静了，新一轮的巨浪却从远处怀着不轨和恶意，肆意靠近。而平静的幸福，有时候就如同握在手中的一把沙，你以为握紧就不会落下，谁知越是握得紧，反而流失得越快。

那么，从前拥有过的幸福，在之后想起来，到底是幸运，还是不幸？

第四章

还敢说不爱我？

刚才发生的一切，
仿佛是一个讨人厌的噩梦，
明明现实里圆满和谐，
这个讨厌的梦却突然跳出来让人心灰意冷。

陆彦回出事的那个下午，是个阴天。

外面乌云密布，可天气预报又没说有雨。屋子里十分闷热，写字楼里的空调温度已经很低，可还是让人觉得有些压抑。

设计部把几个重要文件送来，我整理了很久，才送进高奇峰的办公室。他的电话一直响，汇报工作被打断了好几次。

等我好不容易才从他办公室里出来，准备给自己泡一杯茶放松一下时，因为跟陆彦回约了晚上吃饭，就想打个电话问问他去哪里吃，结果，关机。

等下班时，我再打，还是关机。

我察觉到有些不寻常，赶紧打给小武，小武也说不知道，她也急着找他。

我想，他会不会是在家里，病了，又忘了开机，准备去他的公寓找他，这时，他的电话来了。

“喂，何桑……

“我在医院呢，撞车了。”

这可吓了我一跳，我赶紧往医院跑。

一进到他的病房里，就看到他头上缠着纱布，颈椎似乎也伤到了，拿仪器护着，就像一个木乃伊。

我走过去摸摸他的脖子，说：“哎呀，这是怎么了？昨天见你还好好的，这才过了多久，就成这个德行了。”

“我当时在乡道开车，过岔路口时，一辆车从侧面撞了过来，把我的车给撞到树上去了，当时我就晕过去了。”

那画面想着都觉得可怕，我赶紧说：“幸好人没有出大问题，不过，你好好的去乡下干吗？”

“我找到那个后来动你哥腿的人了。”过了好一会儿，他才说。

我瞪大了眼睛：“怎么说？”

“当时我在裕喜巷子，车停在巷子口，出来时听到一个人在打电话，说什么‘兄弟办事什么时候出过错，当初何诚的事做得多干净，到现在都没人知道是谁干的，你就放心吧’，我就想过去问问他刚才那话什么意思，谁知道他一看到我掉头就跑。我赶紧开车去追，一直追到了乡下，谁知道路上就出事了。”

“那个人一看到你就跑？这太说不过去了，一定是他心虚了。结果呢？”

“我都这样子了，哪里还有本事追？”

“你是被人送来的？”

“嗯，听说是被人送到医院里来的，我的车还在乡道上呢。烦死了，遇到这么麻烦的事，现在头还疼。”

“撞你的人呢？”

“肯定跑了啊，那条路又没有摄像头，找也难找，算了吧。”他看起来很不舒服。我帮他把床摇下去：“你再休息会儿吧，我在这里陪你。”

这时，他的手机响了起来，他看了一眼，说：“是黄耀。”

黄耀是陆彦回的一个好朋友，跟顾北他们一样，在一起玩了很多年，不过，他一直都在国外。

陆彦回对黄耀说：“吃饭？不了，我在医院呢。

“别提了，连车带人都被撞到树上去了，现在脖子还是疼的。

“你们来？别过来了，不是什么大问题，皮肉伤。”

等他挂了电话，我问道：“怎么回事？黄耀回国了？”

“是啊，回来好几个月了，他现在开了一家私人医院，就在A市博物馆边上，以后要叫他黄院长了。”

“就是那家菲利普肿瘤医院？”

“嗯，对。他在德国从医多年，也做出了一番成绩，这次回国是为了引进更多的德国技术。所以，以后发展肯定好，我还想着参股投资呢。”

陈阿姨来了。我躲了起来，想给她个惊喜。她还是老样子，一直在对陆彦回说：“您怎么这么不注意？也是开了那么多年车的人了，怎么连四处看看这个道理都不懂？我这个不懂开车的人都知道。”

上次见到陈阿姨还是在别墅里，她哭着挽留我，我态度坚决地离开，而现在，我跟陆彦回和好了，又见到她了。

陆彦回笑着对陈阿姨说：“你看看后面是谁？”

陈阿姨转头看到我，顿时惊喜：“太太，您也来了？！您和先生和好了？”

我叫了一声“阿姨”，又把手里刚出去买的粥放在桌上，看她带了不少东西，就说：“早知道陈阿姨来，我就不下去给你买饭了。”

谁知我这话一说，陈阿姨就把桌上的保温瓶一拿，说：“先生就吃太太您买的，我这个不是给他的，我带回去。”

这话把我说乐了。陆彦回一脸的委屈：“阿姨，每个月给你发工资的人是我，不是她，好不好？”

陈阿姨朝我挤挤眼，就要走。我把饭往小桌上一放，说：“吃吧，吃吧，青菜小粥，多清淡，大晚上的，大鱼大肉多不好。”

他看阿姨走了，也就不顾忌，把我往怀里一拉：“亲我一口，我就饱了。”

我挣脱他：“我不。”

晚上，我本想留下陪他，他却赶我走：“你睡在医院我怎么忍心？你明天不是还要上班吗？快回去睡，等明天下班了再来看我。”

“那好吧。”我没有坚持，临走时看了他一眼，到底还是凑过去亲了他一下，“算了，我吃点儿亏，看在你是病人的分儿上。”

亲完，我红着脸匆匆离开，就听到背后他哈哈大笑的声音。

一直到这里，我都觉得一切尚好，甚至心存感激。他没有出大事，只是皮肉伤，已经算是不幸中的万幸了，所以，我也没觉得哪里不对劲儿。第二天，我去上班，午休时，想打个电话给他，问问他觉得怎么样了，可是电话没人接。

我想，他可能是在睡觉，没听到手机响。

下班后，我赶紧去了医院，却没在病房里看到他，我问护士："这个房间的病人呢？"

护士也有些奇怪："咦，不在吗？刚才还在的啊。要不，你等等吧，也许过会儿就回来了。"

我坐着等了一会儿，发现他连手机都没拿，心下不安，便出去找他，后来，在一个平台上看到他。外面已有落落星光，他一个人站在那里，我走过去拍拍他："干吗呢？怎么跑到平台上来了？"

他没说话，看了我好一会儿。我觉得有些奇怪。他又轻轻地笑了一下，把我额前的头发撩到耳朵后面，说："没什么，就是觉得房间里有点儿闷。我们回去吧。"

回去后气氛有些安静，我跟他说话，他却有些心不在焉。我问他："今天怎么不太高兴的样子？"

"谁住在医院会高兴啊！我觉得好无聊，我想出院了。"他看了看灯，对我说，"何桑，你走吧，我困了，想睡觉了。你走时帮我把灯关了，不然我睡不着。"

我推他："别那么早就睡觉行不行？懒死你算了，一整天都在床上还睡不够。"

他拿被子蒙着脸，我看不到他的表情，就在床边站了一会儿，想了想，还是不烦他了，临走时，对蒙着被子的他说："那你养足精神，我明天再来，你别到时候又那么早就睡。我走了。"

结果第二天，我接到通知，要去上海出差两天。盛圆在机场路的几个广告牌出了问题，需要我们重新制作新的设备，高奇峰得亲自去落实质量。

我是他的秘书，理应前往，不过，我担心陆彦回的伤，就打电话跟他说："我本来要出差几天，不过不放心你，还是请假不去了吧。"

"不用，你去吧，我这算什么伤，你别把我当成要死了一样行不行？"他说话的语气不是很友善。我体谅他受伤，就没说什么，心想反正有人照顾他，而公司这边有很多材料都需要经我手，临时换人也不太方便，就跟着高奇峰去了上海两天。

这两天，我和陆彦回几乎没有联系，因为等我忙完已经很晚了，想打给他，又怕他睡了；白天抽空联系他，他就说自己有事，说不了两句话就要挂断；回来前又打给他，他没接，我就有些丧气。

从上海回来是平时下班时间，我忍着脚底水泡的折磨打车去了医院。

结果一进去，却发现病房已空无一人，而且不像上次那样，他的东西还在房间里，今天就是一个空空的病房，哪里还有半个人影？

护士看到我，说："你是找这里的病人吗？他前天就办了出院了。"

"出院了？"我想着他脸上的伤还没好全，怎么这么快就急着出院？竟然也不跟我说一声。

我一边往外走一边给他打电话，一遍遍，可就是没人接。

时间已经很晚，我也不好意思打给小武，只好一遍遍地拨打他的电话，又发了几条短信。

我内心的不安越发重了。

我拦了一辆出租车，对司机说："去蓉锦花园。"

蓉锦花园就是他现在住的小区，我找到他的公寓，按门铃，没人回应，手机也没有任何回复。我有些丧气，更多的是担心。这么晚了，他会去哪儿？说好了今天晚上我去医院找他的，自己出院也不告诉我一声，这是突然发的什么疯？

我又往别墅的座机打，是陈阿姨接的，问她："陈阿姨，是我，陆彦回回去住了吗？"

"陆先生吗？没有啊，他已经很久没回来了。"

"我去医院时才知道他出院了。"

"出院我是知道的。先生前天出的院，跟我们打过招呼，他说自己没什么要紧的问题，所以就办了出院。怎么，先生没有告诉太太吗？"

"他没告诉我。"挂了电话，我觉得陆彦回对我的态度太不寻常了。这几天，已经有一点儿奇怪了，不过还不太明显，可今天的态度完全让我乱了套。

我是那种不把问题解决就怎么也不能安心的人，所以，索性也不回去了，就站在他的门口，后来累了，就蹲下来。脚被鞋子磨得太疼了，我直接把鞋子脱了，光着脚站着。

虽是夏天，但毕竟大理石地面还是很凉的，我打了个冷战，从包里翻出个记事本踩在脚下，才不至于那么冷。

就这样等了半个多小时，眼看就要到晚上十点了，我心里开始急，又给他打电话，可还是没人接，想了想，又发了一条短信过去："我在你家门口站着呢，我等你回来啊，你不回来我就不走，快点儿回来啊。"

我以为还会很久没动静，没想到刚过一会儿，手机就响了。我一看是陆彦回的号码，终于松了一口气。

因为担心了他一整个晚上，所以一开口我的语气就不太好："陆彦回，你搞什么鬼？出院怎么也不跟我说一声？"

我以为他会跟我道歉，然后再向我解释，谁知道他只是淡淡地开口说："是吗？我忘了跟你说了。"

他居然是这个态度，这真是让人火大："什么叫你忘了？我等了你多久你知不知道？！我有多么担心你，你知不知道？！"

"忘了就是忘了，哪有那么多解释。"

我耐着性子，尽量让自己不太激动："你的伤还没好呢，这么突然出院是干吗？"

"公司有很多事等着我处理，又不是什么大问题，不想住院了行不行？"说着，他比我先没了耐心，"你还有别的事吗？没有的话我就挂了。"

"陆彦回，你能不能不要这么过分？"我被他的态度给伤到了，"我可以体谅你最近一直在医院里心情不好，但我这么急地找你，你就一句'你挂了'，你有什么了不起，你要挂我电话？"

"何桑，你能不能不要一点儿小事就冲我发火？不就是没告诉你我出院吗？你看你一下子就炸毛了，就你这脾气，挺招人烦的你知道吗？"

"你说什么？"我贴着墙，一阵凉意直抵全身，仿佛那种冷一下子蹿进了我的心里，"陆彦回，你觉得我烦？你说我烦？"

他沉默了几秒，然后声音平静地说："是啊何桑，我觉得腻了，烦了。"

"陆彦回，你就是个人渣！你现在嫌我烦了？那当初我要跟你离婚，你怎么不说我烦？是谁一直求着让我不要离婚？又是谁突然出现在我面前，跟我说和好？你不久前才说过的话需要我提醒你一遍吗？”

“不用，我记得，不过，那个时候可能是小别胜新婚吧，我再见到你心情有些起伏，所以才冲动又去追求你，可是这几天冷静下来，我发现热情来得快去得也快，忽然就没感觉了。”

我被他气得身体在发抖，颤抖着摁了挂断键，在按之前，大声骂了一句：“去死吧你！”

说完，我已全身无力。平静了一下，我慢慢地把鞋子穿好，脚明明很疼，却好像没有感觉了。我揉了揉眼睛，却揉出一串眼泪。

他怎么能这样？怎么能这样对我呢？

他明明对我说：“你能不能彻底地忘记过去，以后跟我好好过日子？”

我是真的想跟他好好过日子的，我已经在心里做了决定，为什么他却反悔了？明明做不到的事情，当时又为何轻易承诺？

这样想着，站在电梯口，我忽然蹲下来号啕大哭。

哭累了，才起身回家，躺在床上，仍旧觉得不真实。

仿佛刚才发生的一切，都是一个讨人厌的噩梦，明明现实里圆满和谐，这个讨厌的梦却突然跳出来让人心灰意冷。

我用手指用力地掐自己的脸，拽自己的头发，是真切的疼痛。

我终究还是不甘心，从床上一跃而起，又打了他的电话。这一次，倒是马上就接通了。

虽然接通，他却没有立即开口。我说：“陆彦回，我再问你一遍，刚才你说的话是真的吗？是不是在故意逗我，在跟我开玩笑？如果是开玩笑，没关系，我不怪你，真的。”

他沉默了很久，再开口时，声音依然那么平静，那么冷漠，仿佛在说一件无关紧要的事。他说：“何桑，我刚才的话听上去像是在开玩笑吗？我是真的不想跟你在一起了，我们分手吧。不，我们离婚吧。”

我一下子哭了出来：“你不是人！你不是东西！你怎么能这么狠心？不是你说爱我的吗？说不爱就不爱了，你什么意思？”

“不爱了，就是不爱了。”

他像是在打发一个随便的女人一样，说：“你出差这几天，我一直在想，其实当初就是我错了，你要离婚，半年前我就该同意，那样，对我们两个人都好，像现在这样拖着，真的没意思，我好累。”

“畜生！”我挂了电话，把脸埋进被子里，只觉得一口热血从喉咙里一下子蹿了出来。我愣了，然后，就看到被子上一片红。

第二天上班我彻底迟到了，我都不记得自己是几点睡的，再醒来，发现已经中午十二点了。

我拉开窗帘，看到窗外晦暗的天色，更觉悲从中来。

开机后，我发现有很多未接来电，我想从中找到陆彦回的名字，可是没有。我颓然倒在床上。怎么可能会有呢？他那样的人，如果不是在开玩笑，那就是真的。只要是决定了的事，就不会再改变。虽然到现在我还是不相信他会不要我，可我还是觉得一定是发生了什么我不知道的事情。

没有人告诉我。

我给高奇峰打了电话，因为他打给我的是最多的。我一打过去，他就说：“何桑，你怎么回事？打你电话关机，是很让人担心的，你知不知道？”

“不好意思高总，我手机没电了。”一开口，我才发现声音都哑了，我清了清嗓子，“我昨天睡得迟了，忘记充电了，今天又起来迟了。”

“你生病了？”他到底还是细心。我说：“可能有点儿感冒吧，没关系，我一会儿就去公司，真的不好意思。”

“既然病了，还逞什么强？我就是想问问你昨天从上海带回来的工厂设计图在不在你那里？我记得当时是让你保管的。”

“哦，在的，在我包里，我这就送到公司去。”

“行了行了，你都病了，哪能让你再来。这样吧，我去你那儿拿。一会儿要开会，会议结束我去你那里一趟，顺便拿回就行。”

“嗯，好，我等您的电话。”

因为不出门，我就懒得收拾自己，反正高奇峰也不是我什么人，我便换了一件T恤衫和牛仔裤，又洗了把脸，梳了头。镜子中的我眼睛肿得跟桃子似的。昨天哭得太厉害了，到现在还有后遗症，头依然很痛。

我稍微把客厅收拾了一下，然后坐在沙发上发呆。可陆彦回就像一个刻在我脑子里的图像，怎么都没办法赶走他。我又差点儿不能控制地哭起来，直到电话响起。接通后，我瓮声瓮气地说："高总，您到了吗？"

"对啊。你住哪一栋？哪一间？"

"C栋五零二。"

没一会儿，高奇峰就来了，一看就是开会的样子，西装革履的。

我开门请他进来。他手里提着一个袋子，他把袋子递给我，说："我拿了文件就走，不进去坐了。给你买了点儿感冒药，我怕你这儿没有。"

我赶紧说："谢谢。"声音还是哑哑的。他仔细地看了看我："何桑，你是不是哭了？"

"没有啊。"我觉得丢人，不想承认。

"我看就是哭了。"他一边说着，一边竟然脱了鞋进来，看来是要跟我聊聊。

我把文件递给他："这个是您要的。"

"嗯。"他把文件放进包里，"你怎么了？"

"你这个样子，我看了一点儿都不放心。何桑，你到底怎么了？跟我还有什么话不能说吗？"

我心里有郁结，不得解，这个男人虽然是我老板，却也是我朋友的表哥，私交还不错，除去上下级的关系，也算是个朋友，所以，我到底没有忍住，对他说："我可能要离婚了，这一次是真的要离婚了。"

他很吃惊："不会吧，我以为你们已经和好了，怎么突然又出问题了？"

"我不知道。"我叹了一口气，"他的态度转变得太快了。我们从上海回来，我去找他，可是死活都找不到人。他在电话里跟我提的分手。我到现在都没有见到他人。他说分手，说离婚，我问他理由，他就说，腻了，烦了，不想和我在一起了。"

我这话说得有些语无伦次。高奇峰看出来我情绪激动，拍了拍我的肩膀，说："好了，你先冷静一下，陆彦回这个人我虽然跟他不是很熟，但是这一次的合作中有些交流，觉得他是一个有想法和靠谱的人，不是那种突然腻了就不想跟你在一起的人。会不会有其他什么你不知道的原因？”

我抬起头来：“我也想过，可他一口咬定就是不喜欢我了，我现在连他人都见不到，怎么办？”

“最近陆方一切稳定，没有听说公司出了什么事呀，别的方面我就不清楚了。不过，何桑，如果你真的放不下他，就去找他问个清楚。如果确定他是真的不喜欢你了，那你也别太难过，这个社会，你应该了解，谈爱情真是太奢侈了。”

“可是我不甘心，我们之间从一开始就大起大落，经历了非常多的事。你也知道，因为非常大的矛盾我们分开很长时间了，好不容易一切尘埃落定，可以好好在一起过日子了，他却要分手，我怎么能够甘心？”

“那你就去见他，好好问清楚，把事情问个明白。”

我决定听他的话。

酝酿了几天的大雨终于落了下来。

这样的天气，本不该出门，可我心里难过。他不肯见我，如果是这样的天气，我冒着大雨去找他，那他会不会不忍心，念在旧情见我一面？

这么一想，我就毫不犹豫地拿着伞出门了。

他住的小区也是不能让外来车辆进去，我只好把车停在附近的临时车位上，撑开伞就往里头跑。

我找到他住的公寓，使劲儿按门铃，一直按，却没有人回应。

我在外面大喊：“陆彦回，你开门！我知道你在家里，你别躲着我，有本事你当面跟我说清楚，不然我不信！我不会同意分手的！”

门被我拍得“砰砰”响，却一直没有人开门。我忽然泄了气，慢慢地走到楼下。大雨里，有说不出的阴冷。

我抬头望了一眼他住的楼层，数了数，发现亮着灯，我一阵难过——他在的，可他的心好狠，难道我们之间已经到了不能相见的地步了吗？我不信！

我打他的电话，他倒是接了，我说：“我知道你在家里，你不见我，没关系，那我也不上去了，我就在楼下等着。你知道外面下大雨吧，我不怕，我就站在雨里等你。”

他说："何桑，你不要这样。"

"我偏要！我要见你，我有那么多的话要问你，你为什么不肯见我？为什么？"

他挂了电话。

我没走，就拿着伞等他，我不信他那么讨厌我。如果今天我在雨里冻死，他也不管？

时间一分一分地过去，我的电话突然响了，是陆彦回，他说："你还在吗？"

"你说我在不在？"说完，我忍不住打了个喷嚏。他似乎叹了一口气，说："你上来吧。"

他已经把门打开了，我跟他站在门口四目相对。

他还是老样子，一点儿都没有狼狈或悲伤的样子，似乎这件事有后遗症的只有我，他只是一个局外人。

我的衣服淋湿了大半，身上又黏又湿，像一只发抖的麻雀。他侧身让我进来。我要换鞋，他拦住了："别换了，反正这里每天会有人来打扫。"

听了这话，我直接走了进去。

他去洗手间拿了一条干毛巾给我，说："擦擦吧。"然后，往我身上一扔。我只好接住，心不在焉地擦了擦身上的水。

"你想问什么？我都可以告诉你，问完了，以后就不要再来了。"

"我不相信你说的那个狗屁理由。那算哪门子理由？你凭什么腻了？你凭什么不爱我了？"

他看了我一眼，然后薄情地笑了一下："何桑，我又凭什么爱你呢？"

"凭你说过的话，凭你从前对我那么好，凭你一直都忘不了我。我不在别墅，你失眠；凭你跟你爸说，你一辈子只会对一个女人好，娶了她就会好好跟她过日子，不会辜负她，你忘了吗？"

他愣了一下，过了一会儿才说："是谁告诉你的？我爸去找你了？他告诉你的？"

他像是听到了什么好玩儿的事一样："真搞笑，我怎么不记得自己说过这样的话？他编了这么一大通话是干吗？"

"你可以不承认。"我看着他说，"不过，陆彦回，我告诉你，我信！我信他的话，我不信你现在说的。你是不是有什么事瞒着我？你告诉我好不好？”

“你别自作多情了，何桑，我早就说过，你有一个大毛病，那就是特别喜欢自作多情。那个时候我也是跟他赌气才说的，算不得数的，毕竟我是男人嘛，怎么可能只爱你一个？我也有过别的女人，这个你不是知道吗？”

“你撒谎！你骗人！我不信！”

“随你信不信，我只是说出来让你知道而已。”他转过身去，给自己点了一根烟。我看着他问：“不是说戒了吗？怎么又抽上了？”

他笑了，把烟灰慢慢抖落在烟缸里，说：“何桑，你看，我说过的话算不得数的，说永远爱你也好，说戒烟也好，其实都是一回事，说得快，忘得也快，不能长久，你明白吗？”

“那你怎么解释你搬出来住？别墅哪里不好，你要搬出来？”

他看着我：“你真的想知道吗？”

“我要知道。”

陆彦回忽然站了起来，拉了我的胳膊往卧室走，指着床对我说：“何桑，你知道这张床上睡过多少女人吗？搬出来多自由，想怎么玩就怎么玩，也没人知道。”

我甩手就给了他一巴掌：“你浑蛋！”

他几乎是残忍地笑了：“还有更浑蛋的事呢，你要不要一并知道，好对我死了心？我也可以不用再烦你一直来找我了。”

我的眼泪一直掉：“你怎么能这样对我？我那么爱你，你怎么可以这样辜负我的感情？！”

“你走吧，别再来了，下次见面，我们就离婚吧。我会把财产处理好，一人一半好了，那么多钱，也够你大富大贵后半辈子了，以后找个好男人嫁了吧，别再想我了。”

“我还是你老婆呢，你说我嫁给谁？你让我嫁给谁？”

“你现在那个老板我看不错，他对你不是也不错嘛，好像还是单身，那正好啊，你们凑一对儿好了，也挺合适的。”

我又给了他一巴掌。这一巴掌打得厉害，手都疼得发麻了。他只是侧了侧脸，什么都没有说。

我咬着牙说："我何桑瞎了眼，竟然会爱上你这个没良心的！"

他摸摸脸，说："打也打了，就当我欠你的都还了，你走吧。"

"不，陆彦回，你会一直欠我的，你这辈子都没法还！"

说完，我推开他，扭头就往外走。

我都不知道自己是怎么上的电梯，也不记得是怎么下的电梯，往外走的时候，整个人就像丢了魂儿，毫无意识，直接走到了雨里。

陆彦回跟了下来，在后面叫了我一声："何桑。"

我回过头，他撑着一把伞向我走来。我心里一动，他后悔了吗？

谁知道他用力把伞塞进我的手里："你的伞落下了。"

我忽然觉得好讽刺，连说话的力气都没有了，只想赶紧离开这个地方。

他却又说："何桑，你的鞋带散了。"

我低头一看，我的球鞋鞋带不知道什么时候散开了，像两根软绵绵的面条一样耷拉在雨里。

我没动，他却蹲下来，帮我把鞋带重新系好，然后站起来说："你忘了我吧，我不值得你惦着，我就是这么一个男人。"

我低头看自己的鞋，看他给我系起来的那个蝴蝶结扣，我感觉到一种抽丝剥茧般的剧痛从心里蔓延出来。我几乎是颤抖着去拉他的胳膊，手指因为用力，都泛白了，他却使劲把我的手指一个个掰开。

"走吧。"他对我说，然后头也不回地上楼去了。

第五章

那家豆花店

我们曾相爱，

想到就心酸……

我生了一场病，回去就发烧了。半夜从床上爬起来，忍着身体的不适翻出一盒退烧药。不知道是我的体质好，还是那药的效力好，天亮时，我竟然退烧了。

时间一到，我按时去上班。

高奇峰看我端了咖啡进来，问：“昨天跟你说的话，你还记得不？”

“记得什么？”

“你找过他没有？”

“找了。”我看着冒着热气的咖啡说，“他不爱我了，高总，我是真的被陆彦回给踹了，毫无余地。”

我说这话的时候，心口还是痛的，可是我没有再哭。之前，我的眼泪流得太多，现在反而有些麻木了。

他听了我这话，愣了一下，很快就说：“何桑，你要相信，离开一个不爱你的男人，你会过得更好。”

我勉强笑了一下。他挥挥手：“好了，帮我把这些文件送到楼下企划部去。”

“好的，我出去了。”

“去吧。”到门口时又被他叫住，“何桑。”

我回过头，他说：“加油。”

不是不感动，在我最难过的时候，他的这一句鼓励让我的心情好了一些。不去想陆彦回，不去想那场大雨，我恢复到忙碌中。

周末将至，我想去乡下看看外婆。

其实，我还是很不孝的，总说去看望她，一忙起来就忘了。直到自己真的伤了心，才发现，在这个世上，我只剩下乡下的亲人了。我哥的事我没有告诉他们，外婆年纪大了，经不住伤心，我就一直瞒着。

到了周末，我从银行里提了一些钱，想着到时候给舅妈。我去的时候，外婆还是在院子里坐着，舅妈也在，在剥豆角。

看到我推开门进去，舅妈脸上一下子笑出花来：“哎哟，是桑桑来了啊，你都好久不来了，我和你舅舅上次还念叨你呢。”

她喜欢跟我假客气，我也不会给她摆脸色，也笑着说：“舅妈好，外婆好。”

外婆慢慢地对我伸出手，我知道她是想摸摸我，我连忙蹲在她身前。

“外婆，您最近身体好吗？有没有不舒服的地方？要及时跟舅妈他们说啊。”

“我很好，上次不舒服，后来看过医生了，已经好多了。”

舅妈在边上说：“说起上一次啊，还得感谢你老公。桑桑啊，你真是嫁了一个好人啊，小陆真是靠谱。我和你舅舅打电话给他，他二话不说，就开车来了，还把你外婆给安排到医院里。”

我愣住了：“谁？谁把外婆送到医院里？”

“就是小陆啊，你老公啊！怎么，你不知道这件事？”

“什么时候的事？我怎么一点儿都不知道？”

“说起来也是好几个月前的事了。我和你舅舅没你号码，还好小陆当时留了一张名片，说若有什么急事可以打给他。那天，你外婆摔了一跤，我和你舅舅慌了神，突然想起来那张名片。小陆很快就来了，到了医院，医生说幸好送得及时，不然，恐怕得丢了命。”

“他怎么没告诉我？”

我有些发愣。

舅妈接着说："那时我还问，说我们家桑桑去哪里了？他说你出差了，不在家，还说不用让你担心。

"小陆那孩子真够细心的，每天都让人送好吃好喝的来，自己也经常来看望你外婆。"

那个时候，我没有出差，我住在自己租的小房子里，离开了陆彦回，仍然为离婚的事而僵持着。那时候，我心理状态极其不好，每周都要去看心理医生，夜里失眠，人很消瘦，常常好几天都不出门，还掉头发，患了轻度抑郁症。难怪他没告诉我外婆的情况，我尚且没有能力让自己过好，如何能去关心照顾外婆的身体？

我有点后悔知道这件事，真的，我宁愿不知道，如今心里反而更加难受。

我最受不了这样的事情，明明知道这个男人已经不爱你了，可是，你又知道了他曾经做过的一些事，好不容易有点决心去遗忘、去淡漠，现在又做不到了。

我都不知道自己是怎么从乡下回来的。

从前，我觉得自己找的这份工作辛苦忙碌，如今，只觉得手头的事情太少，都不够我做。

我把从前草率收起来的资料和文件重新拿出来，分类整理好。高奇峰路过我办公室时看到，起先还觉得挺好，可后来有一次他下班后折返回来发现我还在，吓了一跳："何桑，你干吗？这么晚还不走？"

我正在打印之前遗失的纸质资料，听到他问，就说："等下就好，我把手头的事忙完就走。"

高奇峰却不走了，站在我桌边，说："何桑，我觉得你最近有点儿奇怪，下班这么久了也不回去，倒像是在跟自己较劲。"

"我以前不知道好好工作，现在知道了，想弥补。"

"上班时间长就叫好好工作啊?"

"你还是当老板的呢，怎么不鼓励员工爱岗敬业？"

"何桑，你别这样。"他帮我把桌上的纸收拾好，说，"你这样让我觉得太逞强了，你要是不开心，就该找一些能让自己放松的事来做，而不是通过这样的方式让自己的情绪压抑着。"

听了他的话，我半天没动静，好不容易才缓过神来，说："我也想，可是我不知道能去哪里发泄，怎么发泄。在家里，我想起这些事也只会哭，我想忘记都来不及，又怎么去放松？"

高奇峰却忽然对我说："来，我带你去个地方。"

看他的样子，也不知道在卖什么关子。

谁知道他把我带到了写字楼的天台上。我从来没有来过这里。

工作的地方在十九层，电梯最高到达二十四层，再往上走一层楼梯，有一扇虚锁着的门，他熟练地把那锁拿下来，对我说："下次你也可以来，这是一个私人的地方，几乎没有人来，都以为是锁着的。"

推开门，面前是一大片的空旷。他把门关好，对我说："几乎不会有人到二十五楼的平台来，我常来这里，都是心情不好、想要发泄的时候。"

夜幕已经降临，从这里俯瞰这个城市，真是万家灯火。

"我刚从香港回到A市时，要办广告公司，因为不了解行情和缺少人脉，那时，真的是磕磕碰碰，有时候为了一笔小单子，陪客户喝酒，喝到胃出血。那真是一段非常艰难的时期。当时的盛圆，只有一层楼里的几间办公室，规模小得可怜。后来，我无意中发现了这里。那时候，我常常加班，临下班时就会来这里站一站，看看这个城市。"

他指着下面对我说："从这里往下看，车辆都是小小的，跟萤火虫一样，而路人呢，渺小如蝼蚁。那个时候我就想，人生就是这样，活在别人的眼里，成了渺小的一个点。可是我不甘心永远做别人眼里的一个点，所以，我从另一个角度去了解这个行业的方方面面，然后改变从前的方式，才把盛圆一步步做大。

"我跟你说这些，是想告诉你，生活也是如此，如果你禁锢在最下面，只能看到自己的痛苦，可如果你换一个角度，也许就能够解脱，至少你现在还能够站在这里俯瞰这个城市，很多人一辈子都没有站在高处的机会，你信吗？"

他的话震撼到了我，我说不出话来。他继续对我说："也许有一天你会发现，这世上最不值得同情的就是所谓受到感情伤害的人了。有人吃不饱饭，有人没有地方睡觉，生存尚且值得担忧，哪里还有那样奢侈的精力，去体会所谓的爱与恨。你如果深陷其中不能自拔，我不会同情你，最多觉得不值，所以，开心一些吧。"

"我也不想这么没出息。"起风了，我的声音也有点儿飘忽，"我想让自己坚强起来，他已经把话说得那么明白，不爱了就是不爱了，可我就是没有办法忘记，我不知道除了忙碌还能怎么遗忘。”

高奇峰点了一根烟，说：“那天我忽然很伤心，想到之前的女朋友把我给踹了，然后我做了一件事，之后我就觉得痛快了，一直到今天，我都不会再为此而难过。”

“您做了什么？”

“像这样。”他把手拢在嘴边，然后对着下面大声喊，“于清，我不爱你了，我再也不爱你了！”

做完之后，他看了看我，说：“来，你也试试看，如果不爱了，那他对你说过的那些残忍的话和做过的残忍的事，也就不会再伤害到你。”

我不敢做。

他继续对我说：“来，试试。”

我学着他刚才的样子，把手放在嘴边，对着下面热闹的人群、繁华的景象大声喊道：“陆彦回，我不会再爱你了！我再也不要爱你了！我爱不起了！”

高奇峰说：“何桑，说到就要做到，从今天开始，不要再为他难过了，过你自己的生活吧，哪怕真的离婚了，你也不要哭，因为你已经让自己放下了。”

我点点头：“好，我不会再难过，我不要再为他难过。”

这话是对着高奇峰说的，其实是对我自己说的。

如同心理暗示一样，我刻意而小心翼翼地提醒自己，以为能够说到做到，谁能料到，无意中知道的一件小事，又让我前功尽弃。

我去了那家豆花店。

很久没有吃那里的豆花了，甚是想念。

看到我来，老板娘忙给我盛了满满一碗豆花送过来。我一边吃，她一边跟我聊天：“今天心情不好？”

“不，我今天心情很好，我以后也会来，不过，不会是因为心情不好才来，而是想吃的时候就过来。”

“真的吗？”她笑了起来，“那我开始盼望你常来了。”

我也轻轻地笑了。

她又说："说起来你前一阵子好久不来，那位先生最后一次过来也对我说，他再也不来了，我还以为，你们说好了的。"

她这话让我有些好奇，我问老板娘："那个人怎么说的？"

"他那天来，心情非常失落，我忍不住问了一句，'你每次也是不开心的时候才来的吗？'他说'差不多吧'，然后又说'不过，这是我最后一次来了'。我就很诧异，问他为什么，他说，'因为已经没有必要了，我来这里是为了一个人，可是这个人现在已经彻底离开了我。'他这话我不明白，也不好多问。"

我听了她的话，不知道为什么，忽然心乱如麻。我抓住老板娘的手，急忙问她："那人长什么样？"

"挺帅的一个小伙儿啊，个儿也高，来的时候经常是西装革履的，穿得很周正。有时候店里的客人会多看他几眼，挺惹人注意的。"

我几乎是颤抖着把手机掏出来，开始翻照片，好不容易翻出来一张陆彦回的照片，对老板娘说："你看看，是不是这个人？是不是这个人总来吃豆花？"

老板娘盯着看了一会儿，"呀"地叫了一声："原来你们认识啊！"

我瞪大了眼睛。

陆彦回！陆彦回！竟然是你！原来是你……

如果你不爱我，为什么要跟着我来到这里？这种落拓简陋的小店，不是你最嫌弃的吗？为何反而成了常客？

我觉得自己好不容易被抚平的心，一下子就如一块巨石砸了进去，激起片片水花。

老板娘看着我说："你怎么了？脸色不太好啊。"

我愣怔着，没去理会老板娘的反应，留下钱就走了。

刚出门手机就响了，是同事："何桑，刚准备叫你，一转眼你怎么就走了？今天小圆过生日，大家说好了一起去唱歌的，连高总都去呢，你可一定要来啊。"

我推托："不好意思，我今天不太舒服，想早点儿回家，你们玩得开心。"

"别啊，多扫兴。"他说完，我就听到旁边有人说，"何桑不肯来？把电话给我，我来跟她说。"

果然，电话那头儿换成了高奇峰的声音，他对我说："何桑，大家都去热闹的，我请客，你也一起，难得的聚会，怎么能不到场？"

“可是高总，我真的不想去。”

他反问我：“你忘了那天我跟你说过的话了？人要往前看，不要一直情绪低迷，你自己承诺过的。来吧，跟大伙儿聚聚，多交些朋友，同事也可以变成朋友的。”

听了他这话，我不好再拒绝。

我神思恍惚，考虑到驾车不安全，就打了车过去。

高奇峰请客，毫不手软，是在全城最豪华的KTV。一推门进去，里面的人就叫了起来：“何桑来了，总算是来了，起先还推说不舒服，我看你身体好着呢，不够意思啊！”

我笑起来：“不好意思，之前我扫兴了，给你们赔罪。”

“嘴上赔罪哪里够，喝酒喝酒！”说着，就有平时比较闹腾的男同事给我倒满了杯，“都喝了才算诚意。”

我没犹豫，拿起杯子一口干了。有人拍掌：“好酒量！何桑，你不该做高总的秘书，你这酒量，去做女公关都够格了。”

高奇峰也笑起来。他坐在中间的沙发上，离我有一段距离。我朝他笑了笑，算是打招呼。我坐在那儿笑着看他们玩，可脑子里一直想着豆花店老板娘说的事，神思游离。

让我情绪崩溃是因为一个同事唱了一首歌。

那是一个平时话不多的男同事，他点了一首林宥嘉的《心酸》，唱歌之前，他清了清嗓子，说：“其实我今天心情很不好，因为我的初恋结婚了。不过，今天是小圆生日，我还是挺高兴的。既然要唱歌，我就唱一首吧，送给小圆，祝她生日快乐，也送给我的初恋，祝她婚姻幸福。”

他唱得有些走调，可他唱到那句“我们曾相爱，想到就心酸”时，我看到他脸上有一滴泪，慢慢地从眼眶里滑落下来。

我的心就像忽然被人狠狠地揪了一下，我拿起桌上的一杯酒，仰头就喝，结果眼泪哗地流了出来。

我没敢擦，怕被人看到，继续给自己倒酒，又喝了一杯，结果放下酒杯时，身边一个一直在划拳的女同事看看我说：“何桑姐，你怎么了？哭啦？”

她这么一问，我的眼泪就再也忍不住了，同事三三两两地看过来。我忽然一下子哭出声来。身边不停地有人问我“何桑，你怎么了”，可是我不知道该说什么，直到高奇峰快步过来，看了看我，然后一把将我拉了起来，说：“她喝多了而已，你们继续，不用担心。”接着就把我拉了出去。说是拉着我，实际更像扶着我，因为我已经几乎站不起来了。

我被高奇峰扶到了洗手台，他说：“你这是怎么了？我看你情绪一下子失控，你没事吧？”

我贴着墙面说：“我不行了，我真的受不了了。我已经很努力地去忘记，还很努力地记住自己说过的话，不再爱他，可是太难了！真的太难了！我觉得再这样下去，我就要死了。

“我也很想像您一样，可以活得洒脱一些，把感情的事看得淡一些，可是我明白，我们不是同一类人。”

他点点头：“好好，我知道了，你先擦擦眼泪。如果你真的放不下他，那就再想别的办法。”

我喝多了酒，有些站不稳，来来往往有人经过。高奇峰让我洗了脸，又扶着我往外走。我挽着他的胳膊，觉得自己活像一摊烂泥，真的是糟糕透了。

灯影交错里，我听到一个熟悉的声音，那人在打电话。我听到他说：“我有些累了，李总他们你帮我安排好就行，我想先走了。”顿时，脚下如被定住了一般，再不能动分毫。

高奇峰见我不动，问：“何桑，你怎么了？”

不远处的男人听到这话转过脸来。他站在黑暗和灯光的交汇处，脸上也染了一层暗淡的光晕，像是梦境中的人。

此时，我几乎整个人都挂在高奇峰的胳膊上，怎么看都像一副跟上司暧昧的样子。如果是从前，陆彦回看到肯定会跟我生气，可是现在，他就那么站着，然后他朝我们走过来。我以为他会跟我说些什么，可是，他只是从我身边走过，一句话都没有说。

一下子，我的身体仿佛被抽空了一般，软了下去。高奇峰一把接住了我：“何桑，你还好吗？”

他也看到了陆彦回，扭过头喊他：“陆总，她这个样子，你真的准备不管了吗？”

我没有抬头，陆彦回的声音一字不落地传进了我的耳朵里，他说：“不好意思，何桑现在已经跟我没有关系了，我看高总跟她关系挺好的，你照顾她不是很好吗？”

高奇峰还要说什么，我拉他：“我们走吧。”

他低头看了我一眼：“何桑，既然做不到忘记，那就勇敢面对，别退缩。”

高奇峰把我的手拿下去，快步走到陆彦回身边，说：“你看看那个女人，因为你，她都变成什么样子了！她现在还是你老婆，你把她推给我，还算什么男人？”

“她很快就不是了，或者……在我心里，她早就不是了。”

这句话让我彻底崩溃，我怕自己再听下去会疯掉，过去拉着高奇峰的手说：“走吧，高总，我们走吧。”

高奇峰看着陆彦回说：“她那么好，你还这么对她，你一定会后悔的，陆彦回。”

“那是我的事，不用你管。”

高奇峰对我说：“何桑，你回去，我跟他聊聊。”

我忽然不知道该说什么，看了他们一眼，摇摇晃晃地走了。

我回到包间，同事看向我：“你还好吧？”

我摆摆手，拿了包，说：“不好意思各位，我今天实在太累了，就先回去了。”

他们看我刚才情绪激动，此时也不拦着了。回去的路上，我觉得心里空荡荡的。

我没想到高奇峰和陆彦回打架了。

电话里，一个女同事情绪很激动：“何桑，高总和陆方的陆总打起来了！就在洗手台那里，谁也不知道具体发生了什么事，你知不知道？”

我还在路上，一听这话，赶紧问：“你们还在那儿吗？”

“在啊。”

我连忙对出租车司机说：“师傅，麻烦你掉头，我要回刚才上车的地方。”

我心里乱糟糟的，觉得真是对不住高奇峰，毕竟这是我和陆彦回的矛盾，是我把他拉进这个麻烦里来的。

等我赶到，同事已经散了不少，只有两三个人坐在包间里陪着高奇峰，看到我来，都站了起来。高奇峰拿了外套，走过来对我说：“我听说你要返回来，所以才在这里等你，我有话对你说。”

同事跟我们道别，最后，只剩下我和高奇峰两个人，他说：“走，路上说，我没喝酒，正好开车送你回去。”

我看了一眼他的脸，嘴角都肿了起来，我问他：“怎么好好的打起来了？他跟您说了什么让您这么激愤？”

“不是他跟我说了什么，是我跟他说了些不好听的。”

我奇怪地看了他一眼：“您这是什么意思？”

“何桑，你先不要怪我，我之所以会跟他说那番话，也是为了试探他，看看他心里到底还有没有你，是否还在乎你，所以，我不是真心那么想的。”

“您别卖关子了，快点儿说吧。”

“我们刚开始不是在说你的事吗？他一副无所谓的样子，我也是被他给气到了。但我总觉得他不是这样的人，也许真有什么不能跟你说，于是，我就故意刺激他说，‘你不要何桑，那正好啊，我也就不用顾忌了，反正我早就对她有意思了，她点子那么正，在床上一定能把人伺候得很好。’”

我瞪大了眼睛：“你疯了？怎么能说这样的话？”

他赶紧摆摆手：“你先别生气，我真不是真心的，我是故意刺激他，我就想看看他的反应。”

我只好闷声问道：“那他说了什么？”

“他一下子就提起了我的衣领。”高奇峰看着我，“我看出来他不高兴了，于是就继续煽风点火，说，‘何止是我，公司里好多男人私下里都叫她小妖精，这话也就是何桑不在我才告诉你。毕竟我们合作过，怕我自己哪天不小心把她给办了，不跟你提前说一声显得我不地道。’”

我简直要被高奇峰给气死，他竟然对陆彦回说这样的话，可一想，既然他是为了故意看陆彦回的反应，那他到底是什么反应？高奇峰接着说：“其实，他之前虽然生气，但没有真的动手，真的动手是因为他问我，如果我跟你在一起了，我会不会娶你。”

“你怎么说？”

“我说‘当然不会，我怎么会娶一个嫁过人的女人’。”

“然后呢？”

“然后我话还没说完，他就把我给打了。”

高奇峰摸了摸脸，说：“何桑，你老公下手可真狠。”

我瞪了他一眼：“你活该！干吗跟他说那些话？我原本对你还有愧疚，现在是你‘撩拨’他，那就是活该了。”

高奇峰听了我的话反而委屈了：“怎么反倒做好事还被你倒打一耙了？我觉得，陆彦回还是很在乎你的。”

我没吭声，半天才说：“怎么说？”

“要是不在乎，管我说什么，管我会不会娶你呢。你看他反应那么大，根本不像之前对你那么绝情的样子。他对你估计也还是那个死样子，看来不逼他，他是不会说的。”

“逼他？”我一下子拉住了高奇峰的胳膊，“怎么逼他？”

“我就想，要不我坏人做到底好了，哈哈……你不知道，他让我离你远点儿，看来是认定了我会对你图谋不轨，肯定会伤害你。既然这样，不如我就继续装下去，看他还能不能沉得住气！”

他这么一说，我的眼睛就亮了起来：“这样真的可行吗？你觉得他会沉不住气，然后来找我吗？”

“我觉得如果他心里真的有你，就不会任由我缠着你，到时候你再问他，也许他就能把一切都告诉你了，你觉得呢？”

我当然没有问题，立马对高奇峰转变了态度：“不好意思啊高总，刚才对您那样不客气，没想到您这样为我打算，我真是……真是太感动了！”

我还有顾虑：“可是高总，您毕竟是我的老板，试探陆彦回不要紧，要是让别的同事瞧见，那对您的影响肯定不太好啊。”

“你会在意吗？”

“我是不会在意，可是……”

“你不在意就行了，我有什么好顾虑的？孤家寡人一个，没有人管着。要是哪天我在意了，你就得恭喜我脱单了。”

他这话让我笑了起来。

第六章

没有你，我怎么活？

如果真的有一天你不在了，
我会活得下去吗？
我怎么可能活得下去，
我没有了你，我怎么活？

没想到之后不久，还真有一个机会让我再见到陆彦回。

合作方那家连锁酒店的老总回国了，因为很满意盛圆出的方案，想跟盛圆长期合作，所以特意来了一趟A市，宴请盛圆和陆方的高管。其实，这样的场合高奇峰也不用带着我的，但他坚持："你怎么每次要见到陆彦回了，就变得畏畏缩缩？"

这话激起了我的斗志，我只好同意。因为是一个小型宴会，我穿了一件比较正式的礼服。

我们到得比较晚，去的时候陆彦回已经在了。他正低头和一个老头儿说话，应该就是那位刚回国的老总。他看到我们进来，尤其是看到高奇峰，很是高兴，过来跟他握手。在他们寒暄时，我一直看着陆彦回。他大概感受到了我的眼神，瞥了我一眼，然后不动声色地皱了皱眉头。

虽然不是很明显，但还是被我捕捉到了。我晓得他为什么不高兴，我今天穿的这件礼服，是抹胸的，下面也不是很长，总之属于性感轻佻型的。

我承认自己是故意的。

上一次他和高奇峰打架，这次连句客套话都没说，站在边上一言不发。他这人就是这样，不喜欢谁，表现得全世界都知道。

高奇峰跟那位老总介绍我时，并没有说我是他的秘书，只说："她是何桑。"

这老头儿以为我是他的女朋友，随口夸奖："高总的女朋友真是一个beauty，好福气啊。"

没有人反驳这话。

我用余光偷偷地瞄了眼陆彦回。他抿着嘴，也不看我们，只是有些不耐烦地看了看其他地方。我知道他心里不好受了。哼！现在知道不好受了？

中途，我拿了一块儿蛋糕去阳台的椅子上坐着吃，高奇峰被那个老头儿拉着喝酒，百无聊赖时，有人走过来。我看了一眼，咬了一口蛋糕，没吱声。

他还是老样子，不高兴时说话都皱着眉头："何桑，你别跟高奇峰走那么近。"

我把盘子放在桌上，几乎是笑着说："关你什么事！"

"你作践自己给谁看？给我看吗？我也不会因此就怎么样。"

"那你还说什么！"我哼了一声，"高总不是很好吗？他对我很好，你不是希望我忘了你，找个人过吗？那行啊，我就找高奇峰得了，他也有钱，长得也不错，算是一个不错的人选。"

"他不是什么好东西。我给你点儿提醒，那男的，你少跟他走得近，就你那个破工作，有什么好要的？还不如之前当音乐老师呢。"

"我喜欢这份工作，我要一直做下去。"仿佛是挑衅一般，我从他身边擦身而过，往高奇峰的方向走。高奇峰喝了不少酒，不过脑袋还算清醒，趁无人注意，凑过来低声说："他刚才过去跟你讲话了？"

"嗯，他让我离你远一些。"

高奇峰神秘莫测地笑了，冲我眨眨眼，然后往我身边靠了靠。陆彦回大概还在阳台，从他的角度看我们，就像我和高奇峰抱在一起，亲密低喃一样。如果不是迫于无奈，我根本不想用这样的方式刺激他。

宴会结束，高奇峰假装醉得走不了路，让我扶着他。他没有开车，我扶着他上了我的车。上车前，他用不大不小的声音说："哎，何桑，要是一会儿我上不了楼，还得麻烦你扶我上去。"

"知道了。您怎么喝那么多酒？"我跟着他演戏，心里却想：那个男人怎么还没有动作？高奇峰把车门关上。我咬咬牙，发动了车子。刚要踩油门，有人敲车窗。我不动声色地笑了一下。车窗缓缓滑下，露出陆彦回不耐烦的脸：“何桑，我有话要跟高奇峰说，我送他回去，你自己先走。”一边说着，一边开车门，要把高奇峰拽下去。高奇峰哪里肯下车？手紧紧地抓着座椅，不肯松开。陆彦回也不管他了，把车门一拉，直接把我拽了出来，说：“那就让老李送他回去，总之，你不行。”

我一下子甩开了他的手：“上一次是谁说不会再管我了？你不是不管我了吗？现在这么矫情干吗？今天我就要送高总回去，他是我老板，我是他秘书，我不送，谁送？”

高奇峰在车里笑了起来。陆彦回阴鸷地盯着我看了好一会儿。我以为他会像从前一样大声地制止我，然后把我拖走，谁知道他慢慢地放开了我的手，像是做了什么决定一样，忽然开口：“那好吧，随你吧，何桑，你要送他就去送。”

连高奇峰都不笑了，有些诧异地看了他一眼。我心里更是一阵难受。他放开我的手后，转身走了。

不知道为什么，这个时候我有一种感觉，如果他这次走了，以后我和高奇峰再怎么用激将法，都不能让他有丝毫异样了。我忽然怕了起来。高奇峰已经从车里下来，看了我一眼，摊开手，耸了耸肩。我大喊一声：“陆彦回！”

就在他回过头的刹那，我踮起脚尖，亲了一下高奇峰。高奇峰都愣了。我的眼里全是泪，但没有流出来，不过，这个铤而走险的做法到底达到了我想要的效果。陆彦回几乎是快步走过来，二话没说，一把拉住了我的手。他的力气那么大，我挣脱不得，不过，我也不想挣脱。

他把我塞进了他的车里，对站在边上的老李说：“把她的车开走，把姓高的送回去。”然后，坐到了驾驶位置，发动了车。他把车开得飞快，一直在超速，我低声说了好几次：“你慢点儿！”可他根本不理我，仿佛在赌气，看都不看我一眼。

我不知道他要去哪里，直到进了蓉锦花园，我才知道，他要带我回家。停好了车，他沉声道：“下车！”

我只好解了安全带下来。他拔了钥匙往里走，我就一直跟着他。上一次来是什么时候？大雨滂沱，我撑一把伞在雨里等他。

我以为，我和他，这辈子就真的画上句点了。

又来到了这里，这处处装潢精致的宽敞公寓，虽然没有别墅那么大，但因为只有他一个人住，更是少了人味儿，多了空落落的感觉。

这一次，我规规矩矩地换了鞋，穿上他的大拖鞋站着。他换了鞋，“砰”的一声把门给关上了。

我们站在门口四目相对。我瞥了一眼墙面光洁的大理石上映出来的自己，有一些委屈，还有一些茫然无措。而他只是盯着我看，凶狠的样子。

然后，他的眼神转为无奈。我看完自己，转过头来看他。看着看着，觉得更加委屈。这人把我带回来，怎么就这样子对我？他什么心思，我一点儿都猜不到。

过了好一会儿，他才开口：“我不是让你离高奇峰远一点儿吗？你怎么就是不听我的话？是不是我现在跟你说话没有用了？”

久违的不讲道理的口气，竟然让我心里猛地一暖，还有更多的伤感。

我伸手一下子抱住了他的腰。他愣住了，过了一会儿才说：“放开。”

“我不放。”

“我让你放开。”

“我就不放！你是我的谁啊，我就要听你的？”

“那我是你什么人你就随便抱？何桑，我怎么不知道你现在这么随便，是个男人就随便亲亲抱抱？你刚才……竟然……竟然还亲了高奇峰？！”

仿佛是为了表达不满，他用力地把我的手从他腰上拿下来。

我抬头看着他，说：“我就是亲了他怎么了？我告诉你陆彦回，你要是还不肯要我，我不仅亲他，我跟他怎么样都行，你信不信？反正你不要我，我活着跟死了没什么两样，那让我自生自灭好了，跟谁不是一样过？与其一个人孤独到老，还不如跟别的男人纠缠不清。”

“他不会娶你的。”

“没关系。”我把头扭过去，“你以为我在乎这些？”

“没名没分跟别的男人胡来，你说没关系？”他被我激怒了，“你敢？！”

“那也是你逼我的！”我大声说，“如果不是你，我也不会沦落到这个地步。”

他大概是被这个词给吓到了，看了我好一会儿才说：“何桑，你不能这样。”

我看着他："那你就让我回到你身边。我不知道你到底怎么了，你不肯说也行，不过，请让我在你身边，不然我真的要疯了，什么事都做得出来。"

我伸出手去摸他的脸："啊？好不好？你回答我。"

他扭头，避开我的手，有些气急败坏地说："我怎么就把你带回来了？我真不该带你回来，你走吧，我还是对你没感觉。"

我伸脚就把茶几踢翻了，玻璃却没有碎，只是声音振聋发聩，茶几上的东西落了一地，杯子碎了几只。可他就像没看到一样，依旧是冷漠的样子。这，让我跌入了谷底。

我说："好，陆彦回，是你逼我的，你别怪我，我现在就去高奇峰家里，我要跟他发生关系，以后我就真的不管不顾了，离婚就离婚，离了正好，我更加可以没有顾忌地玩，我什么都不在乎了。"

说着，我转身到门口换鞋。就在我蹲下来想要穿高跟鞋时，他忽然过来拉起我，往卧室走。脚上剩的一只拖鞋因为太大，踉跄着掉了。我光着脚被他拖着走。

他根本不说话，把我往床上一丢，就开始脱我的衣服，裙子拉链被他一拉到底。我没有反抗，任他发泄着怒气。当我们终于坦诚到最后，肌肤触碰时，他狠狠地吻我。与其说是吻，不如说是在惩罚。他拉着我的头发，让我的头被迫抬起来迎接他的吻。

我用手抱着他的头，心里想：陆彦回，这一次，我死也不会放手了。

他抬起头，吻我的耳垂。我闭着眼回应他的爱抚，可是他却没了下一步的动作。我睁开眼睛，发现他只是看着我。我看到这个男人眼里的悲伤。这悲伤就像流水一样灌进我的心里。我想变成一面镜子，照进他的眼里、心里，想去探究他讳莫如深的秘密。

我说："陆彦回，我爱你，我爱你，我爱你……"

他用嘴堵住我的嘴，那个瞬间，我们的身体完美地契合，我感受到他的热，我在这抵死的痴缠里，收获一种掺和着忧伤的快乐。

事后，我们并排躺在床上，我翻了个身，搂住他的腰。他没有动，也没有拿开我的手。我亲他的下巴，那里微微有些胡楂儿，多了一些男人味儿——这是我最爱的男人。

心里想着，却不自觉地说出了口。

我对他说："要是你让我现在去死，我也愿意。陆彦回，你不知道你对我来说有多么重要，没有你我活不下去，我真的会活不下去的。"

他叹了一口气，伸出手，像安抚一个孩子似的摸了摸我的头。我以为他会说些什么，可是他什么也没有说，而是起身去了洗手间。我只好套上衣服坐起来，随便地看了看房间，却一眼扫到床头柜上的一个瓶子，打开一看，里面是白色的药丸。我吓了一跳。又哗啦一下拉开其他柜子，里面竟然还有不一样的瓶子。我打开一看，也是药。忽然，一个非常不好的念头跳进了我的脑子，我也不管他正在洗澡，冲过去一下子把门推开，对他说："这是什么？"

他刚洗完澡，浑身湿漉漉的，拿了一条浴巾把自己裹住，头发滴着水，眼睛越发明亮。他看到我手上的药瓶，顿了一下，说："钙片。"

"你还骗我？那么多瓶药，怎么可能会是钙片？到底是什么？你是不是病了？陆彦回，你是不是得了什么不治之症了？怪不得，怪不得你非让我离开你，原来是这样，原来竟然是这样！"我快要哭出来了。

他夺过我手里的瓶子，说："瞎说什么！谁病了？你烦不烦？我都说了是钙片，还有些帮助睡眠的药，还有最近应酬多，喝酒太多胃不好，治胃痛的药，我都放一起了，正好被你看到了。

"我们很快就没有关系了，我已经让律师安排了，尽快签协议离婚吧，总这么耗着算个什么事？"

"我不离婚。你刚才都那么对我了，现在还要跟我离婚？陆彦回，你是不是男人？"

他越过我走了出来，似乎很疲惫。我说："你说不爱我，我根本不信。你要是真对我没感觉了，今天晚上算什么？我知道你是爱我的。陆彦回，你爱我，还要让我走，那就一定是有别的事。我问你，你是不是病了？你不肯说，那好啊，咱们就耗着，我就待在你身边，我哪儿也不去了，不然我就搬过来跟你一起住，你到哪儿我就到哪儿！"

他点了一根烟，说："刚才我是一时冲动，有性无爱很正常，反正我们暂时还算是名义上的夫妻，做了就做了吧，你也别当一回事。"

"你这话说得轻松，我怎么可能不当一回事？你要是真的有个什么病，死了，我就跟你一块儿去，你以为我不敢吗？人活着不能得到的，死了可以成全，那有什么好怕的？你这辈子都别想甩了我。"

"你怎么这么固执？"

"你到底怎么啦？说出来让我知道好不好？陆彦回，我求你，我真的要疯了，再这样下去我会死的，求求你了，你就告诉我吧。"

他看着我，帮我把眼泪擦干净，然后用非常飘忽的声音说："何桑，我病了。"

我颓然地坐在了地上，看着他说："你得了什么病？很严重吗？"

"很严重，会死的。我脑袋里长了一个瘤，眼睛已经开始出现问题了，有时候看东西都是模糊的，有时候会突然出现幻影，我觉得自己活不长了。"

"所以你才把我推开，让我滚得远远的？然后呢？你就一个人在这里自生自灭？你怎么能这样自私？你知不知道，如果有一天你真的不在了，我会活不下去的。我怎么可能活得下去，没有了你我怎么活？"

我几乎发疯了一样捶打他："你说话啊，你把我当成什么人了？"

他握住我的手："何桑，你冷静一点儿，我是为了你好。我的状况我很清楚，肿瘤扩大，伤了视觉神经我才会出现那样的状况，我的眼睛会变得越来越糟糕的。现在每天靠这些药物治疗，可是，也许真的有一天我就突然地……死了。"

我觉得自己说话的时候，声音都在发抖："陆彦回，你告诉我，什么时候的事？你什么时候知道自己得了这个病？"

"那一天，我开车在乡道追那个打电话提到你哥的人，结果被车撞到，伤到了头和脖子，当时，我没当一回事。"

"然后呢？"

"结果第二天，医生说查一下我有没有其他症状，结果他告诉我，我脑袋里有一个不知道什么时候长出来的肿瘤，当时我不信，觉得不可能。我不想让任何人知道，就让他先不要说，我想找其他医院再查查。

"所以我就去找了黄耀。他是专家，不会出错的。他在德国就是主修肿瘤科的，国内也很少有人技术超过他。我去他那里做了一个全面检查，他告诉我，我的确得了肿瘤，而且这个肿瘤还在长，已经开始压迫其他神经。渐渐地视觉和感官都会开始出现问题。我现在就是这样，头疼，看不清东西，我是真的没救了。”

“黄耀说你没救了？”我的眼泪再也止不住，“真的吗？黄耀真的这么说？”

“他是我的发小，关系最好的哥们儿，怎么会不希望我好？可是他跟我说，他也没有办法，而且，再好的医生恐怕都没有办法。现在唯一能做的，就是拿药物拖延时间，能拖多久就是多久，多活一天是一天。”

“我不信。”我趴在他的腿上，“陆彦回，我不信，你不会就这么死的，我们一定还有别的办法，再去找黄耀，问问他还有没有别的办法！”

“如果他有办法，怎么可能会不告诉我？何桑，我本来想把你推开，你能重新找一个人过日子。如果是从前的我，哪怕死了也要把你留在身边，我就是这么自私的一个人，可是现在我做不到了。”陆彦回摸了摸我的脸，“从前你有哥哥，还能陪着你，可是现在连他都死了。如果不是我，你可以跟许至好好生活，至少他会对你好，你们平静相安，本来不会有那么多的苦难。”

我摇头，张开嘴，却发现什么都说不出口。

他看着我说：“可是我错了，我一直都不够真正了解你，你比我所预料的还要死脑筋。何桑，我是真的拿你没办法了。时至今日你都不肯遂了我的心愿，你还是不肯忘了我。我明知道你对高奇峰那样，是故意来刺激我的，可我还是生气了。也许你了解我比我了解你更多。我嫉妒了，我也怕，怕你真的开始什么都不顾忌地过下去，那样我不会原谅自己的。”

他说到这里，我已经泣不成声，趴在他的腿上大哭。

“也许这世上真有因果报应，大概是我从前做的坏事太多，老天都看不下去了，要把我收了去。既然这样，我也认了，可是让你这样伤心，真是对不起。”

他蹲下来搂着我：“对不起，何桑，真的对不起。”

有泪滴在我的脖子上，那么凉。

我说：“陆彦回，你听着，我不会再离开你，一辈子都不会，你要是再敢让我滚，我就死给你看。你现在病了，我陪着你，还有多少时间都不要紧，我不在乎，我只要陪着你就够了。”

他没有说话。我看着他：“你听到没有？”

“听到了。”他露出一个无奈的表情，“刚才我就预料到，把这些事都告诉你，你就真的不可能再离开了。看来，我是到死都没办法让你走了。”

我捂住他的嘴巴：“以后不要说那个字好不好？我们只要好好活着，每一天都要好好活着。”

他似乎很伤感，却还是笑了一下，说：“好，我们好好活着。”

他也许是累了，吃了药睡了。我没有睡，睁着眼睛看着他的脸。虽然说出口的话底气十足，可谁都不明白我是什么感觉，心如死灰。

大概是昨天夜里睡得太晚，早上醒来，我就看到陆彦回的脸，他看上去比昨天好些，含着一点笑意看着我，竟让我没来由地有些酸涩。

我们有多久没有这样了？

一觉醒来身边空空荡荡的，从早到晚，睁开眼睛到闭上眼睛睡觉，一直都是一个人。可是现在，我终于又回到他身边了，像是拥有了一件失而复得的宝贝。我对他说：“早安。”

“早安。”他吻了吻我的额头，然后像想起什么，对我说，“对了，高奇峰刚才打电话过来，我接的。”

我看了看时间，已经上午十点多了。其实，昨天夜里我动了辞职的念头，现在只想陪在他身边，珍惜每一天。

但陆彦回显然不喜欢高奇峰，他说：“你们那个高总是个衣冠禽兽，起先我以为他是个不错的人，后来才知道他多龌龊，看到你跟他在一起我就生气。”

我觉得有点儿好笑，问他：“他跟你说什么了？”

“他问到你了，我就说你还在睡觉，昨天太累了，今天不去上班了。”陆彦回说这话的时候，带了些赌气和炫耀的样子，让我忍不住笑起来：“其实高总是个好人，他是故意气你的，就是为了想看看你对我是不是还有感情。后来跟我一副暧昧的样子，也是演戏给你看，想让你吃醋来找我。其实我最感激他了。”

陆彦回眨眨眼睛，好一会儿才说：“好啊何桑，你们这是合伙来算计我呢，我竟然还真的上当了，我今天才知道原来自己这么单纯。”

我亲了他一口：“你吃醋的样子最可爱了，我好喜欢。”

我洗漱完，看到他在看电视，就跟他说：“我想辞职了，你怎么看？”

他没吱声，我又叫了他一声：“陆彦回，你怎么不说话？”

“既然你说高奇峰不是那种人，那你干吗不去上班？昨天不是还跟我说，这是你喜欢的工作吗？为什么又突然不去了？”

我抿抿嘴：“就是不想去了啊，我现在只想跟你在一起。”

陆彦回笑了一下，说：“别这样，这就是我不希望看到的，我希望你能安心过好每天的生活，最好习惯了忙碌，这样，万一哪天我不在了，你也能……”

“陆彦回，你还说！”我的眼睛有点儿湿。

他又恢复了没心没肺的样子：“逗你呢。不去上班正好，陪我吧，其实我还不乐意你见到那个姓高的呢，巴不得你一直在我身边。”

我说到做到，真的向高奇峰递了辞呈。他愣了一下，半天没有打开来看，然后才说：“不是吧何桑，我这是好心办坏事了，原本是帮你和陆彦回重修旧好的，现在他不让你当我秘书了？所以你就辞职了？这也太过河拆桥了吧。”

他这话让我十分不好意思，但又不想告诉他陆彦回生病，只好说：“我最近经历了太多事情，也累了，想休息一段时间。”

高奇峰没有坚持留我，叹了一口气，到底还是签字批准了。

不过，陆彦回的情况比我棘手很多。他跟我不一样，我只是一个不太重要的小秘书，能够胜任此职位的人多不胜数。可是他不同，他是陆方地产的总经理，现在的代表人，如今他病了，陆方就乱了。

我问过他的打算，他说：“陆劲暂时还不知道我的情况，我也没让其他任何人知道，可是这件事我不想再隐瞒，我得让位。”

我有些难过，我知道他是如何费力地从陆劲手里把陆方地产的大权夺过来的，如果他的身体一直健康，又怎么会选择这一步呢？陆方地产是他妈妈的心血，陆彦回对待陆方地产的感情有多深厚，外人是无法体会的。我心里一阵难过，可是什么安慰的话都说不出口。他却反过来安慰我：“没关系，你不是在我身边吗？”

我们主动回了一趟大宅。他爸并不知道我和陆彦回又经历了那么多的事情，还以为我们分居后又在一起了，很替我们高兴：“好啊，桑桑终于肯原谅你了，你这个臭小子，一定要好好待她，不能再对不起她！”

陆彦回对他爸还是那副爱理不理的样子，不耐烦地摆摆手说：“知道了，烦死了。”

吃饭的时候，陆劲还是很热情的样子，仿佛他和陆彦回之间，没有任何的过节，毫无嫌隙。

这顿饭的过程中，陆彦回什么都没有说，直到吃完饭，他才开口说出我们来的目的。

“爸，我可能不能再担任总经理的职位了。”他这话是对着他爸说的。我看到他爸放下了茶杯。到底是见过世面的人，没有一下子失态，而是平静地问：“忽然说这个，总得有个原因。”

陆劲和肖万珍都在，陆彦回一点儿也不顾忌：“我生病了。”

他爸总算有些急了：“生病了？什么病？很严重吗？”

“肿瘤。我脑子里长瘤了，恐怕剩下的日子不多，所以得把一些事情交代好。”他说得非常平静。

所有人都是一副吃惊的样子，他爸一下子站了起来：“这事是真的假的？你查清楚没有？会不会是医院弄错了？你在哪里查的？”

“错不了，两家医院都确诊了，而且黄耀都说，他没有办法。”

“什么叫没有办法？黄耀这么跟你说的？我非要打电话问问他，我就不相信了！他会不会看病？不会就找其他医生，总有个会看病的！”

这时候，一直没有开口的陆劲说：“老二，你已经让黄耀确认过了？怎么突然就得了这样的病？！你让大哥心里多不好受！”

陆彦回没理他。他爸一下子眼眶就红了：“怎么会这样呢？怎么突然就这样了？还有没有办法？手术切除呢？可以动手术吗？”

“黄耀说，已经压迫脑神经了，如果手术，太危险了，万一不成功，人就……他不肯替我动手术，也强烈反对我找别的医生动手术，如今药物治疗是最好的了。”

他爸没有再说话，而是一下子跌坐在椅子上。我的眼泪又掉了出来，可是不敢让陆彦回看到，就一直没抬头。

肖万珍也是满腔惋惜：“可怜的孩子，怎么就得了这种病？”

陆彦回他爸半天才开口：“你想怎么安排？”

“你老了，公司不可能永远指望你，我也不行了，大哥肯定是最好的人选，公司的事务他本来就熟悉，我离职，总得有人接任。

“大哥出任总经理的时候，做得也不错。陆方地产是陆家的命脉，总不能落到外人手里，眼下能够指望的，也只有大哥了。”

他爸挥挥手：“现在不是讨论公司以后怎么样的时候，你现在身体怎么样？感觉还好吗？你这样子，我怎么跟你死去的妈交代？”

我想要安慰他，想要安慰每一个人，可是我没有力气，因为我比谁都难过。

没有想到，他的情况会变得如此糟糕，如今，他吃的药比从前更多了。

病情越来越严重，让他的性格变了很多。他常常紧紧地抓着我的胳膊。之前没有太明显的时候，他还经常安抚我，表现得若无其事，可是真的走到了这一步，他还是不能接受。

人性本如此，怪只怪，命运对我们太过残忍，让我们无力反抗。

他开始抗拒去医院检查，我对他说：“去黄耀那里再看看？”

“我不去。”他听了我的话，翻了一个身。我说：“怎么了？只是去检查一下而已。”

他又翻身回来，脸朝上面，眼睛是闭着的，说：“我心里有数，恐怕我真的熬不了太久了，遗嘱我已经写好了，放在律师那里。如果我突然有个三长两短的，他会来找你，到时候你就……”

我“啪”的一巴掌拍在他脸上：“说什么遗嘱！我不要听，是谁当初答应我每天都过得开开心心的？现在张口闭口就是死，像什么话！”

他仍然闭着眼睛，我摸了摸他的脸，说：“就当是为了我，把我当作你的一点点动力，为了我活下去，好不好？”

他的眼里有泪流出来。

第七章

相煎何太急

很多人结婚时爱得死去活来，
满世界宣布自己是世上最幸福的人，
可往往也是这些人，
很快就经不起矛盾和纷争，
然后就分开了。

他彻底看不见是在一个阳光非常好的早晨。

我起来得早，便把窗户打开透气，帘子拉开后，房间里一片明亮，连地上细碎的尘埃都能看得到。时间不早了，我想叫他起床吃早餐，推醒他之后，他睁开眼睛，说的第一句话是："何桑，把灯开一下，我看不太清楚。现在才几点啊？大半夜的，你干吗叫我起床？"

他说完我整个人就愣住了。我环视了一下这个明亮得可以看到每一个细节的房间，他却对我说"把灯开一下"。

我捂住嘴巴，费了好大的力气才没有哭出声来。

这时候，陆彦回才意识到什么，他坐了起来，茫然地伸出手去摸前面，然后摸到了我脸上的泪。他把手缩了回去。聪明如他，已经猜到发生了什么。果然，他闭上眼睛，重新躺下。我把他拉起来："站起来。看不见了又怎样？至少人还活着，还有什么事情比活着更加重要？"

我把被子一下子揭开，用了很大力气把他拉了起来。他要挣脱我的手，我死活不放："我帮你穿鞋子，然后带你去洗漱。"

我牵着他的手，帮他挤好了牙膏，倒了水，等他刷完牙又帮他拿毛巾。

扶着他下楼时，我叫了陈阿姨。她小跑着站到楼梯口，看到我一直扶着陆彦回，心里也明白发生了什么，脸上还是不敢相信的神情。我做了一个手势，她点点头把早餐端上了桌子，又把椅子拉好，我才扶着陆彦回下去。走到最后一层台阶时，我提醒道：“下面没有了，这是最后一层。”

他才放心地踩下去。

我又帮他动手吃早餐，趁他吃饭时，我说要上去换衣服，其实是偷偷打电话给黄耀。

黄耀接到我的电话倒不感到意外，这段时间我一直偷偷地跟他联系。自从陆彦回开始频繁地吃药后，我怕药性太大，对他的身体反而不好，就留了黄耀的联系方式，不时地咨询他。黄耀说没事，吃药可以缓解疼痛，我就信了他的话。

这个时候打给他，即使已经强自镇定，但语气还是有些慌乱：“黄耀，不好了，他彻底看不见了。”

“什么？看不见了？”黄耀也很诧异，“这么快就看不见了？”

“是啊，我很着急，这是不是意味着他的肿瘤越来越大了？还有没有别的办法？真的不能动手术吗？难道就这样消极地等待死亡吗？这不行啊，你是陆彦回的好朋友，你得帮帮他才行。”

“何桑，我也很想帮他，你知道吗？我是个医生，可是自己兄弟得了这样的病，我束手无策，那种感觉比别的任何事都要有挫败感，可是没有办法，如果手术，成功的概率微乎其微。”

“那现在我该怎么办？继续让他吃药吗？需要再加别的药吗？”

“药，那个药……”他停顿了一下。我有些奇怪：“药怎么了？”

“没事。我的意思是，药还正常吃就行，也不用刻意加大剂量，那就是起个延缓的作用，也是现在最好的办法了。”

“黄耀，如果还有别的什么情况，我第一时间打电话给你。”

“何桑，你随时可以打，我也希望彦回能好的。”

一直到这个时候，我和陆彦回都把黄耀当作一个信得过的人，他给我们意见，我们就照做，仿佛是为了陆彦回的生命持久而一起努力。谁能知道，这一切的一切，不过是一场我们怎么都想不到的阴谋。

如果不是高奇峰的那一通电话，我和陆彦回说不定还在这无止境的沮丧和痛苦中反复煎熬。他沉溺在黑暗的无底深渊里，像一个绝望的人，仅凭我的一双手紧紧地拉住他，才不至于会坠落下去。

可是，当高奇峰打那通电话给我时，我忽然嗅出了背后的不寻常，然后才提醒陆彦回。也许所有的事情都不是我们所认为的那样，竟然如同芒刺在背。

分明有一双残忍的手，在推着他跳悬崖。

我开车去富春路一家早餐店给陆彦回买小笼包，听说生意极好，我就想让他尝尝美食，或许心情能好一些。

我正在店里排着队，手机响了，我一看是高奇峰，说实话，乍一看到这个名字还是有些惊讶，毕竟不在一起共事了，平时也没有深交，怎么突然找我了？

我接起来，还是习惯老称呼，一开口就是："高总，您怎么突然打给我了？"

"何桑，我听说陆彦回病了，他们公司的代表换成陆劲了。"

"是啊，是病了。"我没有否认。陆方和盛圆有过合作，以后肯定机会更多，接触多了，会知道这些消息很寻常，我也没必要刻意隐瞒。

高奇峰说："是这样，我之前就知道他病了，想着你心里也烦，我的电话又不能帮到什么忙，无非让你更添堵而已，就没打给你。可是今天打给你，是有个我觉得不太正常的地方，觉得有必要让你知道。"

"您说，是什么事？"

"盛圆要上市了，最近在全国路演，第一站就是A市，因为要做到宣传效果，也邀请了一些合作过的公司，陆方的代表也被我们邀请了，来的就是陆劲。其实就是昨天，我去洗手间，出来时看到走廊里有人在打电话，就是陆劲。本来我想过去打个招呼，可是听到他对着电话那头的人声音不大地说什么'他不会怀疑你的''瞎了正好'。我对陆方内部的消息也有耳闻，早就听说陆家两位公子关系很对立，所以听到他这句话，我就想是不是陆彦回，可怎么听上去他这话有些脱不了干系的意思呢？"

我一听，心里大震。如果真的是陆劲说出口的，瞎了的自然只能是陆彦回。他这话是什么意思？难道他生病跟他有关系？可是癌症这样的事如何人为？那他所说的“不会怀疑你”“瞎了正好”“正好……”，我忽然瞪大了眼睛，会不会是……他？

高奇峰还要跟我说什么，我已经听不清楚了，只问了他一句：“你有没有被他发现？”

“没有，我离得远。其实他那话，别人未必能听得到，只是我不一样，打小听力就好，所以才能大概知道他说了什么。”

“我知道了，您先不要跟别人提这件事，我得确认一下。”

挂了电话，前面的人已经买好了，后面的人在催促我：“你买不买呢？不买让我们买。”

我完全没有心思继续买了，直接开车回去，车里空调明明开着，冷气十足，我的后背却还是沁出了一层汗来。

如果这一切都是一个局，那我和陆彦回就是被人残忍地设计了一道，这，简直不能想象。

陆彦回听到我的脚步声，知道是我回来了。他相较于最开始的时候，已经坦然了很多，也开始适应黑暗了。

我走近他。陆彦回摸索着我的手：“咦？不是说给我买好吃的去了吗？怎么不见你带回来？”

“彦回，当时你确认自己得了肿瘤，是在哪家医院？除了黄耀那里，可还有别的地方？”

他不吭声了。我说：“你快告诉我。”

“说好了不提的，怎么又说起来了？”

“你快点儿告诉我，我要知道！”

“我不是告诉过你吗？还有我出车祸时被人送进去的那家大学附属医院。”

“会不会有可能，其实你没得病，他们骗你的？”

“何桑，你怎么到现在还没接受这个事实？”他有些不高兴，“你也看到我这个样子了，眼睛都看不见了，不是肿瘤还能是什么？如果你到今天都还不能接受，那你还是不要留在我身边了，毕竟以后我的病情会越来越严重。如果是那样，你不是更难以接受？与其这样，你不如趁早离开我为好。”

"我不是这个意思，你还不明白吗？我要是不能接受，又何必求着你不要赶我走？今天早上，高奇峰打了一个电话给我，说了一句让我觉得很不寻常的话。"我把高奇峰听到的陆劲的原话告诉了他。陆彦回猛地抬起头，说："什么？何桑，你再说一遍！"

我把那话又重复了一遍。陆彦回忽然拉住了我的手，说："黄耀？你的意思是，他有问题？"

"我不知道。"我皱着眉头，"我真的不知道。黄耀是你的发小啊，不是最好的朋友吗？跟你情同手足的人，会害你吗？"

他松开了我的手："如果是他，那就太可怕了。何桑，我们不能在这里妄自揣测，你带我去医院，重新找一家医院，我们仔细查一下，看看我的眼睛到底是什么问题，还有我的脑瘤。"

"好，我们去查清楚。"

我们去了市二院，他让我打个电话给陈立。陈立是二院的副院长，不过，二院不是以肿瘤科为主的医院，而是骨科比较好，一般人看肿瘤不会来这里，也难怪之前陆彦回直接就找黄耀了。

陈立接到电话很快下楼来接我们上去，看到陆彦回的情况吓了一跳："彦回，你怎么成这样了？我早知道你病了，可没想到会严重到这个地步。"

陆彦回这个时候比我要冷静："陈哥，我来是想再做个检查，我想查查我的眼睛和肿瘤的具体情况，你能帮我安排一下吗？"

"你查肿瘤，就该找黄耀啊，他才是专家。我们这里肿瘤科不行，别到时候耽误了你。"

"不，我就是不想去找黄耀才来找你的。你帮我安排一下，没关系，我就是想知道一个真相。"

"你这是什么意思？"

陆彦回不再多说，陈立也不再多问，赶紧去安排。

检查的结果很快就出来了，我们都大吃一惊，哪里有什么肿瘤？就是正常人的脑部结构，根本没有所谓的圆形阴影。陈立怀疑自己医院的设备："我们这里都是旧的器材了，会不会没有查出来？毕竟在黄耀那里都查出来了，他那里最可信啊。"

陆彦回却没有回答这个问题，而是让我把药从包里掏出来给陈立看。他看了一眼瓶子，说："是拖延你这个症状的药，怎么了？有什么问题吗？"

"陈哥，你打开看看，看里面的药对不对？"

陈立依言打开，却皱起了眉头："不太像我印象中的样子。"

"可以查药的成分吗？"

"需要药检吗？可以的，不过我们医院做不到，只能去药监局。"

"帮我一个忙，查清楚这个药的成分。还有，我想再查查自己的眼睛为什么出现问题。"

陈立一听这话，也感觉到了不寻常，他赶紧说："好，我这就让人送过去，估计明天就会有结果。"

陆彦回又被安排查了眼睛，发现眼角膜受损，有部分脱落，才导致看不见的。

替他检查的眼科医生很奇怪："如果是肿瘤压迫神经致盲，不会是这样子的啊。你确定是因为肿瘤才看不见的吗？之前查了吗？脑部肿瘤的片子我看看。"

"没有，这里的检查结果是没有肿瘤。"

"啊？那你是怎么回事？"

陆彦回良久才出声："我也很想知道这是怎么回事。"

我陪他回去，等待药监局的检测结果。回到家后，他一言不发，我也不知道该说些什么，直到他突然开口："何桑，你知道吗？其实我很怕药检结果出来。"

我只好说："我明白你的心思，我知道。"

他脸上的悲伤一览无余："要是我知道，这个人，一直被我当作最好兄弟的人，跟陆劲一起背地里要整垮我，你知道我是个什么心情？我宁愿自己真的得了肿瘤死了，也好过这样失望。"

可是我不同意他这样的说法，我抱住他："不要这样说，我们永远都猜不透人心。对于我来说，你如果没有得病，能够一直活下去，黄耀是什么样的人我一点儿都不在乎，我只在乎你活着。"

他没有说话。我轻抚他的后背："彦回，你要相信，全世界都有可能对你不好，出卖你，背叛你，可是我不会，我永远都不会，因为我爱你，我比任何人都要爱你。"

陆彦回摸了摸我的头："我知道，我也爱你。"

"我们等结果，如果真的是黄耀做的，我们一定要问清楚，为什么要这样对你。"

"先不要打草惊蛇，毕竟结果还没有出来，一切都只是猜测。不过，我现在多了一些信心了，如果我没事，至少还能活下去，也算是万幸了。"

"你一定会没事的。"

我往他的肩膀上蹭了蹭，说："你说婚姻这东西还真是玄乎，很多人结婚时爱得死去活来，满世界宣布自己是世上最幸福的人，可是往往也是这些人，很快就经不起以后的矛盾和纷争，分开了。我们不一样，我们刚在一起时，多恨对方啊。我每次看到你，你知道我想什么吗？"

"想什么？"

"我就想，希望自己变成一个吸血鬼，喝你的血，吃你的肉，让你也尝尝被人折磨的痛苦才好。"

"你就这么恨我啊？"他像是听到了什么玩笑话，不动声色地笑了起来，"其实你做到了，你也折磨到我了。你想想，你那个时候那么喜欢许至，我看在眼里，却毫无作为，我怎么会开心？那种感觉，就像是看着明明属于自己的东西，却贴上了别人的标签，我才是备受折磨，挠心挠肺。"

我把手放在他的左边胸口，他捉住我的手，笑着亲我。

我们接吻的时候，我的掌心可以清晰地感受到他的心跳。这一刻，我仍旧对这个给予我们无限苦难的世界充满感激。

药物检测的结果很快就出来了。

陈立一脸不可置信地问陆彦回："这个药真的是黄耀开给你，让你用的？什么剂量？"

"是他开的，说是一天两次，早晚各三颗。"

"胡闹！"陈立一下子站了起来，"你可知道这是什么药？里面有超标的美西律。美西律是治疗心律失常的药物，跟肿瘤没有一点儿关系。最重要的是，这种药的副作用非常大，医生都是不主张服用的，而且即便用药也要慎重，因为这个药对眼睛的伤害非常大，如果超过寻常剂量的百分之十，就有可能出现幻觉和眼角膜损坏，你竟然……一天吃两次？”

陆彦回身子抖了一下，说：“不止，后来我觉得自己病情严重了，就私自加大了剂量，差不多一天三四顿，越吃越觉得头疼，眼睛也越来越看不清楚。”

“这是肯定的啊，这个药很厉害，是药三分毒，这个药有六分毒，你竟然还加大剂量，这不是自寻死路吗？”

“这不是重点。”陆彦回看不见，却还是辨别着声音朝陈立那边望去。从我的角度看，他的眼睛暗淡无光，只有浓重的悲伤。他说：“陈哥，重点是这个药是黄耀开给我的。不止这一个，还有好几种，我只带了这个平时吃得最多的给你看了，也就是说，是黄耀把我拉到黑暗里的。”

陈立一时无话，最后愤愤地说：“我找他算账去！良心都让狗给吃了，坑害自己的兄弟，还是不是人啊？”

“你不要去。”陆彦回站了起来，我赶紧扶着他。他对陈立说：“这件事你就当作不知道，不要插手，我要亲自问他，到底是为什么。”

我们从陈立那里出来后，陆彦回对我说：“何桑，带我去黄耀的医院里，我得问清楚他到底是为了什么。”

“我们报警吧，彦回，他这么害你，分明就是和你大哥勾结了。他肯定是花了很多钱收买了黄耀，让他为了这些黑心钱来出卖你这个发小。”

“不，不会是这样。黄耀不缺钱，他不会被陆劲收买的，一定是有别的原因。”

“事到如今，你还替他说话？事实已经摆在眼前，我恨死他了！这个人渣、败类，如果不是他，你好端端的怎么会瞎了？！”

陆彦回的一只手轻轻地放在我的肩上：“我不是为他说话。你带我去找他，我得问清楚。”

车窗外乌云密布，这雨说下就下，闪电翻滚着在云层里低低地划过，轰隆轰隆，刚刚明明还是晴空万里，突然就是暴雨倾盆。

这突然而来的暴风雨啊。

我陪着陆彦回来到这家如今在A市已经颇负盛名的肿瘤医院里，一进去就看到很多人在排队，生意十分好。

我们来得比较突然，黄耀并不在，他的助手让我们稍等。他认得陆彦回，请我们在他办公室里小坐，又去给黄耀打了电话。

黄耀回来得倒还算快，一进门就对陆彦回说：“二哥，你怎么来了？都不提前跟我打个招呼，倒让你们久等了，真是不好意思。”

我按捺不住怒气，对他说：“确实是等了很久。”

“何桑。”陆彦回开口制止我，然后对黄耀说，“我们来也没有别的事，主要是我的病情似乎加重了，想问问你，之前你给的那些药，是不是还得继续吃。我都吃得差不多了，是不是再开点儿？”

“这么快就吃完了？”黄耀似乎有些犹豫，但随即又说，“那行吧，我再去给你拿些让你带回去。你别再私下加剂量了，我让你吃的那个剂量就是合适的，你多吃反而不好。”

他出门去了，过了一会儿又回来，把药瓶递给我，说：“二嫂，你看着二哥一些，不要让他吃太多，效果反而会不好的。”

陆彦回笑了一下，摸索着从我手里拿过瓶子，打开说：“还是美西律？”

“美西律”三个字一出，黄耀的脸色剧变。我拿起瓶子就往他身上砸：“黄耀，你这个吃里爬外的东西！你二哥对你那么好，你竟然勾结一个坏人来害他！你浑蛋你！”

“何桑，你先出去，把门关上。”陆彦回不让我留下来，我不肯，他坚持，我只好照做。

黄耀的办公室里有一面玻璃墙，从外面能够看到里面。我看到黄耀忽然泪流满面地拉着陆彦回的衣袖说话，也听不到在说什么，一副很后悔的样子。

而陆彦回一如之前，始终淡淡的，看不出喜怒来。

过了好久，陆彦回才抬头看向门边，我想他是要出来，赶紧推开门去扶他。

他摸到我的手，说了一句：“我们走吧。”

他没有再对黄耀说一句话。

回去的路上，我问陆彦回：“他跟你说了什么？无论是什么原因，他害人在先，都应该让他受到法律的制裁，尤其是，你都已经被他害成什么样了……”

“他求我放过他。”陆彦回看着前面。我知道他什么都看不见，但是每次他有心事时，都会下意识地往前看。

“那也不行。”

“他说自己是被逼的，他被陆劲下了套了。他有一次在外面应酬，喝多了酒，第二天醒来发现把一个女人睡了。这个女人身上有很多处伤，似乎是性虐待之后才有的。这女人说他强奸了自己。黄耀想拿钱堵住她的嘴巴，可这女人死活不肯，说一定要报警。这个时候陆劲来了，帮他把问题解决了，然后就让他帮自己做事，不然就告发他。”

“所以呢？为了不想坐牢，他就害你？帮陆劲害自己兄弟？这算什么理由？难道他不知道这样害你也是要坐牢的吗？”

“他说他知道，可是没得选择。他说他也想不到我的眼睛会严重到这个地步，他只想让我产生一种自己病重的感觉，没想到会弄瞎我。”

“什么叫没得选择？什么叫没想到会弄瞎你？这药是他配给你的，他不知道会伤害你吗？”

“黄耀说，那时陆劲让他做这件事，他的想法是，如果不帮陆劲，陆劲一定不会放过他，可如果害了我，当我知道真相，我有可能会放过他。”

我瞪大了眼睛：“什么叫你会放过他？”

“他拿过去的情义求我，说是一时鬼迷了心窍，可他真的不想坐牢。他求我念在自己叫我这么多年二哥的分儿上，不要报警。”

“难道你要让这件事就这么过去？”我不同意，“陆彦回，这不行，正好趁此把陆劲抖出来，让一切大白于天下，让这些恶人不能再嚣张下去。”

“陆方下个月将在香港进行第二轮融资，外面很看好陆方的股票交易价，如果这个时候传出这样的丑闻，那融资一定会失败。每次的股票发行都像一场战争，成败决定一个公司的生死。如果我把陆劲告了，那就意味着陆方很可能会毁在我的手里。”

“所以呢？就因为这个，你就要放过他？”

“我不是想放过谁的意思。如今我的眼睛已经瞎了，这是事实。黄耀一直求我原谅他，我想，我放过他，那这么多年所谓的兄弟情义，从此后，就都一笔抹去。”

“那陆劲呢？他千方百计害你，难道你不恨他？”

“我不会放过他的，可现在还不是时候，我还没有康复，陆方不能没人管。陆劲欠我的，我会慢慢拿回来，会让他付出代价的。”

“可是……”

“眼下最重要的，是让我能看见。我眼角膜受损，就一定要重新找到眼角膜。”

“是不是只能靠捐赠？我觉得很少有人愿意捐的。”

“先从正规渠道着手吧。其实黑市也有器官交易，总有些走投无路的人，会愿意卖，如果实在没有办法，我就走这条路。”他的话让我心里一惊。他接着说：“何桑，如果我真的那样做了，也请你体谅我，毕竟我不希望自己一直看不见。我明白正规渠道要等很久，可我真的等不了了。”

我皱皱眉头，没有说话。我心里舍不得他，在这种时候，善念与爱人之间，我肯定是选择我爱的人。

只是我没想到，这件事会如此棘手。

第八章

消失的眼角膜

有月光照进房间，

照着他的脸，

那么好看，又那么安静。

如果我们的生活就像他沉睡时的样子，平静无波，

那该有多好！

陆彦回并没有找到可以用的眼角膜。

正规渠道很困难，这不用提，即使有重症患者命不久矣，家属也不同意把器官捐出。本来我们还联系了一家邻市的医院，给出了很高的价格，那家人也同意了，可是签捐赠单时，临时又变卦了。

陆彦回已经放弃了通过医院来找眼角膜，他私下托了交际面广的朋友去黑市找。

谁知道对方说，没有。

这很不符合常理。

这位朋友是深谙此道的人，也很奇怪："不知道为什么，我托了好几个熟悉的人打听，其他的器官都有，可是一提眼角膜，对方就直摇头，说没有。还有一个说什么别问了，肯定不会有的。我再想多问些什么，已经问不出来了。"

这件事，对于陆彦回的打击无疑是极大的，他开始变得焦躁。

我可以很明显地感受到他的变化。在那之前，他一直用导盲棒，可以一个人走路，甚至下楼。

现在不一样了，随着时间慢慢流逝，一直等不到消息，他开始厌恶自己的现状了。

他下楼梯时，因为导盲棒没用好，一不小心踩空了一级台阶，人摔了下去，再站起来时，一怒之下把导盲杖折成了两截。这种金属东西，他一下子弄成两截，可见用了很大力气。

我在边上看着，心里很不是滋味，可又不敢劝他。

他不时给熟悉的人打电话，问是不是有货源了，但总是失望。时间久了，每次挂了电话他都情绪低落。我总说："没事的，总会找到的，我们那么有钱，难道还怕没有办法吗？"

"没有人愿意提供，有钱有什么用？"他变得失落又焦躁，"何桑，我会不会就这样一辈子都看不见了？一辈子都要在黑暗中度过了？"

"不会的，不会的。"我想抱他，却被他推开："你不用安慰我，这样毫无作用的安慰只会让我更加觉得是在自欺欺人。何桑，我累了，想休息了。"

这样好几次之后，我都不敢再说话了。

真正让我觉得陆彦回这样下去，迟早会情绪崩溃的，是因为一件小事。

那天他要喝热水，我就把电水壶拿上来给他倒茶，也方便随时续杯。可当我洗澡出来，正擦着头发，就看到他自己在摸索着，要拿水壶给自己加水。我眼看着他拿起水壶，分明是往自己脚上倒时，一个箭步冲了上去，一边说着"小心"，一边把水壶抢了过来。

谁知道水已经出来了，洒在了我的手臂上，顿时让我的手臂上出了一排水泡。

陆彦回赶紧问我："何桑，你是不是被烫到了？你怎么样？还好吗？让我摸摸，让我知道。"

我强忍着痛，说："没事，我不疼。"

"让我摸摸你。"

没办法，我就把手臂伸过去。他摸到了那排水泡，我"嘶"地抽了口气。陆彦回赶紧把手拿开，然后倒退了几步。

地上还有水渍，我怕他踩到滑倒，赶紧把他扶到床边坐下，又去拿墩布擦干。这个过程中他一言不发。等我忙完坐到他身边时，他忽然一下子捂住了脸，低下头去："何桑，对不起，我真的没用，一点儿小事都做不好，还连累你受伤。"

我握住他的手："说什么呢！你怎么能够这样说？陆彦回，我不准你这么低迷，不就是倒杯水吗？你看不见当然容易出错了，以后等你眼睛好了，这不都是轻而易举的事嘛。"

"可是我什么时候才能好呢？何桑，我觉得好着急啊，我现在连自己都看不见，怎么能看见一直想要害我的人？如果我不能尽快康复，我拿什么跟陆劲斗？我拿什么抢回我失去的东西？"

"相信我，你会康复的，一定会的。"

在这之后，我一直在为他的眼睛发愁。我不知道怎样才能找到眼角膜，到处托人去打听。

正当我为了这件事忙得团团转的时候，一个许久未见，而且我怎么也想不到会再见的人，竟然来找我了。

是白兰。没想到她竟然还会来找我。

她给我打电话的时候，陆彦回正在睡午觉。我看到这个久违的号码，心里一动，便走到外面接起来。白兰开口就是："何桑，不知道你还记不记得我？"

"白兰，我不认为我们是那种可以随便打电话叙旧的关系，你那么久没出现，现在打电话，为什么？"

"告诉你一些事，你一直都想知道的事，不知道你有没有兴趣听。"

"从你嘴里说出来的事，一般都不是什么好事，所以我没有兴趣。奉劝你一句，别再作孽了。"

"我没有作孽。我是真的有事情要告诉你，比如，你哥的腿第二次是被谁伤了，难道你没兴趣知道？"

"我哥的事？真好笑，请问你是如何得知的？你不会告诉我是陆彦回干的吧？然后再让我们夫妻反目一次？这次又是谁让你来我面前耍花招了？陆劲，还是许至？他们还真是不让人省心。"

"不是陆彦回。我也不是来挑拨你和你老公的，其实，我根本不爱陆彦回。"

"你喜欢的人是许至，我知道。"

白兰有些诧异："你知道？你怎么会知道？"

"既然你爱的人不是陆彦回，那你来找我干吗？你要是喜欢许至，想要得到他，就应该去找肖锦玲，关我什么事！"

"你真的不想知道是谁干的吗？我在恒隆的星巴克等你，一个小时，我只等你一个小时。如果你不到，我就走了，以后也永远不会告诉你真相。而且我敢保证，除了我之外，别人是不可能告诉你的。"

她说完这话就把电话挂了。我站在楼梯口发愣。如果她说跟陆彦回有关，我是不会去的，因为我现在可以原谅他的一切过错。可是她跟我说，跟陆彦回无关，而是别人所为，如果我不去，我怎么对得起我哥？他死得那么惨！

我拿了包出去，临走时对陈阿姨说："彦回在睡觉，你看着他点儿，醒了就看着他，别让他摔着了。我有事要出门一趟，如果他问起来，你就说我一会儿回来，不用担心。"

我到的时候，果然看到坐在里面的白兰。很久不见了，乍一看我还没敢认。她还是那么漂亮，不过头发剪短了，也比以前瘦了一些。

看到我走过去，她不紧不慢地笑了起来："我就知道，你一定会来找我的，果然没让我失望。"

"事关我哥哥，我才过来的。"

"何桑，你怎么还是这样？许久不见，连客气话都不说了，怎么看到我就跟见到仇人一样。"

"仇人谈不上，不过没交情是真的。"

我懒得跟她废话："我家里还有事，没有太多时间陪你在这里耗，你要是真心想告诉我，就快点儿说。"

"是肖锦玲。"

"什么？！"我瞪大了眼睛，"是她？为什么会是她？"

"是许至亲口跟我说的。他喝多了酒自己说漏嘴的。我想了想，应该是她没错，不然不会有别人，你觉得呢？"

我半信半疑地看了她一眼："她跟我有什么深仇大恨，要拿我哥哥来开刀？反倒是你，为何会巴巴地把这件事告诉我？难道是想利用我和陆彦回的关系，来跟肖锦玲斗？到时候你坐收渔翁之利，可以轻易得到许至？"

白兰听了我的话反而笑了："何桑，这才多久不见，你就这么长心眼儿了？果然是跟陆彦回在一起时间长了，你也变聪明了。你说得不错，我确实是想，你要是找肖锦玲算账，我就省点儿力气了。但是既然我敢这么肯定地告诉你，就一定是有确凿的证据，不然你核实了不是她做的，肯定也会来找我算账，我不会犯这样的错误。"

"可她的动机是什么？"

"这你就错了，你太小看一个女人的嫉妒心了。"

我拿着包站起来："你今天的话，我会找许至问清楚。如果你骗我，会有你好看的。"

她在我身后悠悠开口："你之所以这么着急回家，是因为陆彦回出事了吧，他眼睛瞎了是不是？"

我转身冷冷地看了她一眼："许至还真是把什么都告诉你。"

"我不会告诉你太多东西，如果你真想知道，还不如直接问许至。"

我推门出去，坐进车里开始翻看手机，下意识地在最近联系人里翻找那个名字，却发现没有。这才意识到，我和许至已经很久没有联系了。我对他的态度现在是满满的恨意，因为他是陆劲那一边的。

如果真如白兰所说，我哥哥是肖锦玲害的，那就意味着，许至的老婆害了我哥，他所支持的陆劲又害了我的丈夫。无论这个人从前和我有怎样的情分，我们之间已经有了跨不过去的鸿沟，我注定不可能原谅他。

我从电话簿里找到那个号码拨过去，他倒是很快就接了，但没有说话。我直接开口："我哥是不是肖锦玲弄残的？"

"谁告诉你的？"许至显然没想到我会知道这件事，大概是猜不到白兰会跑来找我。

我也不瞒他："白兰来找过我了。我现在只是向你证实，是不是肖锦玲？"

"我不知道。"他一口撇清关系。我冷冷地道："你不知道？你不知道，那白兰是如何知道的？许至，白兰平时说什么我都不太相信，不过，这一次我信她。"

"如果是她，你想怎么样？"过了一会儿，许至才慢慢开口。

"真的是她！这个蛇蝎心肠的女人！她要是恨我，有本事就冲着我来，为什么要对我哥？我告诉你许至，我不会善罢甘休的，我一定会报警的。”

许至的态度让我捉摸不透：“你要报警就报吧，我无所谓。警察如果来问我，我也会如实说的。”

我听了他这话，真的很不解，不明白为何这么久不见，他仿佛变了一个人，似乎很颓丧、很无力。

“白兰会把这件事告诉你，无非是逼我做决定。我早就想跟肖锦玲离婚了，可是她不肯放手。白兰让我把她害你哥的事抖出来，我一直下不了狠心。不过，既然你已经知道了，那我就没什么好顾忌的了。”

“许至，你这话是什么意思？你肯把肖锦玲送进牢里？她可是陆劲的亲姨妈，肖万珍的亲妹妹，你不是对陆劲忠心耿耿吗？你如果这么做，难道就不怕他找你的麻烦？”

“何桑，我知道你现在已经不再信我，也看不起我，心里恨死我了，我不怪你。如今我变成这个样子，也是我活该，怨不得别人。我和陆劲已经很久不联系了。我说自己身体不好，想多休息，不想再掺和其他事情，他也就没再找我了。”

他最后一句说得有些可怜：“到头来我才真的明白，我算计一切，还不是一样的结果？你是陆彦回的，我怎么都不会得到。”

我仓促地挂了电话，又打给白兰：“他承认了，是肖锦玲干的。”

白兰仿佛预料到会是这个结果：“我早就跟你说了，我没有骗你。”

“许至到底怎么了？我觉得他像变了个人，他不是一心想跟陆彦回作对吗？为什么突然有一种倒戈的感觉。”

“他差点儿死了。”白兰在电话里淡淡说道，“有一次他在高速上，开到半路，后轮爆胎，车子当时就翻了，碎玻璃插进了他的身体，离心脏只有一个手指的距离，他从鬼门关兜了一圈回来。不过，大概你不关心这些事了，没办法，你现在心里只有陆彦回，许至早就没立足之地了，可怜他还想着你，只爱你。”

我觉得此时的白兰很奇怪，她似乎希望我原谅许至，一直跟我解释许至多么无辜，多么可怜。我一边听她杂乱无章的说辞，一边又想不明白她的意图。

如果只是因为太喜欢，所以忍不住替他辩驳几句也是可以理解的，可这样详细地跟我解释，倒有一种想把许至推到我身边的错觉。

我听不下去了，对她说：“你讲这些做什么？这些不过是你说出来的，不是我眼睛看见的，白兰，我只相信我看见的。”

她忽然生气了：“何桑，我跟你讲了这么多你都不信，难道许至的清白对你来说就这么不重要？我真是想不明白，你有什么好的，他会那么喜欢你，你真是冷血无情！”

“你不要再说了，我还有要紧事，急着回家，就先不说了。”

她却忽然语气诡异地说：“何桑，你是不是找不到眼角膜？”

这话问得我心里一颤，她怎么知道？

我试探性地问了一句：“还在找，不过，我相信一定会找到的，事在人为。”

其实，这话说得颇为心酸，太难了，我已经等不下去了，因为再等下去，我的陆彦回就等不及了。他每天在无止境的黑暗里反复煎熬，从前的理智和耐心已经渐渐消耗殆尽，我实在不敢想象再这样下去，他会怎么样。

白兰却说：“何桑，你不会找到的，因为有人不让你找到。”

她这话一说，我莫名地心惊，还想再问，她却话锋一转：“肖锦玲那么害你哥，希望你不要让我失望地处理好这件事。”

我却更关心眼角膜的事：“你刚才说的，我不会找到是什么意思？你知道什么？快告诉我！”

“等你把肖锦玲的事解决了，我再告诉你。”她顿了顿，又说，“我认识一个朋友，他可以把眼角膜捐给陆彦回。”

我脱口而出：“真的吗？我要见他！”

“我说了，等你解决了这件事再说。”

她挂了电话。我在车里发愣，看着天边的太阳快要下山了，染出了一片橘色的云彩，明明是那么美好的风景，却让人看到背后的阴暗。

我回去时，陆彦回已经醒了，在客厅的沙发上坐着，大概是听到了我的动静，喊我：“何桑？”

我赶紧走过去：“哎，是我回来了。”

“你去哪里了？怎么这么久？”

“我一个朋友家里出了点儿事，心情不好，想要找人聊聊天，我就去了。”

他“嗯”了一声，没再多问。我忍不住开口：“彦回，如果我报警抓了肖锦玲，你怎么看？”

“肖锦玲？她做了什么？”

“我哥的腿，是她给弄残的！我已经找许至确认过了，他没有反驳，已经承认了。”

陆彦回沉吟了一会儿，才问我：“你要报警吗？如果你不想把这件事放过去，打给顾北，让他来处理吧。”

我想起了白兰最后的话，她说希望我不要让她失望，看来是想让我报警，才肯帮我拿到眼角膜，于是，我心一横，决定告诉顾北。

我打给顾北：“顾北，我是何桑。”

“二嫂，我二哥身体怎么样了？”

“还那样。不过，我找你，是有另外的事。”

“你说。”

“我想举报肖锦玲蓄意伤害，她动手害了我哥，导致他再次残疾，后来才会不堪精神压力自杀！”

“真的吗？你怎么知道的？”

我把许至和白兰的话告诉了他。顾北很震惊：“二嫂，你放心，我一定会派人查的，如果是真的，就一定给你一个交代。”

顾北果然很快找到了肖锦玲，根据他后来告诉我的，他们把肖锦玲带走，刚开始她一直不肯承认，还嚷嚷着要叫自己的律师来，结果许至把他知道的全说了，作为重要的人证资料被记录。

肖万珍特意来找我，一见面就说：“何桑，你放过她行不行？大家都是亲戚，你再怎么恨她，私了不行吗？为什么要报警？”

“大家都是亲戚？阿姨，您这话我就不明白了，如果她真把我当亲戚，当初为什么对我哥下狠手？”

我不肯听肖万珍的话，执意要让肖锦玲付出代价，心里却惦记着另一件事，联系了白兰：“你想要达到的目的，我已经做到了，那眼角膜的事，该怎么办？”

她说：“答应你的事，我一定会做到，不过，我有个条件，只要你答应我，我保证陆彦回一定能够得到眼角膜。”

“什么条件？”我心里有些不痛快，毕竟我们说好了的，此时她又重新开条件，倒像是没完没了。

“许至已经在和肖锦玲谈离婚的事了，他为了你做到了这一步，可见他的心里从头到尾都只有你一个人。何桑，你回到他身边吧。”

白兰的话让我笑起来。这是什么逻辑？当初他会娶肖锦玲，是因为他不甘心我嫁给了陆彦回，想要跻身所谓的上流社会，然后处处和陆彦回作对；而今，他离开肖锦玲，也不过是因为自己的日子不好过，才会想要结束这个从一开始动机就不纯的婚姻。

从头到尾，都不过是他一个人做了错的选择，关我什么事！

我冷笑一声：“白兰，你这话不觉得可笑吗？我怎么可能放下陆彦回，跟许至在一起？陆彦回是我丈夫，我早就不爱许至了，我这辈子除了陆彦回，不会再有别人了，你别天方夜谭。”

“何桑，做人不能贪心。”她似乎笑了笑，“他的眼睛和他的人，你都想要，这世上哪有那么便宜的事！”

“你不是喜欢许至吗？为什么要把他往我身边推？”

“我逼着他离婚也不是为了我自己，我是看不下去他那么过日子。何桑，难道除了陆彦回，你什么都看不到吗？许至从来没有做过伤害你的事，你扪心自问，之前的那些事，其实都是些无关紧要的小事，只是让你和陆彦回有些小矛盾罢了，真正伤害你的，他什么时候做过？”

白兰的话，把我说愣了。

我说：“那又如何？白兰，你自己也喜欢他，那你应该懂得感情的事勉强不来。我和许至早就是过去式了，怎么可能如你所愿重新在一起？”

“不，何桑，你不明白，你太幸运了，你爱的人同样爱你，可是我不一样，他不爱我。我真的尽力了，他不爱我，只爱你，所以我放弃了，可是我想为他做点儿事，我不想他一直这样。”

“那是你的事，我只要眼角膜。钱不是问题，你要多少我都可以给你。你是小言的姐姐，陆彦回对你，虽然最后闹得不愉快，但是之前一直都不错，所以，如果你能够帮到他，为什么不帮？他跟你无冤无仇，是不是？”

“我知道，他是个好人，我没有说不帮，只要你同意跟他分开，我就一定有办法弄到眼角膜。”

“白兰，我真的不懂你是怎么想的，如果你真心想帮忙，就应该知道，他是离不开我的。”

“我说过了，做人不能太贪心，这两样，你只能选一个。不过，我告诉你何桑，你是找不到眼角膜的。有人故意这么做，就是为了不让你们找到。”

“你这话是什么意思？白兰，你给我说清楚，我听不懂。”

“我能告诉你的只有这么多，你自己也尝试过，是不是？陆彦回那么有本事的一个人，都没有办法，你大可以再等，等到陆彦回彻底瞎了，耽误了治疗时间，你再来求我也没用了，那个时候，我就是想帮，他也不能好了。”

我听了心里一阵寒冷。回去后，我一直心不在焉。陆彦回说：“何桑，顾北打电话说，肖锦玲犯罪的证据检察院已经掌握了，提交法院就可以进行审判了。”

我“嗯”了一下。他摸了摸我的手，说：“何桑，你怎么不讲话了？”

“没事，坏人得到应有的惩罚，我哥在天之灵，也能瞑目了。”

他握紧了我的手。

这一夜，我睡得极不踏实。

白兰的话反复折磨着我，可是我不能告诉陆彦回，如果让他知道我是因为担心他才这个样子，恐怕他更难过。

谁能告诉我，到底我该怎么做？

白兰的话，是什么意思？她如何得知我们不可能找到？

我实在没办法睡着，只好悄悄下床，给白兰打电话：“你告诉我，到底为什么我们找不到眼角膜？”

“我不能告诉你。”

“你不说出一些让我信服的话，我宁愿继续等，继续托关系找，也不会如你所愿，跟陆彦回分开。”

“那你来找我，我告诉你。”

“你在哪里？”

“你知道其康路上有一家夜总会，叫盛世皇朝吗？我在这里上班，你可以来找我。电话里说不清楚，我可以透露给你一点儿消息。”

我挂了电话，回去穿好衣服。动作虽然不大，陆彦回还是醒了。他在黑暗中问我：“何桑，几点了？是起床时间吗？我今天怎么这么困，以为现在还是夜里呢。”

我听了一阵难过。现在就是夜里，可是他分不清。黑暗和白昼，在陆彦回的眼里，不过是一样的无底深渊。

我对他说：“不是的，你睡吧，现在就是夜里。我有个朋友临时出了点儿麻烦，小静，你知道吗？她在外面买东西忘带钱包了，让我去解围，我很快就回来。”

“现在几点了，你还要出门？”

“没关系的，我很快回来。”我看了看液晶屏幕上的时间，明明已经快要凌晨一点了，我还是骗他，“现在才十点多，还早呢，路上人也多，你不要担心。”

“那好，你早点儿回来，我困了，就先睡了。”

我匆匆出门。

终于找到了盛世皇朝。这是一家高档夜总会，像所有夜场一样，灯火辉煌，在浮夸的夜色里，捞些偏门的生意。

她在上面的楼梯口等我，我随她进了包间，服务生送酒进来，门一关上，我直接进入话题：“你怎么知道我们不会找到？”

她倒了一杯酒，自己端起来喝了：“之前听许至说过，陆彦回瞎了，一直没找到合适的眼角膜，我就觉得挺奇怪的。照理说陆彦回本事那么大的人，怎么可能弄不到。我们这一行，认识的人，也有不少是外面混的，我有一个朋友，说起来你肯定瞧不上，他就是做黑市交易的。上次他来，我就打听了这个事，结果一提到眼角膜，他就一直摇头，还告诉我说，他们这一行也是有规矩的，为首的是一个很有势力的头目，他发了话了，无论谁来问眼角膜，都不准卖，多高的价格都不可以，不然就是跟他过不去。”

我忙拉住她的手：“为什么？”

她看着我说：“你说为什么！陆彦回是不是得罪了什么人？很明显，这次就是冲着他来的，不然谁傻啊，有钱不挣，要是卖给你们，多少钱都不是问题，可是谁敢卖，拿自己的命挣钱吗？”

我皱着眉头：“不会吧？不能啊，他做正经生意，他们为什么无端地跟他过不去？”

白兰看着我，笑了，拿着酒杯笑得风姿绰约：“何桑，难怪许至那么喜欢你，经历了那么多事，你还跟一朵荷花似的，总把人想得简单善良。可是这个世界上的人啊，坏着呢。如果不坏，陆彦回怎么会好好的就瞎了？”

我张张嘴，说：“你是说……陆劲？难道是他？可是陆劲怎么那么大能耐，他怎么认识这些黑道人的？”

“这我就不知道了。我知道的不过是有人故意不想让陆彦回的眼睛好，别的什么就不知道了。不过，这个人只能是陆劲。具体他怎么会有能力涉足黑市，连许至都不知道。”

我有气无力地往沙发上一靠：“照你这么说，我老公的眼睛还有希望吗？”

“所以啊。”她伸出手，握了握我的手，“何桑，你不是很想救他吗？我有个要好的亲戚，是个盲人，不过，他的眼角膜完好无损，可以拿来救人。要是你答应我，回到许至身边，我就一定让他捐出来。不过，如果你不肯，那么我告诉你，你就是杀了我，我也不会让他捐给陆彦回的。”

我甩开她：“我不明白，你为什么一定要我跟许至在一起？”

“你是不明白，我早就说过了，只要他能开心就好，只要他开心，我就是死了都情愿。”

我皱了皱眉头：“你在说什么？”

“你知道吗？我不是跟你说过，我第一次见陆彦回，是他把我从一个闹事的客人手里解救出来，让我不那么难堪吗？”

“我记得。”

她接着说：“其实，真正帮我解围的人，是许至。”

我抬起头，看着白兰，她像是回忆起美好的感情，眼里有些湿湿的，说：“从来没人替我出过头，可是那一次……有个客人打我，那人还有点儿权势，许至路过看到了，就把我拉到身后，指着那个人骂，还跟那人打了一架，头都被打出血了。你知道吗？从小到大，从来没人为我那样过，他是唯一的一个。”

白兰说完，拿起酒杯喝酒，可我分明看到她已经哭了。

她接着说："那个时候我就想，这个男人我跟定了。"

"我缠着他，了解他，我知道他有老婆，可是那个女人比他大了十多岁。我也知道了别的事，比如，许至真正喜欢的人，原来不是那个老女人，而是另外一个女人，她叫何桑。"

她苍凉地笑了一下，那笑容，是真的苍凉。

可是很快，她又冷起一张脸，毫无感情地对我说："我还是那句话，你要想得到眼角膜，就跟陆彦回分手，跟许至在一起。"

我看着她说："我会考虑的。"

她把瓶子里的酒喝掉，说："等你跟许至在一起时，就是眼角膜送到之日。"

我回去，停好车走进院子时，发现一片叶子落到地上，这才意识到，原来，这个夏天即将过去，秋天要来了。

回到房间里，陆彦回睡得正熟。窗帘没有拉好，有月光照进来，照着他的脸，那么好看，那么安静。如果我们的生活就像他沉睡时的样子，平静无波，那该有多好！

要我离开他？我怎么做得到？想了想，我忽然有了主意，于是把他推醒。

陆彦回迷迷糊糊的，摸着我说："何桑，你回来了？"

"嗯，我回来了。"我咬着牙开口，"陆彦回，我们离婚吧。"

他听了这话，猛地坐了起来，然后抽回了手，脸一下子变得冷漠："为什么？你是不是觉得我是一个废人，你烦了，所以要逃离我这个负担？"

"不是，你先听我说。"

"听你说什么？"他依然是冷冷的。

我抱住他："白兰来找我，告诉我说，有人故意不让我们得到眼角膜。"

"什么叫有人故意？"

"再多的她就不肯说了，说不想给自己的朋友惹麻烦，不过，可能真就是针对你的。对了陆彦回，你对你哥了解多少？也许他的爪牙远比我们知道的要多得多。"

"你的意思是……他……他要我一直瞎下去？"他靠着我，"那你要跟我离婚，又是为了什么？"

“白兰说，她有个亲戚，是个盲人，但眼角膜是完整的，可以捐赠，但是要我答应她一个要求。”

“什么要求？”

“跟你离婚，回到许至身边。”

陆彦回随即一副无话可说的表情，然后一个字一个字地说：“让——她——去——死。”

我亲吻他的唇，他的胡楂儿、下巴。我的额头抵着他的额头，轻轻地说：“我不会离开你的，我要是离开了你，就活不下去了。”

他侧过脸，还在生我的气：“那你还说要离婚？”

“我是这么想的，我们假离婚，先瞒着白兰，等你眼睛好了，我们再重新在一起，不就好了吗？”

“可你要回到许至身边，这个如何作假？”

我的泪出来了：“老公，你就听我一回吧，我真的希望你能很快好起来。我担心你现在的状态，你总是不开心，你不开心，我拿什么开心？”

他微微愣住，因为看不见，只能拿手掌胡乱地擦我的脸。我的泪根本止不住：“我不会留在许至身边的，我只会跟你在一起。我这辈子真的没什么大志向，不过是一个再普通不过的女人，也没什么大本事，也不求什么荣耀虚名，我只希望能够守着你到老。”

陆彦回握住我的手，说：“何桑！桑桑！”他拿起我的手，吻我的手背、手心，“好，我听你的，我什么都听你的。”

第九章

祝福他吧

人世何其艰难，
得爱侣如此，
何其幸运！

又下了一场雨，一转眼，云淡清秋。

我跟白兰说：“好啊，我答应你。我跟陆彦回离婚，回到许至身边，不过，你要说到做到。”

“你真的愿意吗？何桑，你不能反悔。”

“我不反悔。”

说这话的时候，我正在开车去找许至的路上。之前和他通过电话，我对许至说：“有件事，还得请你帮忙。”

他问我什么事，我说见面再说。

许至还住在他和肖锦玲的公寓里。真是许久未见，他已经不再是我印象中的样子，瘦了许多，穿了一件白色衬衣，显得空荡荡的。

我进屋，屋里很乱，茶几上什么东西都有，咖啡杯、香烟、啤酒瓶子，就那么乱七八糟地放着。他让我坐下：“帮什么忙？你说吧。”

“陆彦回的事，你知道了吧？”

他“嗯”了一声：“跟我有什么关系？”

“我们找不到眼角膜。”

“难道你让我捐？”他笑了一下。

“不是，怎么可能？白兰来找我，说她有个亲戚是盲人，可以捐。”

“她有这样的亲戚？那你找她去吧，来找我干吗？”

“但是她让我回到你身边，让我跟陆彦回离婚，才肯同意让她那个亲戚捐赠，所以我来找你，是真的想让你帮忙。”我犹豫着开口，“许至，我之前有很长一段时间很讨厌你，因为我觉得你总是跟陆彦回作对，让我不好过，可是后来白兰跟我说了一些话，她说很多时候你并不知情，我就相信你。如果你还是我认识的那个许至，我希望你能帮帮我。”

“怎么帮你？帮你骗白兰，说我们在一起了？然后呢？等陆彦回的眼睛好了，你就又离开我？何桑，你可真残忍。”

他这话让我无地自容，可我还是坚持：“其实，你对白兰也够残忍的，你体谅过她吗？你可以觉得我残忍，但我心里只有陆彦回。你因为喜欢我，才会一样对白兰残忍，我们是一样的。”

许至听了我这番话，张张嘴想要说什么，终究还是没有说出来，最后，他很沮丧地坐在了沙发上：“你说得对，我确实没有立场责怪你。罢了，我帮你就是了。你怎么装作回到我身边？是要跟我一起住吗？”

“不可以。”我脱口而出，“我会从家里搬出来，然后回到当时租的房子里去。到时候白兰问你，你替我圆谎就可以。”

他没有说话。我知道他心里默许了。

我很快就从家里搬了出来，陆彦回没有说什么，大概是我那天的话触动了他，所以也接受了我这个安排。

许至竟然还去我的房子里找我。他扫了一眼我的屋子，说：“你真的要住在这里？”

“对啊，我不搬出来住，她肯定不相信我决定跟你在一起了。”

“她不会信的，是个人都不会觉得你会忘了陆彦回，跟我在一起。白兰就是想这样来让我开心。”许至皱着眉头说。

“她是真的喜欢你，你还这么伤害她。许至，其实你已经有些喜欢她了，真的，我看得出来你很愧疚，说明你心里是有她的。”

我拉住许至，说：“你一直都以为自己忘不了我，说不定心里已经离不开白兰了，只是尚未意识到而已。要不你跟白兰坦白吧，就说你喜欢她了，说不定她一高兴，还是乐意把那个亲戚的眼角膜捐给我们。”

可是他抿了抿嘴巴，说：“我不。也就这么短的时间，至少，这是最后的，你属于我的时间。”

许至还非让我们合照，然后发给白兰。我皱着眉头，不太乐意。他摇摇手机说：“她不是答应你了吗？你得拿出点儿诚意来，她才能帮你是不是？”

没一会儿，许至的手机响了，是一条短信。

他看了眼屏幕，没有说话。我好奇心作祟，抢过来一看，上面写着：你开心吗？她在你身边了，我这一次，总算帮到你了，是不是？

我把手机还给他：“这么好的女人你都拒绝，你比陆彦回还要瞎。”

第二天一大早白兰就该带着她那个盲人亲戚来医院的，可是怎么都联系不上她。

我吓死了，陆彦回已经做好了准备，就等着新鲜的眼角膜。可是她突然失踪了，是不是意味着陆彦回还得继续看不见？

当时，陆彦回已经进了手术室，我觉得挺奇怪的，不是应该先提取眼角膜才轮到他手术吗？为什么那么早就被推进去了？陈立跟我解释说，是因为需要再次检查眼部是不是适合手术，还要确认他会不会对对方捐赠的眼角膜产生排斥。

他说的都是专业术语，我也听不太明白，我只知道白兰不见了，那我们拿什么动手术呢？

但是气氛非常奇怪，我告诉陈立，那个配对的人没有出现，他只是淡淡地“嗯”了一声，没再说什么。同样奇怪的还有顾北，他也来了，就是他开车送我们来的。当我告诉他我找不到白兰时，他还笑了一下，安慰我说：“嫂子，你放心吧，今天的手术，一定能够成功。”

我当时就震惊了，这话是什么意思？捐赠的人都不在了，怎么会成功？

手术室里一直没有动静，我指着一直关着的门对顾北说：“到底怎么回事？你们的态度太奇怪了，我不能理解。”

顾北看着我，一字一句地说："嫂子，其实我们早就找到眼角膜了。一直以来，不过是在做戏给陆劲看罢了，让他以为，通过正规渠道，我们真的怎么都找不到，只能通过黑市，那样，他就可以插手了。"

我还是不明白，准确地说，是一头雾水。

顾北摊开手："回头等二哥出来，让他自己跟你说吧，我只能告诉你，他之所以没有提前告诉你，让所有人都瞒着你，也是有自己的打算，请你不要怪他。"

我又问："那白兰……"

顾北冷哼了一声："果然如二哥所料，白兰被陆劲派人绑架了。不过你放心，警察一直盯着的，她不会有生命危险，我们就是为了拖延时间，掩人耳目而已。"

"顾北，你说的话，我一个字都听不懂。"

"二哥会跟你解释的。"

他卖关子，死活不肯告诉我，我心里更是七上八下，指着手术室的门说："他开始手术了吗？你们真的找到眼角膜了？可是不可能啊，没看到捐赠的人来啊。"

"真的是一个盲人的眼角膜，不过，不是白兰的什么亲戚，是我们通过关系找到的。"

我心里一阵惊喜。如果是这样，那陆彦回的眼睛就有救了，真是太好了！可是为什么他一直都不肯告诉我呢？顾北都知道了，陈立看起来也知道了，所有人都瞒着我。那白兰又是一个怎样的角色？

我赶紧问顾北："陆劲为什么要绑架白兰？"

"因为我们一直营造了一种让陆劲以为，捐赠眼角膜的人就是白兰的氛围。"顾北的神情高深莫测。

我从他嘴里再也套不出话来，只觉得仿佛有一个痒痒挠，不停地在挠着我的心，那么迫切地想要知道答案。

几个小时后，手术室的门开了，医生从里面走出来，看到我们，摘下了口罩，露出了一个大大的笑容："很成功，不过，还需要再蒙一段时间的纱布，随时观察眼角膜的适应情况。如果不出意外，三个月后，就能完全恢复光明了。"

这简直就是一件天大的喜事。我激动得说不出话来，一直拉着医生问："真的吗？这是真的吗？我老公可以看得见了？"

“陆太太，你放心吧，这是真的。”

陆彦回还没有醒，我一直守着他，心里的疑惑都要堆成小山了，到底发生了什么？我真的太想知道了。

终于，几个小时之后，陆彦回醒了。他的眼睛上蒙了一层纱布，我拉着他的手说：“手术成功了！到底怎么回事？你快点儿告诉我，我真的等不及了。”

陆彦回听了我的话，缓缓地露出一个笑容：“何桑，我现在告诉你，应该没有问题了。”

“你快说。”

“这件事，还得从黄耀害我说起。当时，我告诉你，看在多年发小的情义上，我放过他。可是，我并没有让这件事真的过去，因为我觉得黄耀说的那个理由，不太可信。他说，是因为陆劲抓住了他的把柄，为了不坐牢，逼不得已才对我下毒手，这理由表面上说得通，其实是不通的。”

“怎么说？”

“黄耀这个人，我很了解他，他最不喜欢的就是被人威胁。”

“所以，那个时候你就不相信他了？”

“是的。不过，我还得做出一副不知情的样子，方便私下里调查。果然，黄耀和陆劲居然有很深厚的联系。”

“有什么联系？”

“黄耀在国外的时候，就和陆劲以及A市一个叫徐大的地头蛇有联系，他们私下建立了一条贩卖人体器官的线路。从他父母开始，就已经在A市有过这样的前科。黄耀出国，更是大大地拉长了这条线，让他们接触到了国外的黑市。”

我捂住了嘴巴：“如果真是这样，那也太可怕了。怪不得……怪不得陆劲有能力插足A市的黑市，原来竟然有这条线！”

“没错。不过，我们还没有证据，但顾北已经按捺不住了。如果真能通过这次的事件把他们挖出来，那将是一个重大的案件，所涉及的人，一个都跑不掉。”

我瞪大了眼睛：“陆彦回，你确定这件事是真的吗？如果是真的，我不敢想象会造成多么大的影响。”

“其实，这一次是陆劲自己坑了自己，是他太心急了。他之所以会这么急，也是因为有一大笔黑市交易的资金流入，只有趁陆方在香港新一轮融资的机会，才能让这笔非法资金流入，以掩人耳目。可是陆劲到死都不会想到，他以为自己策划得天衣无缝，可还是有零星的漏洞出现，反而让我们抓住了把柄。”

这时候的陆彦回，又回到了从前那个指点江山、一切尽在掌握的样子，让人莫名地有种心安。

我仍旧有疑惑：“那白兰呢？又是怎么回事？她为什么跟我说，要我跟你离婚，回到许至身边？”

“白兰当时说了一句，要是我肯放手，她把自己的眼角膜捐给我都行，不过，前提是我得说话算话，要眼睛，就得放开你。但以我对陆劲的了解，他一定会捣乱的。

“所以，为了不出意外，我需要一个人来掩人耳目，让陆劲觉得我一直没有找到眼角膜，一是为了方便顾北更深入地调查黑市的事情，二是为了让陆劲把全部注意力都放在白兰身上。”

“陆彦回，你赶紧老实交代，你到底跟她说了什么？”

他回答得不太干脆，但还是说了：“那个……就是白兰说，要是我真的愿意跟你离婚，让你跟许至在一起，她就真的把眼角膜捐给我。我说她要真的愿意捐，我就同意。我现在除了想看见，别的什么都不想……”

“何桑，别掐我，我还是病人。哇，好疼，你先别激动。”

我心里那个气啊，这人怎么好意思啊！

我心里越想越生气，手下更是不留情，对着他的后背就狠狠地拍了一巴掌：“你个浑蛋，骗了我那么多眼泪不说，还故意瞒着我，让我情绪大起大落，你才高兴，我真是被你给气死了！”

他仍然看不见，伸出手在空气中乱摸，好不容易碰到了我的胳膊，拉住我说：“好了好了，我真的错了，我不是故意的，也是为了大局考虑。”

细想一下，还真是这样。

“那白兰知道你已经找好了眼角膜吗？”

“我没有告诉她，毕竟还不是非常信任她，她是真的准备把自己的眼角膜捐给我的。而且我知道她跟我见面的那几次，陆劲都安排了人在附近偷听。我故意没有回避，就是为了让他以为这一切都是真的。”

“她竟然要自己捐？那她干吗不直接告诉我，非要骗我说有个盲人亲戚？”

“如果实话告诉你，依你的个性，肯定不会同意的。你那么善良，不会忍心让她把自己的眼角膜给我，所以她才骗你的。”

“那要是你没有找到，她难道真的会为了许至不要自己的眼睛吗？这个女人，也太……深情了。”

他满不在乎地说：“估计陆劲已经知道我做过手术了，不过，他也没有办法了。今天，为了防止他捣乱，顾北特意安排了人在医院附近守着，而且我一开始就给他使了绊子。”

“什么绊子？”

“陆方的几个高层，今天会一起向陆劲提出辞职，离开陆方。”

我张大了嘴巴：“这是为什么啊？我不明白，你让高层离开陆方，眼看第二轮融资在即，这不是给陆方添乱吗？”

“他今天为了这件事，肯定没有办法抽身，来阻止我手术。绑架白兰，估计也以为足够了，更能减少对我的干扰。”

“就为了你手术成功，你就不管陆方的正常运作了？这不是你的风格啊。你不是最在乎陆方的吗？把它当命根子一样守护着，那是你妈妈留下的心血啊！”

“不，从现在开始，我要毁了陆方。”

我已经震惊得说不出话来。陆彦回神情淡淡地说：“你就放心吧，我是不会让我妈的心血被人抢走的。我已经安排好了一切，现在敌人已经上钩了。一切都在掌握之中。

“不过，陆劲一定想不到，有人已先一步采取了行动，就等着他找白兰的麻烦呢。

“连白兰自己都不知道，她身上已经装了定位器。我们为了能及时找到她，也要保证她的安全，但是在我手术完成之前，还不能打草惊蛇。不过，现在恐怕顾北已经让警察行动了。”

果然，我们正说着话，顾北就从外面走进来说：“二哥，那几个人大概是不想暴露身份，把白兰的眼睛蒙着，绑在一个废旧的仓库里，然后就走了。我一直让人盯着他们的行踪。刚才，你手术一成功，那边就立即逮捕了他们，白兰已经被救出来了。”

陆彦回靠着枕头躺着，听到这里笑了笑。

他身上还穿着医院的病号服，眼睛上蒙着一层厚厚的纱布，暂时还看不见。如果不是我亲耳听到他这些安排，谁会想到，在他的心中，有一盏明灯，把所有藏在黑暗之中的路都照亮了。

这个男人，是我何桑的丈夫！

他摸着我的头，我觉得自己好幸福，仿佛我只要做一个俗世里安枕无忧的小女人，可以把一切杂乱纠缠都交给他去处理，他就像一棵大树一样，为我遮风挡雨。

人世何其艰难，得爱侣如此，何其幸运！

因为白兰被绑架的事，顾北要回局里。临走时，陆彦回叫住他：“顾北，这几天你会收到一封匿名信，举报陆劲涉足黑市、私自贩卖人体器官，你应该知道怎么做吧？”

“放心吧二哥，我心里有数。这一次，就算陆劲有天大的本事，也不可能从法网里逃出来。还有黄耀，都是些一丘之貉，我统统不会放过的。”

顾北刚走，我的手机就响起来了。我一看，竟然是许至。他的语气非常着急：“何桑，你知不知道白兰去哪里了？我刚看到她留给我的一封信，说她要走了。她要去哪里？不是说今天陆彦回做手术，她会带自己的亲戚找你们吗？”

许至也一直不知道情况，白兰瞒他也是瞒得滴水不漏。

可是眼下，我只能跟许至说：“是这样的，白兰被陆劲派人给绑架了。不过，你放心，警察已经把她救出来了。许至，你先不要着急……”

我话还没有说完，许至更着急了：“什么？！绑架？！陆劲为什么要绑架白兰？陆彦回到底做了什么事情？他们兄弟之间斗来斗去，关白兰什么事？你让陆彦回接电话。”

我只好把电话给陆彦回。他不耐烦地接过去。虽然我听不到许至在说什么，但是大致也能猜到肯定是在骂陆彦回。只听陆彦回冷冷地说：“你喊什么喊？她不是已经没事了吗？又不是我绑架她，你跟我喊什么？

“什么叫我害人不浅？是你女朋友自己找到我，说要把眼角膜捐给我，还让何桑回到你身边去的好不好？

“没错，是她自己想捐，不是什么盲人亲戚。她瞒着你呢，是想背着你把眼角膜给我，当作逼我离婚的筹码来跟我交易。

“你别再骂人了行不行？她没有瞎，我没真的想要她的眼角膜，就是借她帮我演场戏而已。

“算了算了，懒得跟你说，烦死了！”

陆彦回一脸嫌弃地把电话递给我。我知道一时半会儿也跟许至解释不清，就对他说：“这样好不好，我们公安局里见，我把所有事情都给你解释清楚。”

我跟陆彦回说我要去公安局，他淡淡地应了一声：“好，你去跟他们说清楚也好。”

我刚到局里，就看到许至已经到了，白兰还在里面录口供，他就坐在外面的沙发上，看到我来，他一脸的愤怒：“何桑，这到底是怎么回事？”

我只好把陆彦回的计划告诉他，他才明白事情的始末。

我在他边上坐下来：“许至，白兰的举动，连我也是才知道。我之前虽然知道她为了让你开心，不惜把我推到你身边，自己放弃你，可是现在我才明白，她下了多么大的决心。一个女人，愿意为了你的幸福，牺牲自己的眼睛，难道你就不动容吗？许至，白兰这样的女人，真的是太难得了，你要是错过，一定会后悔的。”

为了强调，我又加了一句：“你一定会后悔的！”

他神色复杂地看了我一眼，踌躇良久才开口：“何桑，你知道吗？除了你之外，我真的没有想过，自己会爱上别人。”

他跟我说这话时，也真巧，白兰刚好从里面出来，听到了许至的话，愣在那里。我连忙站起来，问她：“你没事吧，有没有伤到哪里？”

“还死不了。”她面无表情，咬咬牙说，“何桑，当初我们说好了的，你离婚，回到许至身边，你应该不会临时变卦吧？”

她这么一说，我愣住了。许至皱了皱眉头，对白兰说：“谁让你自作聪明的？谁跟你说一定要让何桑回到我身边？我让你这么做了吗？从前我怎么不知道你这么喜欢自作主张？”

我拉拉许至的袖子，让他不要再说狠话了。他不理我，依旧刻薄地对白兰说她蠢，只会到处给自己惹麻烦。

白兰听了他的话，明明眼底有了盈盈泪光，却还是逞强不肯让眼泪流出来。

许至继续说："谁跟你说，我希望何桑回到我身边的？我这么跟你说过吗？"

"你一直不开心，没有她在你身边，你总是不开心，你不说我也知道。唯一能让你高兴起来的办法，就是她跟你在一起。"她一直凝结在眼底的那抹泪光，终于忍不住慢慢地从眼眶里流了出来。

许至没有说话，就这么看着她，好一会儿，忽然一下子把白兰拉进了他的怀里："你个蠢女人，我真是拿你没办法了，竟然想拿自己的眼角膜跟人家做交易。陆彦回是什么人？跟他做生意，还不是被吃得骨头都不剩？即使你真的捐了眼角膜，他都不可能放开何桑的，也就你傻乎乎的还相信。"

看到许至忽然抱住白兰的这一个瞬间，我心里竟然莫名地感动。

真好！他终于能够走出去了。

若从前与我在一起，又分开，是命运给予许至的沉重；与肖锦玲在一起，是带着不甘心和阴影来维系一段无关爱情的婚姻，那么，和白兰在一起，对于许至来说，无疑是一个全新的开始。我对他的亏欠和遗憾，总算有人可以弥补了。

白兰听了许至的话，有点儿不敢相信地看着他。

其实白兰一点儿都不蠢，可是在许至面前，她一下子就变得懵懂起来，还在怀疑地问他："你这话是什么意思？你不要何桑了？你不想跟她在一起了？"

"不想了，她又不喜欢我，再纠缠下去，又有什么意思。"

"那你想跟谁在一起？"她继续问。

连我都笑了，拍拍她的肩膀，说："白姑娘，你快点儿清醒过来吧，许至都把话说到这个份儿上了，你怎么还迷迷糊糊的？他这是要让你陪在他身边，他想跟你在一起。"

她看着许至，不敢相信："真的吗？何桑说的是真的？"

"白兰，我们结婚吧。"许至如是说。

我一脸惊讶。这个求婚场所，这句求婚语言，而且还是在没有戒指的情况下，在公安局里，这，不是真的吧？

可是白兰一下子捂住了嘴巴，睫毛上还挂着眼泪，洋娃娃一样漂亮的眼睛里闪着不敢相信的惊喜："我愿意！我愿意嫁给你！"

唉，女人啊，真是好打发。

他们离开后，我向顾北打听陆劲的事。顾北对我说："放心吧嫂子，我们已经让人去陆方了，很快陆劲就会被带过来。"

果然，没多久，陆劲就被带进来了。他看到了我："何桑，你怎么在这里？"

我看他那个样子，大概还以为这次可以轻易脱身，毕竟只是策划绑架案件，并无人员伤亡，所以也没当一回事。可是他哪里知道，陆彦回就等着他进来，方便牵出黑市交易的事情。

所以此时，他还是一副无所谓的局外人样子。

每次看到陆劲这个样子我就很生气。一个人怎么可以这样道貌岸然？明明做了那么多坏事，千刀万剐都不够赎罪的，居然还能一副毫无错处、跟你客套逢迎的做派。

我不跟他客气，冷冷地看着他，说："我在这里，是等着看大哥被抓进来的。"

他反而笑起来："何桑，好些日子不见，你反倒会开玩笑了。"

"我没有开玩笑。大哥，人在做，天在看，你自己做过什么伤天害理的事，总有一天，都会大白于天下的，你是逃不掉的。"

我的话让他变得不友善起来，瞬间板起了脸。警察催促道："快点儿进来，我们要开始审问了。"

顾北看着他走远，对我说："他会为自己的所作所为付出代价的。"

所有的事情，一旦走到一条被设计好的路上来，就会变得顺理成章。

陆彦回让人私下里收集好的资料，连夜被一辆飞驰的摩托车送到了公安局门卫处，从窗口投掷了进去。门卫还没看清楚，这辆车又发动了引擎，轰隆隆地一路开走了，消失在无边的夜色里。

而这密封严实的信上赫然写着：警方亲启。

门卫哪里敢耽误，赶紧送进了局里。正在值班的警察打开后，大为震惊。

之前上头也曾派人暗中调查这件事，可总是雾里看花。如今这些资料一一呈现，联系到之前的那些线索，绝对是轰动一时的大案。

这时候，陆彦回已经出院了，我尚且不知他提前的安排，只知道他今晚很兴奋，仿佛一只山林里的猎豹，看到了可口的猎物，精神抖擞起来。

之前，陆劲并没有因为绑架事件被立案。他的律师一直在辩护，说证据不足。陆劲甚至在局里当面问顾北："顾北，你觉得可能吗？老二可是我弟弟，我这个做大哥的，怎么可能会害自己的弟弟？"

而此时，黑市交易的事情，因证据严密完整，牵扯出来的人物数不胜数，更涉及跨国的一条长线。陆劲想翻身，那可比登天还难。

第十章

往事

明明一辈子荣华富贵都有了，
却好像最想得到的东西始终没有得到，
终究不过是个可怜人。

这天，我和陆彦回在家休息，这时，放在手边的手机响了。

来电的是顾北。

他那边挺吵的，这个时候已经接近零点了，他竟然还在局里。

我把电话给陆彦回，他挂了之后对我说：“现在警方已经逮捕陆劲和黄耀去了。他们连夜加班商榷这件事。因为影响巨大，已经给省局打了电话。陆劲这一次是逃不了了。”

坏人即将得到应有的惩罚，我自然比谁都高兴，可是仍然担心：“彦回，如果这样，那陆方该怎么办？公司融资在即，总经理却曝出了这样的事，股票价格肯定大受影响，那对于如今资金紧张的陆方来说，岂不是灭顶之灾？”

“不止在香港的融资受到影响，原本陆方的几个投资商，也会低价抛售手里的股票，再加上高层之前辞职，已经让很多人对陆方的内部管理产生了巨大的质疑，所以，这一次，谁都没有办法救陆方了。更何况，还有一个致命的问题出现在陆方身上。”

“什么问题？”

我正问着，陈阿姨匆匆上楼，在外面敲门说："先生，太太，大宅来人了。"

他应了一声。我看着陆彦回，说："难道是你爸？"

"不是。应该是肖万珍着急了。"

我匆忙换了衣服，他连衣服都不换，直接穿着睡衣下去，根本不把来人当一回事。我扶着他往楼下走，果然看到坐在沙发上的两个女人。这么晚过来，可不就是肖万珍和陆彦回他大嫂？

看到我们下楼，她们一下子站了起来。他大嫂最急切："老二，你哥被警察带走了，你快点儿想想办法，救救他好不好？算我求你了，他不能有事啊。"

陆彦回没有吭声，面无表情。我扶着他在沙发上坐下来，然后对她说："大嫂，大哥如果没犯事，好端端的怎么会让警察带了去？肯定是他做了什么违法犯罪的事。法网恢恢，谁有本事救他呢？你这是说笑呢。"

"何桑，你！"

肖万珍打断了她："行了，你别说话，给我闭嘴！"转而看向陆彦回："我知道是你，旁人怎么会这么恨他，非把他逼死才好？陆彦回，谁也没你这么狠！好歹陆劲也是你大哥，虽然我不是你妈，这些年对你也不算太差，你为什么一定要做到这个地步？"

"阿姨，您今天怎么不跟我装客气了？这么多年倒也难为你了，明明看到我一万个不顺心，偏偏还得在我爸面前做出一副贤惠的样子给他看，肯定很难吧。"

"你怎么能这么害他？"

"我害他？"陆彦回冷笑了一下，"那我的眼睛现在看不见，又是被谁给害的？他被抓，不过是罪有应得。他涉足黑市交易，践踏人命和法律尊严，这么丧心病狂的事，我怎么可能救他？不过是他咎由自取罢了。"

肖万珍这个时候却冷静下来，脸上出现一种很奇怪的表情。我皱了皱眉头，不知道她为什么突然转变了，就听到肖万珍说："有件事你可能还不知道，陆方之所以有今天这么大的规模，还不是因为我？你真的以为只靠你妈就能让陆方有今天？我告诉你陆彦回，当时陆方想拿下一块地皮，差了一大笔钱，那笔钱就是通过我牵线，才让你爸得到的。你爸应该不敢告诉你，那笔钱是从哪里来的吧。这次你要是不救陆劲，我就有办法让陆方出事。陆方起家的那笔钱，还不是从黑市交易得来的？”

我听了肖万珍的话，心里大惊。难怪陆劲有本事插手黑市，原来从肖万珍开始，就已经接触了。

陆彦回却像没听到她的话，也许是因为太淡定，连肖万珍都愣住了，皱着眉头看他的表情，猜不透陆彦回的心思。

只听陆彦回淡淡地说：“哦，那件事，我知道，你准备把它公布于世吗？那行啊，我也省点儿事了，不用亲自来了。”

“你这话是什么意思？”

陆彦回轻蔑地笑了一下：“肖万珍，当年你拿这件事逼走我妈，还以为可以继续拿公司来逼我吗？你也太小看我了。一个陆方而已，我妈舍不得，我可舍得，与其让你们毁了，还不如我自己毁了。你以为高层辞职是偶然吗？你以为投资商突然撤资是偶然吗？你以为投行股价大跌是偶然吗？别天真了，所有的事情都是我一手计划好的，你到现在还拿这个来威胁我，简直是自不量力。”

肖万珍的脸上顿时出现了惊恐的表情：“你知道？你竟然知道陆方当年的资金是从黑市捞来的？他竟然告诉你了？”

“也亏得我爸告诉我这件事，不然我怎么能想到，你的宝贝儿子竟然还真的继续做着这见不得人的勾当。你有时间在这里跟我讲这些，还不如找个好律师，看看能不能让他少判几年吧。”

陆彦回这话一出，肖万珍一个踉跄，就要往地上栽。

送走了她们，我问陆彦回：“万一陆方倒了，你怎么办？你不是最在意你妈的心血吗？”

“我不会放弃陆方的。”他一边扶着我的手上楼，一边说，“何桑，你知道有一句话叫置之死地而后生吗？从前的陆方死了，新的陆方会蓬勃生长的。”

“新的陆方？什么意思？”

“自从我知道那件事后，我就知道，如果这个阴影不抹去，陆方无论如何都不可能真正洗白的，它会一直成为陆劲和肖万珍肆无忌惮的把柄，所以，那个时候，我就已经着手建立一个新公司了。这件事，我爸是知道且默许的。如今的新公司，已经渐渐具有了规模，等到陆方价格一跌再跌的时候，我就以新公司的名义把它买下来，再借壳上市，可以省下很大力气。”

未雨绸缪，眼光长远，陆彦回这样的生意人，是十个陆劲都没有办法比的。

他说完，神情竟然柔和下来，摸了摸我的脸，说：“想不想知道新公司的名字？”

“叫什么？”

“叫录合，陆和何。何桑，这也算是我们的孩子了，你愿意跟我一起，看着它长大吗？”

我捂住了嘴巴，一时间竟然感动得说不出话来。他握了握我的手：“我妈姓方，陆方才会得名如此，可是，她没有陪伴我爸走到最后，这一直是我的遗憾。到了我这里，我绝对不会犯我爸的错，能够陪我一起到老、到死的人，这辈子，只有你。”

我回握住他的手：“好，彦回，我们一起到老，到死，永远不分开。”

他轻轻地笑了起来。

他可真好看啊，灯光下的陆彦回，就像一枚成色上佳的玉，那么精致，那么珍贵。

陆劲和黄耀的事，一直捅到了省级，再往上，诸多媒体都报道了这件惊天案件。

再见陆劲，是在法庭上。

他已经不再是从前那个永远自信满满的陆劲了，胡楂儿凌乱，一副荒唐和颓靡的样子。法律的力量让他挣脱不得，只能认罪。

《中华人民共和国刑法修正案（八）》规定：组织他人出卖人体器官的，处五年以下有期徒刑，并处罚金；情节严重的，处五年以上有期徒刑，并处罚金或者没收财产。

陆劲和黄耀被查，一条巨大的黑市交易链被扯了出来，还有A市的地头蛇徐大，一并获罪。尤其是陆劲和黄耀，还故意伤害陆彦回的眼睛，更是恶劣。他们涉及资金数十亿元，情节极其严重。

陆劲的余生，差不多就在牢里慢慢熬了。人生又有多少时光，能被这样蹉跎？

陆彦回的眼睛终于能看见了，可是他爸却住院了。

家里的保姆说，是他和肖万珍起了争执。大概是肖万珍因为陆劲的事，一时接受不了，两人在楼梯口争吵，结果肖万珍伸手把陆彦回他爸给推了下去。

我们赶到医院时，医生对我们说："陆董年纪大了，这一次能不能醒来，就看他的造化了。"

陆彦回看着床上的人，一言不发。

我对他说："其实我一直都觉得，他对你很好，可能是真的对你妈妈有愧疚，所以才想方设法弥补你、亲近你，你们父子一直的隔阂，他已经尽力了。"

现在他爸靠呼吸机在维持生命，不知道能不能好起来。从前那么风光的老先生，一下子显得那么脆弱，人在命运面前，总是有太多的无可奈何。

我经历了太多的离别，实在不忍心再次经历。我想陆彦回也一样，可是他有悲伤，却不肯说出来，只留一个背影给我，让我心疼不已。

胡老爹不知道从哪里得了消息，竟然来到医院，进病房探望他爸。胡老爹有些伤感地对陆彦回说："陆小子，你爸其实也可怜，这么多年了，他从来没有忘记过你妈，却还是跟一个自己不喜欢的女人生活了一辈子。"

陆彦回问他："您这话是什么意思？"

"他常常去裕喜巷子，找我喝酒，有时候不喝酒，就为了听我说话，说些你小时候的事，还有关于你妈妈的事。可是他从来不让我告诉你。他总是一个人来，在我的店里坐一会儿，跟我说说话，临走时，会在你们家的老房子门口站一会儿，摸摸那扇门再走。

"我常常想，他明明一辈子荣华富贵都有了，却好像最想得到的东西始终没有得到，终究不过是个可怜人。"

胡老爹说的这些事，我们都不知道。陆彦回一直皱着眉头，连胡老爹跟我们道别都没有回过神来。我送胡老爹出门，回来时，看到他还是之前的姿势坐着，也不知道在想些什么。我推推他："你爸一定是爱你妈的，如果她在天有灵，知道这些事，应该也能安息了。"

他心不在焉地点点头。我蹲在他面前，说："你怎么了？有什么话要告诉我？让我知道，不要一个人藏着掖着，什么都不肯说。"

陆彦回忽然把头埋在我的肩上，说：“何桑，我希望他好起来，我不想他就这么死了。”

我抱着他的头，轻轻地拍着他的背，说：“我知道，我知道，爸爸一定会好起来的，他不会有事的。”

也许是上天听到了我们的祈祷，在ICU的第三天，他爸的呼吸终于恢复了正常，所有数据都显示，人已经活过来了。我们大大地松了一口气。他醒后，转到了普通病房，我们去看他。陆彦回抓住他的手，说：“爸，你要好好地活着，长命百岁，不然，我真的不会原谅你的。”

老爷子从鬼门关绕了一圈回来，就听到儿子这么一句话，当时眼泪就唰唰地流了出来。

这么大年纪的人了，突然哭得像个孩子：“好，我答应你，爸爸答应你，一定好好活着。”

陆彦回伸出手，替他把被子掖好。

第十一章

婚有暗香来

曾经以为一辈子就这样熬着过去了，
会黯淡无光，一直老去，
谁会想到，与他在一起的日子，
竟然像是一场润物无声的春雨，
浇灌着原本荒凉贫瘠的土地，
奇迹一样，生长出花儿来。
而婚姻至此，暗香缓缓来。

秋雨绵绵，一连下了两三天，等到放晴的时候，天气已经转凉。

我换了一件翻领的针织外套，看到陆彦回在系领带。他又开始忙碌起来了，录合收购陆方的工作不是一件轻松的事，他为此得付出时间和精力。

大概是太久不工作了，我也慢慢懒了起来，倒是很享受这种清闲的日子，不愿再出门继续工作。

每天早上，我跟他一起起床晨跑，之后他去上班，我就去附近的一家老年活动中心，陪老人下棋。之所以会去那里，是因为陆彦回他爸常去。他从医院出来后，就真的不管公司的事了，经常约了熟悉的朋友，一起去那里玩儿，下下棋、喝喝茶。

那次去他没有人陪，不知道怎么想起我来了，一个电话把我叫了过去，问我会不会下围棋。我小时候学过一些，大学时还参加过围棋社团，虽然不是很熟练，但尚能应付。

他听了很高兴，非要我去陪他下几局打发时间。后来，反倒促使我常去。也有不少年轻人义务在那里陪老人玩，倒也热热闹闹的。

陆彦回听说后哑然失笑，对我说："何桑，你现在是越过越老龄化了，说出去人家肯定都不信。你才多大啊，成天跟一帮老年人混在一起。"

"我高兴。"我伸出手，搂住他的脖子，"你不准嫌弃我，反正我又不用赚钱养家糊口，有你一个人工作就够了。我闲着也是闲着，不如陪他们一起热闹，也算是做点儿好事。再说了，你爸也常去呢。"

"你跟老头儿说好了吧，你们清闲了，让我成了劳苦命，命运不公平。"

我掐着他的脖子喊："不公平？你再跟我说一遍不公平试试？"

我攀着他的身体跟他嬉闹，却很快被他"制服"。他含笑看了我一眼："好久没有落实夫妻生活了，为夫甚是想念。"

"我还好，不是很想。"

"由不得你了。"

这人才不把自己当外人呢，说着，就把我的衣服一把拉下来。我刚刚洗过澡，头发还沾水。

他的吻带着温热而熟悉的气息落下来。房间里的窗户没有关严实，有风从微小的缝隙里透进来，我微微地抖了一下。这不易察觉的微小动作居然被他发现了，他抬眼问我："怎么了？"

"没什么。"我看着他的睫毛，竟然心神微微荡漾。

他又笑起来："你最好不要告诉我你紧张了。何桑，我们多久没有这样了？久到你竟然会紧张？"

他一边说，一边贴合我的身体。我们偶尔说一些无关紧要的家常话，却并不影响彼此身体的热情。

这一场漫长的欢爱持续到天明，一丝亮光从窗户的边缘透进来，我勉强睁开眼睛，望了一眼外面，说："天啊，这是什么时候了？"

这个时候，他才显出困意来："今天又不用上班，反正是周末。"

"糟了！我约了俱乐部的陈奶奶今天早上陪她打太极，现在这样怎么去？"

我在他怀里翻了个身，觉得腰酸背痛。陆彦回一脸坏笑："别去了，老天都让你今天陪我，打个电话过去，说临时有事，走不开。"

"我有什么要紧事？"

我挣扎着要起来，偏偏脑袋又被他按了下去。

“昨晚你一定累坏了，今天我得让你好好休息。”他提到昨晚，我的脸上忍不住一阵发烫。陆彦回可不放过我：“何桑，你怎么脸红了？”

我推他：“去去去，没个正经的，就知道取笑我，不想跟你讲话。”

他却扣住我的手腕：“不想跟谁讲话呢？长能耐了是不是？你要是敢这样，小心我……”

好可怕的男人。

到底是累了，我打了电话过去，说自己身体不舒服，不去了。陆彦回含笑看着我：“白天好好休息吧，晚上还有活动呢。”

我趴在他身上：“什么活动啊？今天是真的累了，哪儿都不想去。”

“去山上，还有其他的朋友，一起聚聚，有个小聚会。”

“能不能不去？”

“不能，必须去。”

“你刚才还说要我好好休息来着。”

“白天休息，晚上不行。”

他坚持，我也不好说什么，心里却有些奇怪，好端端的怎么跑到山上聚会了。不过，他那群朋友都是最喜欢玩的，到处找乐子。

他并没有让老李开车，更加难得的是，明明是周末，他竟然中规中矩地穿了西装，而且还系了领带，让我好一阵紧张，以为是山上要举办商业酒会，也连忙换了身上随便套的一件衣服，想着怎么着也不能给他丢人。

陆彦回对我甚是宽宏大量，按住我的手说：“不用紧张，只是几个要好的朋友，再没外人了。顾北和顾西他们，你都认识的。”

“那你怎么穿得这么规矩？”

“因为我想自己开车，不能喝酒，规矩一些，才好拒绝他们灌我酒。”

我跟着他一边往外走一边说：“其实你可以喝一些，有我在，可以给你当司机。”

“不敢麻烦夫人。”

如果不是和陆彦回生活在一起时间长的人，是不会晓得他这一面的，有时候油嘴滑舌的，哪里还有工作时严谨肃然的做派？

我们到的时候天已经黑了。山下是巨大的湖面，湖面上的风吹到山顶，凉意习习。他把西服脱给我穿。

眼看就要上到山顶，他忽然转身对我说：“何桑，我们做个游戏吧，你把眼睛闭起来，我拉着你走，等我让你睁开眼睛时，你再睁开好不好？”

“这是做什么？”

“你照做就可以了。”

我是照做了，心里却有些紧张，隐隐约约猜到了什么，估计是让人惊喜的。这种感觉，就像年幼时，父母用手掌捂着我们的眼睛说：“等我数一二三的时候，你再睁开眼睛，给你买了好吃的蛋糕。”

所以我笑着问他：“有惊喜吗？别卖关子了。”

“既然是惊喜，不卖关子那怎么成？你不要急，跟着我走。”

我闭着眼睛，脚下有石阶，他牵着我，提醒我怎么走。

强忍着内心的好奇，即使已经听到了隐约的喧闹声，我仍然按照他的叮嘱闭着眼睛。

直到走上了平台，他对我说：“睁开眼睛吧。”

我慢慢地把眼睛睁开。真的是吓了一跳，一入眼就是一个巨大的花车，由顾北和顾西推着，上面堆满了玫瑰花。我都不知道这东西是如何弄到山上的。顾北开口说：“二嫂，这里是九百九十九朵玫瑰花，一朵不差哦。”

他一说完，身后的众人就尖叫起来。陆彦回做了一个噤声的动作，看着我说：“欠你一个婚礼，我一直在想该怎么弥补，是不是宴请百桌一起庆祝，可是后来又否决了。我们已经结婚这么久了，没有必要再让太多人参与其中，只要有最好的朋友见证，证明我在乎你，我想要弥补，想要给你最好的心意，那就足够了。”

我捂住了嘴巴，仍然有些不敢相信：“你都不提前跟我说一声。”

“说了就不是惊喜了。”他忽然单膝跪地，从口袋里掏出一个盒子，打开，对我说，“何桑，欠你的钻戒，我现在才送，希望你不要觉得太晚了。”

周围的人起哄：“嫁给他！嫁给他……”

陆彦回对他们做了一个无奈的表情：“别起哄，我老婆已经嫁给我了，你们应该喊——收下它。”

于是众人又喊：“收下它！收下它……”

我哭笑不得，最后只好伸出手说：“还不给我戴上？我的手指都等待已久了。”

陆彦回哈哈大笑，站起来替我把戒指戴在无名指上。

这是一枚细八爪镶嵌的钻戒，中间的钻石几乎完全裸露在外，很大，灯光一照，光泽潋滟。

我仔细地端详着它。他紧张地看着我，说：“怎么样？大小还满意吗？”

因为他这一句话，我本来酝酿好的感动情绪一下子破了功，“扑哧”一声笑了出来。陆彦回也笑了，眼角的纹路像是一个熨斗一样，烫平了我内心的褶皱。

我看着灯柱下他的脸，山上的灯光是橘黄色的，照在他的脸上，圈出了一个诗意的圆圈，笼罩着我，让我心里仿佛开出花儿来。

“本来还准备了蜡烛，可惜山上风大，刚点燃就灭了，我就让他们收起来了。”陆彦回抿了抿嘴巴，“说起来，这些行为还真是俗到家了，从前看到别的男人求婚，常常觉得不屑一顾，现在看来，其实我也不能免俗，唯一遗憾的是，迟到了这么久，让你等得太久了。”

说这话的陆彦回，一动不动地看着我，眼底似乎有一点水光，可是我看不真切，很快又不见了。只是我做不到如他这样隐忍自己的情绪，我轻轻地摇了摇头，想要对他露出一个甜美的笑容，却忍不住哭了。

他伸手替我把眼泪擦掉。

这一晚极尽热闹。他们准备了丰盛的晚餐，竟然还有香槟，从精致的瓶子里喷洒出来，倒进杯子里，淡淡的酒香沁入鼻尖，闻一闻就醉了。

他从花车上取出一枝玫瑰，放在唇边吻了一下，然后一抬手，轻轻插进我的头发里，凑近我说：“你可真好看！今天开心吗？”

我点点头。一个吻落在我脸上，继而是一个缠绵的深吻。我听到大家起哄的声音。可是陆彦回完全不管不顾，托着我的脸，像是品尝一枚鲜果一样，耐心十足地吻我。我听到自己“扑通扑通”的心跳声。都已经结过婚的人了，竟然有一种还在热恋期的感觉，说出去，会不会让人笑话？

这一场小型的婚礼，仿佛有不能忽视的力量，联想到我们的过往，那些未曾说出口的委屈，全部烟消云散。人生圆满至此，我已知足。

隔着湖面的，是繁华的市中心，不知道是哪家在放烟火，夜空瞬间迷离，美得不像样子。而这个时候，有人在我耳边轻轻地说："何桑，我爱你。"

他不是煽情的人，也很少把这样的话挂在嘴边。这难能可贵的片刻，更显弥足珍贵。我将永远记住这个夜晚。

就像一朵嫩芽，在婚姻之前，爱情就毫无征兆地开始了，在我不知道的情况下寡淡而仓促地开始了。曾经以为一辈子也就这样熬着过去了，会黯淡无光，一直老去，谁会想到，与他在一起的日子，竟然像是一场润物无声的春雨，浇灌着原本荒凉贫瘠的土地，奇迹一样，生长出花儿来。

而婚姻至此，暗香缓缓来。

番 外

十月举国欢庆，与此同时，录合在A大一百周年的时候，捐赠了一栋电子科技研究所，落成后，陆彦回受邀前去剪彩，而我作为他的妻子，同时也是A大的毕业生，有幸一同受邀。

仪式结束后，我们并没有急着离开，而是在校园里逛着。他牵着我的手，走过学校里最美的一条银杏大道。在这暮秋的天气里，落了一地的金黄，我们踩在上面，像是走在画卷里。

陆彦回问我："你第一次见我的时候，是在哪里？"

我想了想："是在学校外面的咖啡厅吧。我记得那一天下着小雪，好像是那一年的第一场雪，你让小言出去喝杯咖啡，她拖着我一起去，那个时候，应该是我第一次见到你。"

他低头笑了一下："哦，那一次啊。"

我不满意："你是不是都不记得了，只有我一个人记得？你还好意思说早就喜欢我了。"

"不是，那是你以为的第一次，不过，在我的记忆里，还要再往前一些。"

他转过身来，面对着我："那一天，也是这样的秋天，我坐在车里等小言，看着她就要穿过这条路向我走来，有一个姑娘从后面拉了一下她的辫子，很快又撒丫子跑开，这姑娘就从我的车边轻巧地笑着跑了过去，像一只漂亮的云雀。

"后来我问小言，刚才那个拉你辫子的女孩儿是谁。她说，她叫何桑，是她的好朋友。"

原来，这个故事的开始，比我知道的，还要早一些。

陆彦回看着微微愣住的我说："何桑，我们要个孩子吧，最好是个女儿，像你，像一只快乐的小云雀一样。我要给她最多的呵护，让她永远都开开心心的，无忧无虑。"

我拉住他，踮起脚尖，在他耳边轻声说："其实，我有了。本来想前几天告诉你，可又想等到你生日时再说，也就是明天，当作一个最大的礼物告诉你，现在还是没忍住，提前告诉你了。"

他张大了嘴巴，不敢置信地看着我。这是我第一次在这个男人的脸上看到这么惊喜的表情。他拉着我的手，看着我的肚子，说："真的吗？这是真的吗？"

"不骗你。"

他一下子把我抱了起来，转了个圈，旋转的时候，我仿佛从这熟悉的风景里看到了从前的自己。

二十岁的何桑，如花般的年纪，莽撞地闯入他的世界，却不自知；

二十二岁的何桑，背负着抹不去的血债，把疼痛放在心底，以为一辈子终究不能抚平；

二十四岁的何桑，准备好跟爱人结婚，只以为日子会平凡忙碌到终老。

二十五岁的何桑，在婚礼前夕几经波折，如同做梦一样嫁给了一个意想不到人，带着不甘和委屈，在起初的惨淡里，把一生都看破。

谁知道时光不相欺，纵然岁月匆匆，仓促难以把握，走过的每一步都历历在目。他就像一个灵巧的工匠，雕刻了一座美丽的围城送给我，却让我甘之若饴。

婚姻这条风雨路，有你相伴，多么庆幸。

图书在版编目（CIP）数据

祸心 / 沉峻著. — 长春 : 北方妇女儿童出版社, 2015.4
ISBN 978-7-5385-8940-5

Ⅰ. ①祸… Ⅱ. ①沉… Ⅲ. ①言情小说－中国－当代
Ⅳ. ①I247.5

中国版本图书馆CIP数据核字（2014）第297232号

祸心
HUO XIN

出版人：刘　刚
策　　划：师晓晖
责任编辑：张　力　于　潇
封面设计：仙　境
开　　本：700mm×980mm　1/16
印　　张：18.5
字　　数：294千字
版　　次：2015年4月第1版
印　　次：2015年4月第1次印刷
印　　刷：北京慧美印刷有限公司
出　　版：北方妇女儿童出版社
发　　行：北方妇女儿童出版社
地　　址：长春市人民大街4646号　　邮编：130021
电　　话：总编办：0431-86037970　　发行科：0431-85640624

定　　价：32.80元

如发现图书质量问题，可联系调换。质量投诉电话：010-82069336